VoG Verlag ohne Geld e.K.

n.25

Ada Zapperi Zucker ist in Catania (Sizilien) geboren. In Rom hat sie mit dem Gesang- und Klavierstudium begonnen und an der Musikhochschule Wien beendet. Gleichzeitig hat sie für das *Dizionario Biografico degli italiani* des *Istituto Treccani*, die *Enciclopedia dello Spettacolo* und an der *Enciclopedia Universo De Agostini* gearbeitet. Ihre sängerische Karriere ist hauptsächlich außerhalb Italiens abgelaufen. Sie unterrichtet Gesang in Deutschland und in Südtirol. Von dem Südtiroler Maler Gotthard Bonell wurde sie in Malerei unterrichtet.

Ada Zapperi Zucker è nata a Catania. A Roma ha iniziato gli studi di canto e pianoforte per poi concluderli alla Musikhochschule di Vienna. Nello stesso tempo ha collaborato per il *Dizionario Biografico degli italiani* dell'Istituto Treccani, all'*Enciclopedia dello Spettacolo* e all'*Enciclopedia Universo De Agostini*. Cantante lirica, ha svolto la sua attività prevalentemente all'estero. Insegna canto in Germania e in Sudtirolo.
Con Gotthard Bonell ha studiato pittura.

Ihre Veröffentlichungen haben verschiedene nationale und internationale Preise bekommen, die wichtigsten sind:
I suoi scritti letterari hanno ottenuto vari riconoscimenti nazionali e internazionali, i più importanti sono:

2017	Menzione d'onore *Casentino*, per il romanzo *La casa del nonno*
2015	Primo Premio *San Domenichino* per i racconti *La cucchiara*
2012	Primo Premio *Casentino*, per il romanzo *Teatro di ombre*
2012	Premio *Stiftung Kreatives Alter, Zürich* per i racconti *Le inquietudini della sora Elsa*
2011	Primo Premio *Chianti*, per il romanzo *Il silenzio*
2008	Primo Premio *Giovanni Gronchi*, per i racconti *La scuola delle catacombe*

ISBN 978-3-943810-26-4

Copyright © 2020, VoG Verlag ohne Geld e.K.
Registergericht München HRA 99261
www.verlagohnegeld.de
Gesamtgestaltung / Impaginazione: Heinz Weih
Deutsches Lektorat: Bärbel Yücel
Editing italiano: Fabio Zamboni

Umschlagbild / In copertina: Ada Zapperi,
Genazzano 1872, 1993

In Sicilia si sente toccar finalmente terra... Si sa che il mare è azzurro, ma in Sicilia è proprio azzurro, senza sottintesi; come azzurro è il cielo e bianchissima è la roccia calcarea... I fichi d'india aggrappati alle rupi e le agavi virulente sotto il sole di mezzogiorno scarnificano il pensiero fino ad allucinarlo... C'è nella natura una chiarezza che sconvolge... Vi sentite incapaci di ragionare, perché c'è qualcun altro che ragiona per voi: la natura. La natura canta i propri trionfi immobilizzando gli uomini e il paesaggio...

(S. Aglianò, Questa Sicilia, 1982, pag. 103)

Editoriale – file audio

Si può ricevere il file audio, parte integrante del libro, seguendo il seguente sistema:
- Notare la prima parola, sopra a sinistra, della pagina 66 del libro.
- Inserire questa parola come 'soggetto' in una email.
- mandare questa email a audio@verlagohnegeld.de

In tal modo si può ricevere gratis il file audio
Glyzinienhaus_Signorina Tuba.wma
allegato a una email (38 min. / 5,8MB).

I nostri libri bilingue sono spesso usati per insegnare la lingua Italiana, per imparare vocaboli e grammatica. Inoltre costituiscono un aiuto per quanto riguarda la pronuncia della lingua italiana. Infatti un file audio fa parte del libro, nel quale l'autrice legge il racconto *La signorina Tuba* in lingua italiana.
 È anche allegata una tabella che riporta la posizione esatta di ogni pagina sul file audio.
 La lettura del racconto è anche registrata su un CD, che si può comprare al prezzo di 3,80€ nel nostro internet-shop www.verlagohnegeld.de.

Sia chiaro: non si tratta di un audiolibro dell'intero libro ma di un supplemento al libro stampato, nel quale viene letto dall'autrice soltanto il racconto *La signorina Tuba,* per chiarire qualche problema di pronuncia.

Editorial - Audiodatei

Um die zum Buch gehörende Audiodatei zu erhalten, gehen Sie bitte wie folgt vor:

- Entnehmen Sie dem Buch auf Seite 66 das erste Wort links oben.
- Tragen Sie dieses Wort als 'Betreff' in eine Email ein.
- Senden Sie diese Mail an <u>audio@verlagohnegeld.de</u>

Sie erhalten dann die Audiodatei
Glyzinienhaus_Signorina Tuba.wma
als Anhang einer Email (38 min. / 5,8 MB) kostenlos zugesandt.

Unsere zweisprachigen Bücher werden vielfach im italienischen Sprachunterricht verwendet, sie sind dabei für den Vokabelerwerb und das Verständnis der Grammatik sehr hilfreich. Um auch die korrekte Aussprache überprüfen zu können, ist dem Buch diese Audiodatei beigegeben, in der die Erzählung *La signorina Tuba*, von der Autorin in italienischer Sprache gelesen wird.

Mit der Email bekommen Sie auch eine Tabelle, in der jeder Seitenanfang der entsprechenden Stelle in der Audiodatei zeitlich zugeordnet ist. Sie können so Textstellen mit unklarer Aussprache leichter ansteuern.

Sie können aber auch eine Audio-CD mit besserer Tonqualität zum Preis von 3,80€ über unser Internetshop <u>www.verlagohnegeld.de</u> beziehen.

Es sei darauf hingewiesen, dass es sich nicht um eine Hörbuchversion des Buches handelt, sondern lediglich um eine Ergänzung zu dem Buch, in der die eine Erzählung *La signorina Tuba* von der Autorin zur Verdeutlichung der Aussprache gelesen wird.

Ada Zapperi Zucker

Das Glyzinienhaus
Sizilianische Erzählungen

Deutsch von Dominikus Andergassen

La casa dei glicini
Racconti siciliani

Zweisprachig / In due lingue

Nzina

Da qualche settimana un tipo si aggirava nella casa di fronte.

Difficile non notarlo: si affacciava ora da un balcone ora da un altro, a tutte le ore del giorno, e in quella casa c'erano ben sette balconi, tutti bene in fila. Doveva essere un parente della signora Garofalo; di una trentina d'anni, forse meno, forse più, non si poteva dire, nessuno ricordava di averlo visto prima da quelle parti. Sicuramente reduce dalla guerra e forse dalla prigionia, per via della faccia scavata, quasi risucchiata dalla fame e dai patimenti. Gli occhi sembrava volessero uscire fuori dalle orbite. Due occhi di bue, piuttosto strabici. Era un tipo allegro, godereccio: si indovinava dalla sua vivacità, dalle risate frequenti. Martellava tutto il santo giorno a un mobile, un divano: i colpi erano leggeri, rapidi, tipici dei tappezzieri. Martellava e cantava arie d'opere. Aveva un suo repertorio, non molto vasto, che ripeteva senza stancarsi. Spesso non finiva un'aria, si interrompeva a metà e proseguiva dopo qualche minuto con un'altra romanza, chissà perché. Non disdegnava però le canzoni napoletane classiche e tanto meno le canzonette in voga. Anche qui si buttava con entusiasmo, come in tutte le cose che faceva. Ascoltava spesso la radio, naturalmente a tutto volume, facendo a gara con i cantanti professionisti, senza risparmio di mezzi, dispiegando la sua voce di tenore fino ai limiti estremi.

Seguiva con attenta religiosità una trasmissione, 'Ugole d'oro', dove si esibivano i divi dell'opera: solo allora taceva concentrato, smettendo lui stesso di cantare e di martellare.

Nzina

Seit einigen Wochen ging ein Mann im Haus gegenüber um.

Schwer ihn nicht zu bemerken: er zeigte sich zu jeder Tageszeit mal auf dem einen, mal auf dem anderen Balkon und in diesem Haus gab es deren sieben, alle in einer Reihe. Er musste ein Verwandter von Frau Garofalo sein; an die dreißig, vielleicht jünger, vielleicht älter, man konnte es nicht sagen, niemand erinnerte sich ihn früher in dieser Gegend gesehen zu haben. Sicherlich ein Kriegsheimkehrer, vielleicht aus der Gefangenschaft, wegen des eingefallenen Gesichts, von Hunger und Leid fast ausgesogen. Die Augen schienen aus den Höhlen hervorquellen zu wollen. Zwei Ochsenaugen, ziemlich schielend. Er war ein fröhlicher Charakter, genießerisch: man erriet es wegen seiner Lebendigkeit, dem häufigen Lachen. Er hämmerte den ganzen Tag an einem Möbelstück herum, einem Sofa: es war ein leichtes, schnelles Hämmern, typisch für Tapezierer. Er hämmerte und sang Opernarien. Er hatte kein sehr großes Repertoire, das er ohne zu ermüden wiederholte. Oft beendete er eine Arie nicht, unterbrach sich mittendrin und fuhr nach einigen Minuten mit einer anderen Romanze fort, wer weiß warum. Er verachtete aber auch die klassischen neapolitanischen Lieder nicht und ebenso wenig die gerade modernen Schlager. Auch auf diese stürzte er sich mit Begeisterung, wie auf alles was er tat. Er hörte oft Radio, natürlich bei voller Lautstärke, im Wettstreit mit den professionellen Sängern, ohne sich zu schonen, seinen Tenor bis an die äußerste Grenze entfaltend.

Mit religiöser Aufmerksamkeit verfolgte er eine Sendung: 'Ugole d'oro' – Goldene Kehlen –, in der Opernstars auftraten. Nur dabei schwieg er aufmerksam, hörte auf sel-

Socchiudeva gli occhi rapito, godendo visibilmente con tutti i sensi; sembrava assaporare ogni suono prodotto dai vari Gigli, Pertile e compagni per i quali nutriva un'ammirazione sconfinata. Amava però altri tipi di voce e non di rado cantava un'aria da soprano o da basso; a volte si ingolfava in un duetto che sembrava prediligere forse per suoi motivi personali: „Verranno a te sull'aure i miei sospiri ardenti" cantando ora l'una ora l'altra parte. Cantando scaricava la piena di sentimenti e di emozioni che sembrava lo travolgessero giornalmente a getto continuo. Si liberava, e respirando a pieni polmoni gridava con tutto l'entusiasmo di cui era capace: spesso, infatti, la voce non reggendo agli strapazzi cui la sottoponeva, soprattutto nel registro acuto, finiva in un grido, oppure si spezzava, quasi in un singhiozzo. Niente però poteva scoraggiarlo: in quel canto c'era una inestinguibile voglia di vivere, anzi una sorta di rabbia di vivere, nonostante tutto. Esser vivo era la sua grande rivincita sulla guerra, sulla prigionia, sulla fame patita e chissà su quali altri disagi e cantava, cantava come un uccello che gode dell'aria, del sole, della libertà di volare, di essere al mondo, di essere vivo dopo i lunghi inverni di gelo.

Da quando era arrivato, strada era piena di musica. La gente passando alzava la testa con un sorriso di compiacimento. A volte, soprattutto all'ora di pranzo, quando gli uomini rientravano dal lavoro, capitava che si formasse un capannello di ascoltatori attenti. Alcuni si fermavano per curiosità; altri, i 'veri' amanti della lirica, aspettavano fino all'acuto e se per disgrazia questo veniva steccato si allontanavano scuotendo la testa pieni di disappunto. Peccato, un'occasione sprecata. Senza l'acuto l'aria perdeva ogni ragione di essere: un maledetto infortunio, una caduta miserabile proprio nel momento culminante. Una frustrazione senza fine per tutti, per il

ber zu singen und zu hämmern. Entrückt schloss er die Augen, sichtbar mit allen Sinnen genießend; er schien jeden von Gigli, Pertile und Konsorten – für die er eine grenzenlose Bewunderung empfand – hervorgebrachten Ton auszukosten. Er liebte aber ebenso andere Stimmlagen und nicht selten sang er eine Arie für Sopran oder Bass, manchmal verirrte er sich zu einem Duett, das er vielleicht aus persönlichen Gründen bevorzugte: „Verranno a te sull'aure i miei sospiri ardenti[1]", erst die eine, dann die andere Rolle singend. Singend entlud er die Fülle der Gefühle und Empfindungen, die ihn täglich und andauernd zu übermannen schienen. Er befreite sich und mit vollen Lungen atmend sang er mit der ganzen Begeisterung, zu der er fähig war. Häufig, da die Stimme den Anstrengungen, denen er sie unterwarf, vor allem in den höchsten Lagen nicht gewachsen war, endete sie in einem Schrei oder brach beinahe mit einem Seufzer ab. Nichts jedoch konnte ihn entmutigen; in diesem Gesang steckte eine unauslöschliche Lebensfreude, eine Art Lebenswut gar, trotz allem. Lebendig zu sein war seine große Revanche dem Krieg, der Gefangenschaft, dem erlittenen Hunger und wer weiß welch anderen Unbilden gegenüber, und er sang, sang wie ein Vogel, der die Luft genießt, die Sonne, die Freiheit zu fliegen, auf der Welt zu sein, nach den langen, eisigen Wintern am Leben zu sein.

Seit er da war, war die Straße voller Musik. Die Leute hoben im Vorbeigehen die Köpfe mit einem Lächeln der Genugtuung. Manchmal, vor allem zur Mittagszeit, wenn die Männer von der Arbeit kamen, kam es vor, dass sich eine Gruppe von aufmerksamen Zuhörern bildete. Einige blieben aus Neugierde stehen, andere, die 'wahren' Liebhaber der Oper warteten bis zur höchsten Note, und wenn die unglücklicher Weise danebenging, gingen sie kopfschüttelnd weiter, den Kopf voller Enttäuschung. Schade, eine versäumte

---

[1] *Zu dir fliegen heim meine brennenden Seufzer*, aus *Lucia di Lammermoor* von G. Donizetti

cantante ma soprattutto per l'ascoltatore... da andarsi a nascondere! Ma se l'acuto riusciva era il trionfo, il superamento dell'ultima parete con difficoltà di sesto grado prima di raggiungere la cima del Monte Bianco: l'entusiasmo allora era generale, ci scappavano degli applausi, 'un bravo bravo'!... e la gente andava a casa contenta. Lui però non sembrava curarsi molto di successi o insuccessi canori. Quando cantava non si affacciava mai al balcone, forse per modestia o per non dare spettacolo. Se ne restava in casa a martellare il suo divano, la bocca piena di chiodini che estraeva man mano che li piantava e nelle pause, fra una boccata e l'altra, buttava giù una romanza mentre rifletteva sul come proseguire il suo lavoro. Smetteva solo se veniva chiamato per mangiare o quando si faceva sera.

Da qualche giorno però non si distraeva più, cantava le sue romanze dall'inizio alla fine, con passione, forse esagerando un tantino per farsi notare o per dar fondo ai propri sentimenti: aveva preso fuoco! Aveva scoperto la sua giovane dirimpettaia e appena questa si faceva sul balcone la strada risuonava della sua voce tenorile: "Donna non vidi mai simile a questa..." Poi visto l'insuccesso della prima aria, senza perdersi d'animo, passava al duetto con i sospiri ardenti, togliendo senza rimpianto dal proprio repertorio „La donna è mobile qual piuma al vento" che fino a quel momento era stato il suo cavallo di battaglia.

Gelegenheit. Ohne den höchsten Ton verliert die Arie jede Existenzberechtigung: ein verdammtes Unglück, ein miserabler Absturz gerade am Höhepunkt. Eine grenzenlose Enttäuschung für den Sänger, vor allem aber für die Zuhörer … zum Sichverkriechen! Aber wenn die höchste Note kam, war es ein Triumph, die Überwindung der letzten Wand im sechsten Schwierigkeitsgrad vor dem Erreichen des Gipfels des Mont Blanc: dann war die Begeisterung allenthalben, es gab Applaus, ein „Bravo, bravo!" … und die Leute gingen zufrieden nach Hause. Er aber schien sich nicht sehr um sängerische Erfolge oder Misserfolge zu scheren. Wenn er sang, zeigte er sich nie auf dem Balkon, vielleicht aus Bescheidenheit oder um nicht ins Auge zu fallen. Er blieb im Haus und hämmerte an seinem Sofa, den Mund voller Sattlernägel, die er der Reihe nach herausnahm, wenn er sie ansetzte und in den Pausen, zwischen einem Luftholen und dem anderen mit einer Romanze begann, während er überlegte, wie die Arbeit fortzusetzen sei. Er hörte nur auf, wenn er zum Essen gerufen wurde oder der Abend hereinbrach.

Seit einigen Tagen aber ließ er sich nicht mehr ablenken, sang seine Arien vom Anfang bis zum Ende mit Leidenschaft, vielleicht ein wenig übertreibend, um auf sich aufmerksam zu machen oder um seinen Gefühlen Ausdruck zu verleihen: er hatte Feuer gefangen! Er hatte seine junge Nachbarin gegenüber entdeckt und sowie sich diese auf dem Balkon zeigte, hallte in der Straße sein Tenor wider: „Donna non vidi mai simile a questa[2]". Dann, angesichts des Misserfolgs der ersten Arie ging er ohne den Mut zu verlieren zum Duett der feurigen Seufzer über, ohne Bedauern „La donna è mobile qual piuma al vento[3]" aus seinem Repertoire streichend, die bis zu diesem Moment sein bestes Pferd im Stall gewesen war.

---

[2] *Nie sah ich solch eine Frau* aus *Manon Lescaut* von G. Puccini
[3] *O wie so trügerisch sind Frauenherzen* aus *Rigoletto* von G. Verdi

Nzina insieme alla sorella e alla madre trascorreva buona parte del mattino e del pomeriggio seduta sul balcone intenta a cucire: era un'estate calda, come tutte le estati siciliane, ma la loro casa non veniva mai toccata dal sole, tranne che di mattina, assai presto. Inoltre la strada era piuttosto stretta e di fronte avevano appunto quel palazzetto che toglieva buona parte della luce. Ma se d'inverno c'era da intristirsi, d'estate era un vantaggio e le estati erano assai lunghe. Le tre donne, vestite sempre di scuro come tre formichine, lavoravano indefessamente, ore e ore, sedute all'aria aperta godendosi il fresco, più le ondate di profumo che arrivavano dal giardino confinante, dominato da un enorme glicine che si arrampicava lungo tutto il muro della casa. Dal mese di maggio fino a ottobre-novembre fioriva ininterrottamente e il suo intenso profumo si mescolava a quello del gelsomino, delle rose e di tanti altri fiori sparsi fra le erbacce che infestavano quel pezzetto di terra chiuso fra tre muri.

La famiglia di Nzina abitava al primo piano di uno strano palazzetto a due piani, dai soffitti altissimi, un solo appartamentino di due stanze più cucina per ogni piano. Solitario, come una torre quadrata, il palazzetto si ergeva fra il giardino sulla sua destra e sulla sua sinistra una grande terrazza che combaciava quasi col balcone sul quale sedevano le tre donne a cucire: la casa accanto, a sinistra, era infatti costituita solo da un pianoterra che terminava appunto con una grande terrazza. Questa specie di torre si apriva solo sul davanti, sulla strada, e dietro: un balcone si affacciava infatti sul retro, che dava sulla Sciara[4]. Dalla porta finestra della cucina, l'ultimo locale della casa, entrava un fascio di luce quasi accecante che inondava anche la stanza di mezzo altrimenti buia.

___

[4]Termine di origine araba che indica un terreno sterile derivante dalla lava dell'Etna indurita

Nzina verbrachte einen Gutteil des Vormittags und des Nachmittags mit ihrer Schwester und der Mutter beim Nähen auf dem Balkon sitzend. Es war ein heißer Sommer, wie alle sizilianischen Sommer, doch ihr Haus wurde nie von der Sonne beschienen, vom frühen Morgen abgesehen. Außerdem war die Straße ziemlich schmal und gegenüber stand eben jenes Haus, das einen Gutteil des Lichts stahl. Auch wenn es im Winter zum Trübsal blasen war, so war es im Sommer von Vorteil und die Sommer waren sehr lang. Die drei Frauen, immer dunkel gekleidet, arbeiteten unermüdlich wie drei Ameisen, Stunde um Stunde im Freien sitzend, die Frische genießend und dazu die Schwaden von Düften, die aus dem angrenzenden Garten aufstiegen, der von einer riesigen Glyzinie beherrscht wurde, die über die gesamte Hausmauer kletterte. Von Mai bis Oktober-November blühte sie ununterbrochen und ihr eindringlicher Duft vermischte sich mit dem des Jasmin, der Rosen und den vielen anderen Blumen, verteilt zwischen dem Unkraut, das dieses von drei Mauern eingeschlossene Fleckchen Erde heimsuchte.

Nzinas Familie wohnte im ersten Stock eines eigenartigen zweistöckigen Hauses mit sehr hohen Räumen, nur eine kleine Wohnung mit zwei Zimmern plus Küche in jedem Stock. Alleinstehend wie ein quadratischer Turm erhob sich das Gebäude zwischen dem Garten zu seiner Rechten und einer großen Terrasse zu seiner Linken, die mit ihrer Höhe beinahe mit dem Balkon übereinstimmte, auf dem die drei Frauen beim Nähen saßen. Dieses Haus zur Linken, bestand nur aus dem Erdgeschoss und einer großen Dachterrasse. Diese Art Turm öffnete sich nur nach vorne zur Straße hin und nach hinten: der eine Balkon ging nach hinten zur Sciara[5]. Durch die Balkontür der Küche, dem hintersten Raum des Hauses, drang ein beinahe blendender Lichtstrahl, der auch das ansonsten finstere Mittelzimmer erhellte.

---

[5]Dieser Ausdruck stammt aus dem Arabischen und bezeichnet eine Geröllhalde, aus der Lava des Ätna entstanden.

Nzina seduta insieme alla sorella e alla madre sul balcone, dietro una veneziana di cannucce (la cosiddetta 'cassina') buttata sull'inferriata per ripararle da eventuali sguardi di vicini o passanti, cuciva assorta, ignara di tutto, sorda agli appelli musicali di quel cantante da strapazzo. Erano sarte, o meglio la vera sarta era la sorella maggiore, Concetta, l'unica ad aver fatto un apprendistato da una sarta professionista, anni prima: la madre e la sorella minore aiutavano come meglio potevano, soprattutto quando c'era lavoro. Negli ultimi anni, per via della guerra, avevano perso non poche clienti. Ora si annunciava una certa ripresa, la gente sembrava più ottimista, si respirava aria nuova e non era raro che una cliente si facesse cucire qualche vestito in più, magari con stoffe nuove. Per anni non avevano fatto altro che riaggiustare roba vecchia, voltando e rivoltando abiti e cappotti.

Concetta non era abituata a tagliare un vestito di sana pianta. Ogni volta tremava, non dormiva la notte per l'agitazione, tanta era la paura di rovinare un taglio di stoffa ancora fresco di negozio. Una cerimonia cui partecipavano tutte le donne della casa: due, la madre e Nzina, silenziose assistenti, consce della responsabilità della sorella, più la terza sorella, sposata, che abitava al secondo piano dello stesso palazzetto: in queste occasioni scendeva per dar man forte alla tagliatrice. Chine sul tavolo di cucina, ben lavato e asciugato, stendevano la stoffa con una sorta di religiosità, attente al verso e al diritto filo. Concetta col sudore freddo che le imperlava la fronte in qualsiasi stagione, prendeva il modello di carta, controllava le misure, lo girava da tutte le parti, lo appoggiava ora qui ora là e guai a disturbarla in quei momenti. La madre e le sorelle non si permettevano di fiatare né di dare consigli. Infine, prima di incominciare a tagliare, Concetta si faceva il segno della croce (seguita subito dalla

Nzina, die gemeinsam mit der Schwester und der Mutter hinter einer Jalousie aus Schilfrohr (der sogenannten 'Cassina'), die über das Schmiedeeisengitter geworfen war, um sie vor eventuellen Blicken der Nachbarn und der Passanten zu schützen, saß taub für die musikalischen Appelle dieses Möchtegernsängers auf dem Balkon und nähte, versunken, ahnungslos. Sie waren Schneiderinnen, das heißt die richtige Schneiderin war die ältere Schwester Concetta, die einzige, die vor Jahren eine Lehre bei einer professionellen Schneiderin gemacht hatte. Die Mutter und die jüngere Schwester halfen so gut sie konnten mit, vor allem wenn es Arbeit genug gab. In den letzten Jahren hatten sie wegen des Krieges nicht wenige Kunden verloren. Jetzt kündigte sich ein gewisser Aufschwung an, die Leute schienen zuversichtlicher zu sein, man spürte einen neuen Atem und es kam nicht selten vor, dass sich eine Kundin ein Kleid mehr schneidern ließ, vielleicht gar aus einem neuen Stoff. Jahrelang hatten sie nichts anderes gemacht als alte Sachen zu flicken, Kleider und Mäntel zu wenden.

Concetta war es nicht gewohnt ein Kleid ganz von neuem zuzuschneiden. Sie zitterte jedes Mal, schlief nachts vor Aufregung nicht, so groß war die Angst einen Zuschnitt mit ladenfrischem Stoff zu ruinieren. Eine Zeremonie, an der alle Frauen des Hauses teilnahmen: zwei, die Mutter und Nzina, schweigsame Assistentinnen der Verantwortung der Schwester bewusst, und die dritte Schwester, verheiratet, die im zweiten Stock desselben Hauses wohnte; bei diesen Gelegenheiten kam sie herunter, um der Zuschneiderin zur Hand zu gehen. Über den gut gewischten und getrockneten Küchentisch gebeugt breiteten sie den Stoff mit einer Art Religiosität, auf die Laufrichtung der Fäden achtend, aus. Concetta mit dem kalten Schweiß, der ihr dabei zu jeder Jahreszeit wie Perlen auf der Stirn stand, nahm das Schnittmuster aus Papier, kontrollierte die Maße, drehte es nach allen Seiten, legte es erst hierhin, dann dorthin und wehe man störte sie in diesen Momenten. Die Mutter und die Schwes-

madre e dalle sorelle), sputava sulla forbice, come per ingraziarsela ma anche per scaramanzia, e partiva.

Le tre donne conducevano una vita assai ritirata, come del resto le altre donne del quartiere. Uscivano solo durante il mese Mariano, ogni pomeriggio. Tutt'e tre vestite di scuro, la madre a lutto stretto per la scomparsa dell'unico figlio maschio, si tenevano a braccetto, saldamente allacciate l'una all'altra, finché arrivavano alla chiesa dei Cappuccini, a qualche centinaio di metri dalla loro strada: si sedevano in fila sull'ultima panca e recitavano il rosario, in coro, insieme alle altre donne. Qualche volta, ma non spesso, veniva anche la terza sorella con loro: lei aveva doveri nei confronti del marito che tornava dal lavoro e voleva trovare la moglie in casa.

La madre di solito si batteva il petto e si commuoveva fino alle lacrime: i suoi rosari avevano sempre una intenzione ben precisa, una richiesta diretta alla Madonna. Chiedeva un miracolo, né più né meno, e lo chiedeva ogni giorno, sempre con lo stesso fervore, con la stessa disperazione, senza scoraggiarsi mai. Concetta, un po' distratta, ripeteva le Avemarie meccanicamente, con la testa altrove, guardandosi in giro per salutare qualche cliente. Nzina, assente, spesso non rispondeva, sembrava non sentire. Fissava un punto davanti a sé, gli occhi tristi. Finito il rosario si alzavano e uscivano dalla chiesa. Senza fermarsi sul sagrato, come facevano le altre donne per scambiare qualche parola (meglio sarebbe dire qualche pettegolezzo) se ne tornavano a casa, le ragazze gli occhi bassi, in mano il velo che pochi minuti prima aveva coperto i loro capelli; la madre inquieta, piena delle preghiere che invece di rasserenarla la sconvolgevano ogni volta, il fazzoletto nero ben annodato in testa, il rosario ancora stretto nel pugno quasi a testimoniare che la loro uscita

tern erlaubten sich weder zu atmen noch Ratschläge zu erteilen. Schließlich, bevor sie zu schneiden begann, bekreuzigte sich Concetta (sofort gefolgt von der Mutter und den Schwestern), spuckte auf die Schere, wie um sie gut gesinnt zu stimmen, aber auch aus Aberglauben und legte los.

Die drei Frauen führten ein sehr zurückgezogenes Leben, wie übrigens die anderen Frauen des Viertels auch. Sie gingen nur im Laufe des Marienmonats aus dem Haus, jeden Nachmittag. Alle drei dunkel gekleidet, die Mutter in strenger Trauer wegen des Ablebens des einzigen Sohnes, hielten sie sich fest, Arm in Arm, die eine die andere unterhakend, bis sie bei der Kapuzinerkirche, einige hundert Meter von ihrer Straße entfernt, ankamen. Sie setzten sich in einer Reihe in die letzte Bank und beteten den Rosenkranz im Chor mit den anderen Frauen. Manchmal, aber nicht oft, kam auch die dritte Schwester mit ihnen: sie hatte Verpflichtungen dem Mann gegenüber, der von der Arbeit kam und die Frau zu Hause vorfinden wollte.

Die Mutter klopfte sich gewöhnlich an die Brust und rührte sich zu Tränen; ihre Rosenkränze hatten immer eine ganz bestimmte Absicht, eine an die Gottesmutter gerichtete Bitte. Sie bat um ein Wunder, nicht mehr und nicht weniger und sie bat jeden Tag darum, immer mit derselben Inbrunst, mit derselben Verzweiflung, ohne je den Mut zu verlieren. Concetta, ein wenig zerstreut, wiederholte die Avemarias mechanisch, mit den Gedanken anderswo, sich umblickend, um einige Kunden zu grüßen. Nzina, abwesend, antwortete häufig nicht, schien nicht zu hören. Sie fixierte einen Punkt vor sich, mit traurigen Augen. War der Rosenkranz zu Ende, standen sie auf und verließen die Kirche. Ohne sich auf dem Kirchplatz aufzuhalten, wie es die anderen Frauen machten, um einige Worte zu wechseln (besser gesagt, um zu tratschen), gingen sie nach Hause, die Mädchen mit gesenktem Blick, den Schleier, der wenige Minuten vorher ihr Haar bedeckt hatte in der Hand; die Mutter aufgewühlt, voll der Bitten, die anstatt sie aufzuheitern sie je-

aveva un motivo puramente religioso.

Lungo il percorso i bottegai, seduti davanti alla porta del loro negozio a prendere il fresco, indifferenti, le guardavano passare. Non giravano neanche la testa per seguirle con lo sguardo: le conoscevano tutti, sapevano tutto della loro famiglia, del padre cuoco presso un principe – usciva la mattina assai presto e tornava la sera molto tardi – della figlia maggiore sposata con un tipo non ben identificato e delle due ragazze che non riuscivano a trovar marito, forse per mancanza di dote o semplicemente perché sfortunate.

In quel quartiere si conoscevano tutti, ognuno sapeva dell'altro anche le storie più intime. E tacevano. Solo mezze parole, qualche cenno con gli occhi e niente altro: la gente, in Sicilia, ha l'abitudine di misurare sempre le parole. Meno si parla e meglio è, questa la regola rispettata da tutti. Da secoli.

Non trascorse molto tempo e la signora Garofalo si annunciò: a segni da uno dei suoi numerosi balconi fece capire che aveva intenzione di venirle a trovare.

Il pomeriggio di quello stesso giorno bussò al portoncino del palazzetto.

Si trattava solo di attraversare la strada. La signora Garofalo però si cambiò d'abito, mise le scarpe buone e con la punta delle dita bagnate riavviò i capelli: non era una visita qualunque. Veniva in veste ufficiale e ci teneva a fare bella figura. Ebbe cura di indossare un abito confezionato dalle tre donne, perché negli ultimi tempi non si era fatta cucire niente da loro e sapeva bene, dalle reazioni delle vicine, che la sospettavano di tradimento. Vecchia cliente della casa, dove-

des Mal durcheinander brachten, das schwarze Kopftuch gut hinterm Kopf verknotet, den Rosenkranz noch fest in der Faust, beinahe um zu bezeugen, dass ihr Ausgang einen rein religiösen Grund hatte.

Auf dem Heimweg schauten sie die vor der Tür ihrer Geschäfte an der frischen Luft sitzenden Krämer gleichgültig beim Vorbeigehen an. Sie drehten nicht einmal den Kopf, um ihnen mit dem Blick zu folgen; alle kannten sie, wussten alles über ihre Familie, den Vater, Koch bei einem Fürsten – er ging sehr früh am Morgen aus dem Haus und kam sehr spät am Abend heim –, die älteste Tochter, mit einem nicht näher bekannten Mann verheiratet, und die beiden Mädchen, die keinen Mann fanden, vielleicht wegen der mangelnden Mitgift oder weil sie einfach vom Pech verfolgt waren.

In diesem Viertel kannten sich alle, jeder kannte die noch so intimsten Geschichten des anderen. Und sie schwiegen. Nur Andeutungen, ein Zwinkern mit den Augen und nichts weiter: die Leute auf Sizilien haben die Gewohnheit, die Worte immer gut abzuwägen. Je weniger man redet, desto besser ist es, das ist die von allen beachtete Regel. Seit Jahrhunderten.

Es verging nicht viel Zeit und Frau Garofalo kündigte sich an: von einem ihrer zahlreichen Balkone aus gab sie mit Gesten zu verstehen, dass sie die Absicht habe, sie zu besuchen.

Am Nachmittag desselben Tages klopfte sie an die kleine Tür des Gebäudes.

Sie brauchte nur die Straße überqueren, doch Frau Garofalo zog sich um, zog die guten Schuhe an und mit den befeuchteten Fingern machte sie die Haare zurecht: es war nicht irgendein Besuch. Sie kam in offizieller Mission und wollte eine gute Figur machen. Sie hatte auch daran gedacht, ein von den drei Frauen geschneidertes Kleid zu tragen, denn in letzter Zeit hatte sie sich nichts mehr von ihnen nähen lassen und musste aus den Reaktionen der Nachba-

va avere un'altra sarta, così supponevano le tre donne: le avevano notato addosso vestiti a loro sconosciuti. Motivo sufficiente per evitare di salutarla quando si affacciava a qualche balcone.

Subito pensarono che volesse venire per qualche lavoretto.

La signora Garofalo arrivò a mani vuote.
Si sedettero al tavolo della cucina. L'atmosfera piuttosto tesa, una domanda pesava nell'aria, domanda che per discrezione non veniva formulata. Le tre donne erano assai riservate, i lineamenti tirati, le labbra strette. Dopo aver scambiato le solite lamentele per il caldo già a metà maggio insopportabile, mentre l'anno passato aveva tardato fino a giugno... la signora Garofalo capì di dover passare senza ulteriori indugi al motivo principale della sua visita: non era certo venuta per parlare del tempo! Seguì un momento di silenzio. Tre paia di occhi si fissarono su di lei.

Sicuramente vi sarete accorte che in casa mia c'è un giovanotto. È mio cognato. Mi sta facendo un divano letto per le mie bambine, ben rinforzato, in previsione dei salti che vi faranno. È tornato dalla guerra... – e sentì subito di aver toccato il tasto sbagliato: il figlio, l'unico figlio maschio in quella casa di donne, non era tornato dalla guerra, tutti lo sapevano e lei meglio di ogni altra.

Lo aveva visto partire.
Le tre donne, più la sorella del piano di sopra, lo avevano salutato fino a quando aveva svoltato l'angolo della strada. Erano rimaste poi lì ferme, in attesa, forse sperando che avesse dimenticato qualcosa, che tornasse indietro con una scusa qualsiasi. Quando poi videro passare il tram sulla via

rinnen schließen, dass sie des Verrats verdächtigt wurde. Als alte Kundin des Hauses musste sie, so vermuteten die drei Frauen, eine andere Schneiderin haben. Sie hatten an ihr ihnen unbekannte Kleider gesehen. Grund genug ihr den Gruß zu versagen, wenn sie sich auf einem der Balkone zeigte.

Sofort dachten sie, sie wolle wegen einiger kleiner Näharbeiten vorbeikommen.

Frau Garofalo kam mit leeren Händen.

Sie setzten sich an den Küchentisch. Die Atmosphäre war ziemlich angespannt, eine Frage lag in der Luft, eine Frage, die aus Diskretion nicht ausgesprochen wurde. Die drei Frauen waren sehr zurückhaltend, die Gesichtszüge angespannt, die Lippen aufeinander gepresst. Nachdem sie die üblichen Lamentos über die bereits Mitte Mai unerträgliche Hitze – letztes Jahr hatte sie bis Juni auf sich warten lassen – ausgetauscht hatten, begriff Frau Garofalo, dass sie ohne weiteres Zögern zum Grund ihres Besuches kommen musste; sie war bestimmt nicht gekommen, um über das Wetter zu reden! Es folgte ein Moment der Stille. Drei Augenpaare richteten sich auf sie.

»Sicherlich werdet ihr bemerkt haben, dass sich in meinem Haus ein junger Mann aufhält. Es ist mein Schwager. Er macht mir ein Couchbett für meine Töchter, richtig robust, im Hinblick auf die Sprünge, die sie darauf machen werden. Er ist aus dem Krieg heimgekommen ...« – und sie merkte sofort, die falsche Taste angeschlagen zu haben: der Sohn, der einzige männliche Nachkomme in diesem Haushalt voller Frauen war nicht aus dem Krieg zurückgekommen, alle wussten es und sie besser als alle anderen.

Sie hatte ihn ziehen sehen.

Die drei Frauen und die Schwester vom oberen Stock hatten ihm nachgewunken, bis er um die Ecke der Straße bog. Sie waren dann regungslos dagestanden, in Erwartung, vielleicht hoffend, dass er etwas vergessen haben könnte, dass er unter einem beliebigen Vorwand zurückkäme. Als

Plebiscito capirono. Ormai era andato via. Non sarebbe più tornato. Erano rientrate dopo aver scambiato un saluto con la signora Garofalo che, anche lei affacciata a uno dei balconi, aveva assistito a tutta la scena. Lo conosceva da sempre, si poteva dire da quando era nato. Aveva letto la prima e ultima cartolina del ragazzo, scritta e spedita prima di lasciare l'isola.„Saluti dalla nostra bella Sicilia di vostro figlio Francesco" di più non aveva scritto, forse lui stesso imbarazzato dalla novità di scrivere alla propria famiglia.

La cartolina era passata di mano in mano e lei, lì per caso, l'aveva letta. (Erano tempi in cui trascorreva interi pomeriggi in quella casa, per seguire passo passo i lavoretti che dava da fare). Un momento aveva dovuto riflettere: perché Francesco? Per tutti era sempre stato Ciccio o Cicciuzzu. Forse aveva trovato sconveniente quel nomignolo in una cartolina ufficiale. Dopo quella volta non era arrivato più niente, solo una lettera del distretto militare che annunciava la sua scomparsa. Il ragazzo sembrava essere stato inghiottito da un mostro. Sparito nel nulla, appena svoltato l'angolo della strada. La madre si lamentava di non aver potuto avere neanche il suo cadavere, di non poterlo piangere sopra una tomba. Ormai erano passati alcuni anni, ma la madre non riusciva a consolarsi e stranamente sperava sempre che tornasse, anzi lo sognava quasi ogni notte: bussava alla porta ed entrava come nulla fosse. Questo era il miracolo che chiedeva alla Madonna, in tutte le sue preghiere.

«Suo cognato ha mai scritto durante tutti gli anni di guerra?» e la guardò con un filo di speranza negli occhi. La signora Garofalo afferrò al volo la domanda:

sie dann die Straßenbahn in der Via Plebiscito vorbeifahren sahen, begriffen sie. Nun war er fort. Er würde nicht mehr wiederkommen. Sie waren wieder ins Haus gegangen, nachdem sie mit Frau Garofalo einen Gruß getauscht hatten, auch sie hatte auf einem der Balkone der ganzen Szene beigewohnt. Sie kannte ihn seit jeher, man konnte sagen, seit er auf die Welt gekommen war. Sie hatte die erste und die letzte Postkarte des Burschen gelesen, geschrieben und abgeschickt, bevor er die Insel verlassen hatte. „Grüße aus unserem schönen Sizilien von Eurem Sohn Francesco", mehr hatte er nicht geschrieben, vielleicht selbst wegen der Neuigkeit verlegen, der eigenen Familie zu schreiben.

Die Postkarte war von Hand zu Hand gegangen und sie, zufällig dort, hatte sie gelesen. (Es waren Zeiten, da sie ganze Nachmittage in diesem Haus verbrachte, um Schritt für Schritt die Arbeiten zu verfolgen, die sie in Auftrag gab). Einen Augenblick lang hatte sie überlegen müssen: warum Francesco? Für alle war er immer Ciccio oder Cicciuzzo gewesen. Vielleicht hatte er es unpassend gefunden, diesen Kosenamen auf eine offizielle Postkarte zu schreiben. Seit jenem Mal war nichts mehr angekommen, bloß ein Brief vom Militärkommando, in dem man sein Verschwinden mitteilte. Der Bursche schien von einem Ungeheuer verschluckt worden zu sein. Im Nichts verschwunden, nachdem er um die Ecke gebogen war. Die Mutter beklagte sich, nicht einmal seine Leiche zurückerhalten zu haben, ihn nicht an seinem Grab beweinen zu können. Mittlerweile waren einige Jahre vergangen, doch die Mutter vermochte sich nicht zu trösten und eigenartiger Weise hoffte sie immer, dass er zurückkommen würde, das heißt, sie träumte es sogar jede Nacht: er klopfte an die Tür und kam herein, als wäre nichts gewesen. Das war das Wunder, um das sie die Madonna in all ihren Gebeten anflehte.

Ihr Schwager hat in all den Jahren des Krieges nie geschrieben?", und sie sah sie dabei mit einem Hoffnungsschimmer

«No. Non ha mai scritto a sua madre né alla famiglia. Un bel giorno me lo sono veduto davanti che neanche l'ho riconosciuto tanto era cambiato. Adesso si è ripreso, è tornato alla normalità: pelle e ossa era, non ho mai visto un essere umano ridotto in quelle condizioni! Si vedevano le ossa del cranio, le guance incavate come uno scheletro e tutto il resto... no, non posso dirlo. Subito si è messo a mangiare a quattro palmenti e praticamente non ha smesso più. Adesso penso che debba avere il verme solitario: mangia e mangia ed è sempre più affamato di prima! E non riesce a mettere su un chilo, neanche un filino di carne, lo avete visto. Ma è un buon ragazzo, sempre allegro, ottimista. Lo avrete sentito cantare anche voi!» La madre e le figlie pensarono subito la stessa cosa: forse Ciccio è da qualche parte, prigioniero e nessuno lo sa. Non può scrivere e spera di essere rimandato a casa, un giorno o l'altro. E allora sarebbe apparso anche lui davanti alla porta di casa, stracciato, pelle e ossa. Un velo di tristezza calò sulle tre donne.

La signora Garofalo non sapeva come continuare, sempre più impacciata. Ogni parola era in qualche modo fuori posto, lo sentiva, ma doveva arrivare alla conclusione, non aveva via d'uscita: affettando una certa leggerezza proseguì.

«È un buon artigiano, tappezziere e mio marito pensa di dargli un piccolo capitale per mettere su una bottega. Lui vorrebbe accasarsi, avere una famiglia, la sua casa...»

Finalmente le tre donne capirono il motivo della visita: un matrimonio. Il tappezziere canterino voleva sposarsi! A questo punto le due ragazze pensarono fosse opportuno uscire dalla stanza.

in den Augen an. Frau Garofalo begriff die Frage im Fluge:

»Nein. Er hat weder seiner Mutter noch seiner Familie geschrieben. Eines schönen Tages hat er vor mir gestanden, derart verändert, dass ich ihn kaum wiedererkannte. Jetzt hat er sich erholt, ist in die Normalität zurückgekehrt. Nur Haut und Knochen, nie habe ich einen Menschen in einem solchen Zustand gesehen! Man sah die Schädelknochen, die eingefallenen Wangen wie bei einem Skelett, und den ganzen Rest ... nein ich kann es gar nicht aussprechen. Er hat sofort wie ein Scheunendrescher zu essen angefangen und praktisch nie mehr aufgehört. Jetzt vermute ich, dass er den Bandwurm hat: er isst und isst und ist immer hungriger als zuvor! Und er nimmt nicht einen Kilo zu, kein Gramm Fleisch, ihr habt ihn ja gesehen. Aber er ist ein guter Junge, immer fröhlich, zuversichtlich. Ihr habt ihn ja auch singen gehört!« Die Mutter und die Töchter dachten sofort dasselbe: Vielleicht ist Ciccio irgendwo in Gefangenschaft und niemand weiß es. Er darf nicht schreiben und hofft nach Hause geschickt zu werden, eines schönen Tages. Und dann würde auch er an der Haustür auftauchen, zerlumpt, Haut und Knochen. Ein Schleier der Trauer senkte sich über die drei Frauen.

Frau Garofalo wusste nicht wie weiterreden, immer verlegener. Jedes Wort war irgendwie fehl am Platz, sie fühlte es, doch irgendwie musste sie ans Ende kommen, da gab es keinen Ausweg: eine gewisse Leichtigkeit vortäuschend fuhr sie fort:

»Er ist ein guter Handwerker, Tapezierer, und mein Mann denkt daran, ihm ein kleines Startkapital mitzugeben, um eine Werkstatt zu eröffnen. Er möchte unter die Haube, eine Familie, ein eigenes Zuhause ...«

Endlich verstanden die drei Frauen den Grund dieses Besuchs: eine Heirat. Der singende Tapezierer möchte heiraten! An diesem Punkt dachten die beiden Mädchen, dass es angebracht wäre den Raum zu verlassen.

Sposarsi? L'unica a considerare il matrimonio come un completamento della propria vita era Concetta. Ci pensava ogni giorno e ne parlava anche, senza inibizioni, con la madre, le sorelle: quando e come si sarebbe presentato il tanto desiderato pretendente? E che aspetto avrebbe avuto? Lei non aveva pretese, bastava che fosse buono, che la rispettasse.

Nzina, più giovane di lei di cinque anni, non ci pensava più. Era anzi l'ultima cosa cui pensava. Già da tempo la sua mente era occupata, anzi posseduta da un ricordo: anni prima, il cugino Antonio, Ninuzzu come lo chiamava la madre, anche lui richiamato alle armi, prima di partire era venuto a salutare le parenti della madre. Era rimasto solo pochi minuti, nervoso, impaziente, ma andando via era riuscito a fermare Nzina proprio sull'uscio della porta: nel momento stesso in cui lei stava per chiudere posò la mano sulla sua fissandola intensamente negli occhi. „Aspettami" aveva sussurrato con una voce che non gli conosceva. Si era voltato ed era sceso giù, precipitosamente.

Solo questo „aspettami" e niente altro. Perché l'aveva pregata di aspettarlo? Prima di quel momento non c'era stato niente fra di loro, lo sapeva. Forse lui si era messo delle idee in testa e ora, prima di partire, le aveva fatto quella strana dichiarazione. „Aspettami." Una parola che le rintronava in testa giorno e notte. E quella voce rauca, stranamente sensuale. No. Una voce così non l'aveva mai sentita. Un brivido le era corso lungo la schiena.

Quella voce l'aveva svegliata. Un fremito improvviso, un vibrare quasi impercettibile aveva scosso per un momento le sue membra. Un languore nuovo, mai provato prima, la sciolse, la intorpidì: quel giorno e i giorni seguenti andò per casa come una sonnambula. Allora, a diciotto anni, si era la-

Heiraten? Die einzige, die die Ehe als eine Vervollständigung des eigenen Lebens betrachtete war Concetta. Sie dachte jeden Tag daran und sprach auch darüber, ohne Hemmungen, mit der Mutter, den Schwestern: wann und wie würde der so herbeigesehnte Anwärter vorstellig werden? Und wie würde er aussehen? Sie hatte keine Ansprüche, es würde genügen, dass er gutmütig ist, dass er sie respektiert.

Nzina, fünf Jahre jünger als sie, dachte nicht mehr daran. Ganz im Gegenteil, es war das Letzte woran sie dachte. Schon seit langem waren ihre Gedanken besetzt, beziehungsweise von einer Erinnerung besessen: Vor Jahren war der Cousin Antonio, Ninuzzu, wie ihn die Mutter nannte – auch er zu den Waffen gerufen – vorbeigekommen, um sich von der Verwandtschaft zu verabschieden. Er war nur wenige Minuten geblieben, nervös, ungeduldig, doch beim Weggehen war es ihm gelungen Nzina gerade auf der Schwelle der Haustür aufzuhalten; gerade in dem Moment, als sie dabei war die Tür zu schließen, legte er seine Hand auf ihre und schaute ihr fest in die Augen. „Wart' auf mich", hatte er mit einer Stimme geflüstert, die sie nicht von ihm kannte. Er hatte sich umgedreht und war überstürzt weggegangen.

Nur dieses „wart' auf mich" und nichts weiter. Warum hatte er sie gebeten auf ihn zu warten? Vor diesem Augenblick war nichts zwischen ihnen gewesen, das wusste sie. Vielleicht hatte er sich irgendwelche Ideen in den Kopf gesetzt und nun, vor der Abfahrt, hatte er diese eigenartige Aufforderung ausgesprochen. „Wart' auf mich." Ein Satz, der ihr Tag und Nacht durch den Kopf ging. Und diese heisere Stimme, seltsam sinnlich. Nein. Eine solche Stimme hatte sie noch nie gehört. Ein Schauder war ihr über den Rücken gekrochen.

Diese Stimme hatte sie aufgeweckt. Ein plötzliches Taumeln, ein beinahe unmerkliches Beben hatte einen Augenblick lang ihre Glieder erzittern lassen. Eine neue, nie vorher gespürte Schwäche löste sie auf, ermattete sie: an diesem Tag und an den folgenden Tagen ging sie wie eine

sciata incantare da una parola, da uno sguardo e da una voce roca, insinuante. Si era innamorata, ed era bastata una sola parola, il suono di una voce conosciuta eppure diversa.

A differenza di Ciccio, finita la guerra il cugino tornò e dopo qualche giorno venne anche a salutarle.

Niente. Lui mantenne lo stesso atteggiamento di sempre: nessuna voce rauca, sensuale, e tanto meno uno sguardo insinuante.

Nzina, appena saputo del suo arrivo, aveva perso la testa. Quasi aveva dimenticato il fratello ed era felice che fosse stato lui a tornare, almeno lui. Si era sorpresa a pensare chi dei due avrebbe preferito che tornasse... ormai la lettera era arrivata e sapeva del fratello, ma non aveva potuto farci niente: quel pensiero era venuto e non aveva avuto il coraggio di guardare in fondo alla propria anima. Temeva di indovinare: se avesse potuto fare una scelta, avrebbe preferito Antonio! Un pensiero tremendo. Lo scacciava dalla mente e quello si ripresentava, come il diavolo dietro l'altare. Si era confessata varie volte ed era stata anche assolta, tutte le volte, dopo un numero infinito di Avemarie e Paternostri, ma quel pensiero tornava a tormentarla come un chiodo infilato nella carne: sentiva di aver desiderato inconsciamente la morte del fratello per salvare la vita del cugino, quasi le due cose potessero avere una qualche relazione fra di loro.

Per tutti i tre anni di lontananza non era passato giorno o notte senza che il pensiero di lui non l'avesse tormentata: una continua ossessione, una malattia. Si era innamorata a motivo di una parola. Niente altro. Una parola e una voce.

Schlafwandlerin im Haus herum. Damals, mit achtzehn Jahren, hatte sie sich von diesen Worten verzaubern lassen, von einem Blick und einer heiseren, einschmeichelnden Stimme. Sie hatte sich verliebt und es hatten drei Worte genügt, der Klang einer bekannten und doch anderen Stimme.

Im Unterschied zu Ciccio kam der Cousin nach Kriegsende zurück und nach einigen Tagen kam er auch sie zu grüßen.

Nichts. Er hatte dieselbe Haltung wie immer: keine heisere Stimme, nicht sinnlich und schon gar keinen einschmeichelnden Blick.

Sowie Nzina von seinem Kommen erfahren hatte, hatte sie den Kopf verloren. Fast hatte sie den Bruder vergessen und sie war glücklich, dass er es war, der zurückgekommen ist, zumindest er. Sie hatte sich dabei ertappt, wie sie überlegte, wen von den beiden sie bevorzugt hätte, dass er zurückkäme ... Inzwischen war der Brief angekommen und sie wusste von ihrem Bruder, aber sie konnte nichts machen: dieser Gedanke war ihr gekommen und sie hatte nicht den Mut gehabt, in die Tiefe der eigenen Seele zu blicken. Sie fürchtete es zu erraten: hätte sie die Wahl gehabt, sie hätte Antonio vorgezogen! Ein schrecklicher Gedanke. Sie verscheuchte ihn aus ihrem Kopf, doch er kam zurück, wie der Teufel hinterm Altar. Sie hatte mehrere Male gebeichtet und hatte die Absolution erhalten, jedes Mal, nach einer unendlichen Zahl von Avemaria und Vaterunser, doch dieser Gedanke kam zurück sie zu quälen wie ein ins Fleisch gebohrter Nagel; sie spürte, dass sie unbewusst den Tod des Bruders herbeigewünscht hatte, um das Leben des Cousins zu retten, so als könnten die beiden Dinge zueinander in irgendeiner Beziehung stehen.

Die ganzen drei Jahre der Abwesenheit war kein Tag oder keine Nacht vergangen, ohne dass sie der Gedanke an ihn nicht gequält hätte; eine unaufhörliche Besessenheit, eine Krankheit. Sie hatte sich auf Grund dreier Worte ver-

„Assurdo" si ripeteva, „una pazzia." Tre anni di attesa. Una lettera o almeno un saluto solo per lei. Le sarebbe bastato leggere il suo nome nelle lettere, poche del resto, che riceveva la zia. Invece niente. Nessun segno.

Ma se ne faceva una ragione. Non poteva certo esporsi ed esporla alla curiosità dei familiari.

Ora era cambiato. Aveva uno sguardo duro che non gli conosceva, le sopracciglia sempre aggrottate. Brusco, ironico in tutto il suo modo di fare. Mai un sorriso, una parola gentile. Non era più il ragazzo di prima, giocherellone, scherzoso con le cugine. Quegli anni lo avevano maturato, non c'erano dubbi. Un uomo fatto. Uno sconosciuto. Non volle parlare delle esperienze vissute né dei luoghi dove era stato. Alle domande caute dei familiari rispondeva solo con un gesto evasivo. Voleva dimenticare e basta.

«Lasciamo stare», ripeteva, ed era tutto.

La notò appena.

Nzina avrebbe voluto dirgli: „ti ho aspettato, ogni giorno, ogni ora… non ho fatto altro che pensare a te" ma non fiatò, sbiancata in viso, sempre più smorta. La zia e il cugino dopo un po' se ne erano andati. Sull'uscio, come per caso, senza neanche guardarla negli occhi, Antonio buttò lì due parole, con indifferenza:

«Ti sei fatta bella, Nzina.» La ragazza arrossì. Due lacrime brillarono un momento nei suoi occhi e vi rimasero pietrificate. Usciti gli ospiti avrebbe voluto battere la testa contro il muro, ululare come un lupo, strapparsi i vestiti di dosso. La

liebt. Nichts weiter. Drei Worte und eine Stimme. „Absurd", wiederholte sie sich, „eine Narretei." Drei Jahre des Wartens. Nur ein Brief oder zumindest ein Gruß alleine für sie. Es hätte ihr genügt, ihren Namen in den Briefen zu lesen. Wenige übrigens, die die Tante erhalten hatte. Statt dessen nichts. Kein Zeichen.

Aber sie fand sich damit ab. Sie wollte auf keinen Fall die Neugierde der Verwandtschaft wecken.

Jetzt hatte er sich verändert. Er hatte einen harten Blick, den sie nicht von ihm kannte, die Augenbrauen immer zusammengezogen. Barsch, ironisch in seiner ganzen Art sich zu geben. Nie ein Lächeln, ein freundliches Wort. Er war nicht mehr der Bursche von früher, verspielt, scherzhaft mit den Cousinen. Diese Jahre haben ihn reifen lassen, da gab es keine Zweifel. Ein erwachsener Mann. Ein Unbekannter. Er wollte weder über die gemachten Erfahrungen noch die Orte reden, an denen er gewesen war. Auf die vorsichtigen Fragen der Familienangehörigen antwortete er nur mit einer ausweichenden Geste. Er wollte vergessen und Schluss.

»Lassen wir es bleiben«, wiederholte er, und das war alles.

Er bemerkte sie kaum.

Nzina hätte ihm sagen wollen: „Ich habe auf dich gewartet, jeden Tag, jede Stunde … ich habe nichts anderes getan als an dich zu denken", doch sie gab keinen Laut von sich, mit bleichem Gesicht, immer fahler. Die Tante und der Cousin waren nach einer Weile gegangen. Auf der Schwelle ließ Antonio wie zufällig, ohne ihr dabei in die Augen zu schauen, gleichgültig ein paar Worte fallen:

»Du bist schön geworden, Nzina.« Das Mädchen errötete. Zwei Tränen glänzten einen Augenblick lang in ihren Augen und blieben versteinert stehen. Als die Gäste gegangen waren, hätte sie den Kopf an die Wand schlagen, wie ein Wolf heulen, sich die Kleider vom Leib reißen wollen. Die Woh-

casa era piccola, non poteva isolarsi senza dare nell'occhio: inghiottì tutto: rabbia, dolore, delusione.

Lo rivide qualche settimana dopo, sempre insieme alla zia. Era figlio unico e la madre se lo covava con gli occhi.

Nzina desiderò solo di sparire, disintegrarsi. Sentiva il battito convulso del cuore e temeva che anche gli altri lo sentissero, tanto era forte. Seduti come sempre intorno al tavolo di cucina – lui aveva preso posto di fronte a lei, forse per caso – ogni tanto la guardava interrogativamente. La ragazza non osava alzare gli occhi nel timore di incontrare quello sguardo ironico. «Che hai? Che ti è preso?» sembravano dire.

Cominciava a riprendersi, le cure quotidiane della madre lo riconciliavano con la vita. Ora si stavano dando da fare per cercare un lavoro, un problema non facile da risolvere. Ripresero a venire, come prima: la madre e la zia parlavano intensamente fra di loro, i giovani ascoltavano. Concetta benché fosse domenica – venivano solo di domenica – annoiata da quelle chiacchiere, riprendeva un lavoro di cucito. Nzina una volta ebbe il coraggio di alzarsi e andò nell'altra stanza. Si sedette sul balcone e prese anche lei un lavoro in mano. Dopo qualche minuto la raggiunse lui: voleva fumare una sigaretta senza affumicare la casa, disse cupamente. La sua vicinanza la sconvolgeva, le mani tenevano a fatica l'ago e non riusciva a infilarlo nella stoffa. Lasciò il lavoro in grembo indecisa se rientrare o no. Infine le sfuggì:

«Non mi hai scritto neanche una volta», e si pentì subito di aver parlato.

Lui alzò le sopracciglia sorpreso.

«Perché avrei dovuto scriverti? E che avrei dovuto scri-

nung war klein; sie konnte sich nicht zurückziehen ohne aufzufallen; sie schluckte alles hinunter: Zorn, Schmerz, Enttäuschung.

Sie sah ihn einige Wochen später wieder, immer in Begleitung der Tante. Er war der einzige Sohn und die Mutter hatte Augen nur für ihn.

Nzina wünschte sich bloß zu verschwinden, sich aufzulösen. Sie spürte das hektische Pochen des Herzens und fürchtete, dass es auch die anderen hören konnten, so laut war es. Wie immer um den Küchentisch sitzend – er hatte den Platz ihr gegenüber eingenommen, vielleicht zufällig – blickte er sie ab und zu fragend an. Das Mädchen wagte nicht die Augen zu heben, aus Angst diesem ironischen Blick zu begegnen. »Was hast du? Was ist in dich gefahren?«, schien er zu sagen.

Er begann sich zu erholen; die Pflege der Mutter versöhnte ihn mit dem Leben. Jetzt taten sie sich um, ihm eine Arbeit zu suchen, ein nicht so einfach zu lösendes Problem. Sie kamen wieder öfter, wie früher: Die Mutter und die Tante sprachen eindringlich miteinander, die Jungen hörten zu. Obwohl es Sonntag war – sie kamen nur sonntags –, nahm Concetta, von dem Geplauder gelangweilt, eine Näharbeit zur Hand. Einmal fand Nzina den Mut aufzustehen und in das andere Zimmer zu gehen. Sie setzte sich auf den Balkon, gleichfalls mit einer Arbeit in den Händen. Einige Minuten später folgte er ihr: er wolle eine Zigarette rauchen ohne das ganze Haus zu räuchern, sagte er finster. Seine Nähe brachte sie durcheinander, die Finger hielten mit Mühe die Nadel fest und es gelang ihr nicht die Stiche zu setzen. Sie legte die Arbeit in den Schoß, unschlüssig, ob sie wieder hineingehen solle oder nicht. Schließlich entfuhr es ihr:

»Du hast mir kein einziges Mal geschrieben«, und bereute gleich etwas gesagt zu haben.

Er hob erstaunt die Augenbrauen.

»Warum hätte ich dir schreiben sollen? Und was hätte

vere? Che la vita è una gran fregatura?»

La sua voce da ironica si era fatta dura. Nzina ne fu ferita, quasi l'avesse schiaffeggiata. „Avrei dovuto tagliarmi la lingua prima di parlare", pensò. Non disse più nulla, ma dentro urlava. „Mi hai detto di aspettarti. Perché? Perché?"

Il silenzio fu rotto dalla voce cupa di Antonio: «Anche questa sigaretta sa di veleno», e fu il primo a rientrare.

La notte mordeva il cuscino per non gridare. Se dormiva lo sognava in atteggiamenti intimi che non aveva mai immaginato: una grande mano maschile percorreva il suo corpo in una carezza furtiva, sconvolgente e si svegliava sempre prima che arrivasse a toccarla là dove già palpitava di attesa affannosa. Si svegliava e tutto il corpo vibrava ancora di quella carezza. Smaniava allora e non sapeva come calmarsi. Un sogno ricorrente del quale si vergognava. Se poi lo vedeva venire, sempre insieme alla madre, non osava guardarlo negli occhi, temendo forse che lui potesse indovinare i sogni e le fantasie notturne che la tormentavano poi da sveglia. Rossori improvvisi coprivano il viso fino al collo e bastava solo uno sguardo di lui, uno sguardo che si faceva sempre più ironico, più interrogativo, per scombussolarla del tutto.

„Se vado avanti così impazzisco", ripeteva a se stessa.

Anche la madre cominciò a notare il cambiamento della figlia, l'improvvisa inappetenza, lo sguardo perso, la sua inquietudine. Non sapeva a cosa attribuirlo. Mai le sarebbe venuto in mente che il nipote... quel ragazzo cresciuto insieme ai suoi figli come un fratello fosse la causa di tutto quello sconvolgimento.

ich schreiben sollen? Dass das Leben ein großer Betrug ist?«

Seine Stimme, erst ironisch, wurde hart. Nzina fühlte sich verletzt, beinahe als hätte er sie geohrfeigt. „Ich hätte mir die Zunge abschneiden sollen anstatt zu reden", dachte sie. Sie sagte nichts mehr, aber in ihr schrie es: „Du hast gesagt, ich solle auf dich warten. Warum? Warum?"

Das Schweigen wurde von der dumpfen Stimme Antonios gebrochen: »Auch diese Zigarette schmeckt nach Gift«, und ging als erster wieder in die Wohnung zurück.

Nachts biss sie ins Kopfkissen, um nicht zu schreien. Wenn sie einschlief, träumte sie von ihm in intimen Situationen, die sie sich nie vorgestellt hatte: eine große männliche Hand fuhr mit einem verstohlenen, heftigen Streicheln über ihren Körper und sie erwachte immer, bevor er sie dort berührte, wo sie bereits in keuchender Erwartung zuckte. Sie erwachte und der ganze Körper zitterte noch von dieser Liebkosung. Dann raste sie und wusste nicht, wie sich beruhigen. Ein wiederkehrender Traum, dessen sie sich schämte. Wenn sie ihn dann kommen sah, immer mit der Mutter, wagte sie nicht ihm in die Augen zu schauen, vielleicht fürchtend, er könnte ihre Träume und nächtlichen Fantasien erraten, die sie dann im wachen Zustand quälten. Plötzliche Röte überzog ihr Gesicht bis zum Hals hinunter und es genügte ein einziger Blick von ihm, der immer ironischer, forschender wurde, um sie endgültig durcheinander zu bringen.

»Wenn ich so weitermache, werde ich verrückt«, sagte sie sich.

Auch die Mutter begann die Veränderung der Tochter zu bemerken, die plötzliche Appetitlosigkeit, den leeren Blick, die Unruhe. Sie wusste nicht, auf was es zurückzuführen war. Nie wäre ihr in den Sinn gekommen, dass der Neffe ..., dieser mit ihren Kindern aufgewachsene Bursche als wäre er ein Bruder, die Ursache dieser ganzen Verwirrung sein könnte.

Il cugino trovò un lavoro. La zia adesso veniva da sola e parlava fitto fitto con la sorella. Pomeriggi interi. Così trapelò la notizia: Antonio aveva trovato una ragazza, un buon partito. Aveva intenzione di fidanzarsi.

Nzina non era più angosciata, né inquieta: una sorta di apatia si era impossessata di lei. Ogni giorno che iniziava sperava solo che finisse presto, che fosse l'ultimo, e la sera a letto chiudeva gli occhi e serrava i pugni per costringersi a dormire. La mattina, gli occhi cerchiati di nero, si disperava di dover vivere ancora un giorno: voleva soltanto morire. Non passava giorno e sempre quel pensiero fisso. Voleva solo morire. Non lo sognava più. Non riusciva neanche a odiarlo. Odiava e disprezzava soltanto se stessa. „Sono una stupida, stupida, stupida" si ripeteva.

Spesso, mentre cuciva insieme alla sorella, pensava: tutta quella storia riguardava un'altra persona, non lei, e provava vergogna, una vergogna che superava ogni altro sentimento. Come aveva potuto? Avrebbe voluto uscire dalla propria pelle. Avrebbe voluto tagliarsi a pezzettini, ferirsi con un coltello, farsi del male. Una vergogna che la distruggeva. Si sentiva malata, anima e corpo; ferita a morte.

Lo rivide a Natale, insieme a tutti i parenti. Erano in tanti, tutti di buon umore, finalmente un Natale senza guerra. Mancava solo Ciccio. Nzina andava in giro come un'ombra, sempre col terrore di incontrare i suoi occhi, di stargli troppo vicina, sentire il suo odore.

Dietro di lei una voce, un sussurro intimo, la voce rauca di quella volta:

«Stai male? Sei molto cambiata.»

Der Cousin fand Arbeit. Die Tante kam jetzt alleine und tuschelte mit ihrer Schwester. Ganze Nachmittage lang. Und es sickerte die Nachricht durch, Antonio hätte ein Mädchen gefunden, eine gute Partie. Er hatte die Absicht sich zu verloben.

Nzina war nicht mehr beklommen, auch nicht unruhig: eine Art Apathie hatte sich ihrer bemächtigt. An jedem neu beginnenden Tag hoffte sie nur, er möge bald enden, es möge der letzte sein und am Abend, im Bett, schloss sie die Augen und presste die Fäuste zusammen, um sich in den Schlaf zu zwingen. Am Morgen, die Augen dunkel umrandet, war sie verzweifelt, einen weiteren Tag leben zu müssen: sie wollte nur sterben. Es verging kein Tag ohne diese fixe Vorstellung. Sie wollte nur sterben. Sie träumte nicht mehr von ihm. Sie vermochte ihn nicht einmal zu hassen. Sie hasste und verachtete nur sich selbst. „Ich bin eine Idiotin, eine Idiotin, eine Idiotin", wiederholte sie für sich.

Während sie gemeinsam mit der Schwester nähte, dachte sie oft, dass diese Geschichte eine andere Person betraf, nicht sie, und sie schämte sich, eine Scham, die jedes andere Gefühl übertraf. Wie konnte sie nur? Sie hätte aus der Haut fahren wollen. Sie hätte sich in Stückchen schneiden wollen, mit einem Messer verletzten, sich weh tun wollen. Eine Schmach, die sie zerstörte. Sie fühlte sich krank an Seele und Körper; zu Tode verletzt.

Sie sah ihn zu Weihnachten gemeinsam mit allen Verwandten wieder. Sie waren ihrer viele, alle gut gelaunt, endlich ein Weihnachten ohne Krieg. Nur Ciccio fehlte. Nzina lief herum wie ein Schatten, immer in der Angst seinem Blick zu begegnen, ihm zu nahe zu kommen, seinen Geruch zu riechen.

Hinter ihr eine Stimme, ein intimes Flüstern, die heisere Stimme von damals:

»Bist du krank? Du hast dich sehr verändert.«

41

Non si girò né rispose, sperò solo che quella festa finisse presto. Giocarono a tombola, come ogni Natale. Lui, seduto di fronte a lei, come per caso, ogni tanto le lanciava un'occhiata: la osservava, curioso, forse anche un po' divertito. Perché quei turbamenti... che stava succedendo? Se incontrava i suoi occhi le faceva un cenno incoraggiante, o le chiedeva semplicemente «Che hai»? Nzina abbassava la testa ed evitava di guardarlo. Da sotto il tavolo allungò una gamba e cercò di toccarle un piede come faceva da ragazzo, quando voleva che facesse attenzione a qualche cosa. Un gesto allora innocente ma che ora la fece saltare, quasi fosse stata punta da un serpente. Tutti notarono quella strana reazione e smisero per un momento di commentare le loro cartelle e i numeri che uscivano con troppa velocità. Gli sguardi puntati su di lei. Avrebbe voluto sprofondare.

Dopo, quando i parenti se ne furono andati, sola nel suo letto prese a tremare, mentre un pensiero le martellava il cervello. „Ha notato che sono cambiata. Si è accorto di tutto e si prende gioco di me. Si prende gioco di me." Fu una nuova esplosione di dolore, più lacerante della prima volta. Pensò seriamente di togliersi la vita. Per punirlo, ma anche per farla finita, per non soffrire più.

A Pasqua venne insieme alla madre e a una ragazza. La fidanzata. Nzina non sapeva di questa visita – la zia arrivava sempre improvvisamente, senza preavviso, dato che non avevano telefono – così fu costretta a dare la mano a quella sconosciuta che presto avrebbe fatto parte della famiglia.

La ragazza non sembrava poi tanto giovane. Almeno una trentina di anni e bella non era. La zia in precedenza aveva

Sie antwortete nicht noch drehte sie sich um, sie hoffte nur, dass dieses Fest bald enden würde. Wie immer zu Weihnachten spielten sie Tombola. Er, ihr wie zufällig gegenübersitzend, warf ihr ab und zu einen Blick zu: er beobachtete sie, neugierig, vielleicht auch ein wenig amüsiert. Warum diese Verstörung ... was geschah denn? Wenn sie seinen Augen begegnete, gab er ihr ein aufmunterndes Zeichen oder er fragte sie einfach: «Was hast du?» Nzina senkte den Kopf und vermied es ihn anzusehen. Unterm Tisch streckte er ein Bein aus und versuchte ihren Fuß zu berühren, wie er es als Junge gemacht hatte, wenn er sie auf etwas aufmerksam hatte machen wollen. Eine damals unschuldige Geste, die sie jetzt aber auffahren ließ, gerade so als sei sie von einer Schlange gebissen worden. Alle bemerkten diese seltsame Reaktion und hörten einen Moment auf ihre Setzkarten und die zu schnell gezogenen Nummern zu kommentieren. Alle Blicke waren auf sie gerichtet. Sie hätte im Boden versinken wollen.

Danach, als die Verwandten gegangen waren, alleine in ihrem Bett, begann sie zu zittern, während ein Gedanke ihr Hirn zerhämmerte. „Er hat bemerkt, dass ich mich verändert habe. Er hat alles bemerkt und nimmt mich auf den Arm. Er macht sich lustig über mich." Es war eine neuerliche Explosion des Schmerzes, noch zerreißender als das erste Mal. Sie dachte ernsthaft daran sich das Leben zu nehmen. Um ihn zu bestrafen, aber auch um Schluss zu machen, um nicht mehr zu leiden.

Zu Ostern kam er gemeinsam mit seiner Mutter und einem Mädchen. Die Verlobte. Nzina wusste nichts von diesem Besuch – die Tante kam immer plötzlich, unangemeldet, da sie kein Telefon hatten – so war sie gezwungen dieser Unbekannten, die bald zur Familie gehören würde die Hand zu geben.

Das Mädchen schien aber nicht gerade jung zu sein. Mindestens an die dreißig und schön war sie auch nicht. Die

raccontato come il padre, un ricco macellaio, parlasse della cospicua dote per l'unica figlia, senza contare i regali, ottimi tagli di carne e cesti di frutta e verdura che già adesso arrivavano ogni due giorni a casa sua. Si parlava già della casa dove avrebbero abitato da sposi e della somma destinata per l'arredamento.

Sicura di sé, piena di arroganza, la ragazza non perdeva una battuta. Antonio, indifferente, annoiato, non partecipava alla conversazione, e nonostante gli spropositi della fidanzata che pareva divertirsi a contraddire la futura suocera e la zia, taceva, assorto. Concetta e la sorella maggiore ascoltavano e non osavano intervenire, intimidite dalla sicurezza, dal tono di comando della ragazza che non ammetteva repliche. Nzina, affascinata, non staccava gli occhi da lei. Non sentiva niente. Si ripeteva solo „questa è la sua fidanzata. Questa è la sua fidanzata. Questa è la sua fidanzata". Il suo cervello si era inceppato. Quando finalmente andarono via, la fidanzata abbracciò la famiglia del futuro sposo con eccessivo entusiasmo. Le quattro donne – la sorella era scesa dal piano di sopra per conoscere la nuova venuta – rimasero di stucco. Non ci furono commenti, tanto erano confuse.

Trascorse del tempo e quel matrimonio annunciato così precocemente non si fece. Erano sorti dei problemi, non si capiva bene di quale natura. Alle ragazze non fu detto niente, la madre accennò solo di passata:

«Quei due si sono lasciati», senza aggiungere altro. Nzina non volle conoscere nessun particolare. Il cugino riprese a venire, insieme alla madre, quasi ogni domenica, come niente fosse. Un pomeriggio, sempre al balcone, mentre fumava una sigaretta, con quel tono ironico che pareva essere diven-

Tante hatte vorher erzählt, dass der Vater, ein reicher Metzger, von einer ansehnlichen Mitgift der einzigen Tochter gesprochen hatte, ganz zu schweigen von den Geschenken, den besten Fleischstücken und den Körben voller Früchte und Gemüse, die bereits jetzt jeden zweiten Tag ins Haus kamen. Man redete bereits von der Wohnung, in der die beiden als Ehepaar einziehen würden und von der für die Einrichtung zurückgelegten Summe.

Selbstsicher, voller Arroganz ließ das Mädchen keine schlagfertige Bemerkung aus. Antonio, gleichgültig, gelangweilt, beteiligte sich nicht am Gespräch und trotz der Übertreibungen der Verlobten, die sich zu amüsieren schien, der zukünftigen Schwiegermutter und der Tante zu widersprechen, schwieg er in Gedanken versunken. Concetta und die älteste Schwester hörten zu und wagten nicht sich einzumischen, von der Bestimmtheit, dem Kommandoton des Mädchens verängstigt, die keine Entgegnungen zuließ. Nzina, fasziniert, ließ sie nicht aus den Augen. Sie hörte nichts. „Das ist seine Verlobte. Das ist seine Verlobte. Das ist seine Verlobte." Ihr Gehirn war blockiert. Als sie endlich gingen, umarmte die Verlobte die Familie des zukünftigen Gemahls voller übertriebener Begeisterung. Die vier Frauen – die Schwester war vom oberen Stock heruntergekommen, um die neu Hinzugekommene kennen zu lernen – waren verdutzt. Es gab keine Kommentare, so verwirrt waren sie.

Die Zeit verging und diese vorzeitig angekündigte Hochzeit fand nicht statt. Es waren Probleme aufgetaucht, man verstand nicht recht welcher Natur. Den Mädchen sagte man nichts, die Mutter bemerkte nur nebenbei:

»Die beiden haben sich getrennt«, ohne etwas hinzuzufügen. Nzina wollte kein Detail wissen. Der Cousin begann wieder gemeinsam mit der Mutter zu Besuch zu kommen, beinahe jeden Sonntag, als ob nichts wäre. Eines Nachmittags, abermals auf dem Balkon während er eine Zigarette rauchte, flüsterte er in diesem ironischen Ton, der seine

tato una seconda natura, le sussurrò:

«Vuoi restare zitella? Tu e tua sorella vi state avviando per quella strada.»

Nzina improvvisamente scoppiò: «Si può sapere che vuoi...?»

Lui, subito gelido:

«Con te non si può più parlare», e rientrò senza aggiungere altro. Ma si era fatto serio e non parlò per tutto il resto della visita.

La signora Garofalo se ne andò senza ricevere una risposta: il cognato aveva buttato gli occhi sulla più giovane. Per il resto, si sarebbero messe d'accordo. Ora era necessario chiedere alla ragazza. La madre rispose che avrebbe tastato il terreno. Forse si sarebbe potuto concludere qualcosa. Ad ogni modo, che tornasse fra qualche giorno, avrebbe saputo di più.

La madre accennò piuttosto vagamente alle intenzioni del tappezziere canterino, senza nessuna convinzione. Sentiva che la figlia aveva qualcosa in testa, un tarlo che la rodeva. E quel tarlo non era certo il cognato della signora Garofalo. Nzina fece finta di non capire.

Il vicino di casa intanto non si dava pace: il giorno dopo la visita della cognata, attaccò una nuova romanza: „Quanto è bella, quanto è cara, più la vedo e più mi piace", poi pensando che la lirica non esprimesse abbastanza chiaramente i suoi sentimenti passò alle canzoni napoletane: „Dicitencello a 'sta cumpagna vosta ch'aggio perduto 'o suonno e 'a fantasia.[6]" Nzina si alzò decisa e rientrò sbattendo le imposte della porta-finestra con intenzione. La madre e la sorella capirono l'antifona e rientrarono anche loro.

_____
[6]Vecchia canzone napoletana *Dite alla vostra compagna che ho perduto il sonno e la fantasia.*

zweite Natur geworden zu sein schien:

»Willst du eine alte Jungfer werden? Du und deine Schwester seid auf dem besten Weg dahin.«

Nzina explodierte plötzlich: «Darf man wissen, was du willst ...?«

Er, sofort eiskalt:

»Mit dir kann man nicht mehr reden«, und ging ins Haus ohne etwas hinzuzufügen. Doch er war ernst geworden und sagte für den Rest des Besuchs nichts mehr.

Frau Garofalo ging ohne eine Antwort erhalten zu haben: Der Schwager hatte ein Auge auf die Jüngste geworfen. Was den Rest betraf wären sie schon handelseins geworden. Jetzt musste man erst das Mädchen fragen. Die Mutter antwortete, dass sie das Terrain abtasten werde. Vielleicht hätte man da was machen können. Sie solle jedenfalls in einigen Tagen wiederkommen, dann könne sie mehr erfahren.

Die Mutter brachte die Absichten des singenden Tapezierers ziemlich vage und ohne Überzeugung zur Sprache. Sie fühlte, dass die Tochter etwas im Kopf hatte, dass sie an irgendetwas zu nagen hatte. Und dieses Irgendetwas war sicher nicht Frau Garofalos Schwager. Nzina tat so, als verstünde sie nicht.

Der Nachbar aber fand keine Ruhe: Am Tag nach dem Besuch der Schwägerin bei den Nachbarn begann er mit einer neuen Romanze: „Quanto e bella, quanto e cara, più la vedo e più mi piace[7]", dann, sich überlegend, dass die Oper seine Gefühle nicht klar genug ausdrücken könnte, ging er zum neapolitanischen Volkslied über: „Dicitencello a 'sta cumpagna vosta ch'aggio perduto 'o suonno e 'a fantasia.[8]" Nzina stand entschlossen auf, ging ins Haus und warf absichtlich

---

[7] *Wie schön sie ist, wie liebenswert! Je mehr ich sie ansehe, desto mehr gefällt sie mir,* aus *Der Liebestrank* von G. Donizetti
[8] *Sagt eurer Gefährtin, dass ich den Schlaf und die Fantasie verloren habe.* Altes neapolitanisches Volkslied

Il tappezziere canterino capì anche lui e smise subito di cantare. Ma la bocca gli restò aperta: questa poi non se l'aspettava. Durante il pomeriggio si sfogò con „Core 'ngrato" seguito da un singhiozzante „Tu, ca nun chiagne e chiagnere me faie[9]" senza nessun risultato: Nzina restò chiusa in casa nonostante il caldo.

I giorni seguenti stranamente smise di cantare, forse aveva un abbassamento di voce o forse aveva perso la voglia di cantare. Non accendeva neanche la radio. Era offeso o era andato via.

La strada ripiombò nel silenzio di sempre. Solo la mattina, subito dopo l'alba, risuonavano sul selciato le ruote di qualche carrettino carico di verdura tirato da un asino spelacchiato o da un uomo scalzo che correva al mercato. Più tardi, nelle prime ore del pomeriggio, il silenzio veniva spezzato per un momento dallo schiocco di una frusta o dallo scalciare degli zoccoli dei cavalli delle carrozze posteggiate lungo il marciapiedi, all'ombra.
Sembrava che quella strada, quella gente mai sarebbe riuscita a scuotersi di dosso il torpore e quella maledetta apatia che soffocava ogni impulso vitale già nel suo nascere: sotto il caldo torrido di quella interminabile estate ognuno, chiuso dentro le mura della propria casa, cadeva in letargo.

Un letargo vecchio di secoli.
Vite dimentiche e dimenticate dal resto del mondo.

Da allora e per tutti gli anni seguenti la signora Garofalo e le sue dirimpettaie non si scambiarono più neanche il saluto.

---

[9]Vecchia canzone napoletana: *tu che non piangi e mi fai piangere...*

die Balkontür ins Schloss. Die Mutter und die Schwester begriffen den Wink und gingen ebenfalls ins Haus.

Auch der singende Tapezierer begriff und hörte sofort zu singen auf. Der Mund blieb aber geöffnet: das hatte er denn doch nicht erwartet. Am Nachmittag reagierte er sich mit „Core 'ngrato[10]" gefolgt von einem schluchzenden, erfolglosen „Tu, ca nun chiagne e chiagnere me faie[11]" ab. Nzina blieb trotz der Hitze im Haus.

An den darauffolgenden Tagen hörte er seltsamer Weise auf zu singen, vielleicht war er heiser oder er hatte die Lust zu singen verloren. Nicht einmal das Radio drehte er auf. Entweder war er beleidigt oder weggegangen.

Die Straße fiel zurück in die gewohnte Stille. Nur am Morgen, gleich nach der Morgendämmerung, hörte man das Rattern der Räder einiger von einem zerrupften Esel oder einem barfüßigen Mann zum Markt gezogenen Karren. Später, in den frühen Nachmittagsstunden, wurde die Stille für einen Moment vom Schnalzen der Peitsche unterbrochen oder von den auskeilenden Hufen der Pferde, der im Schatten entlang des Gehsteiges abgestellten Kutschen.

Es schien als würde diese Straße, als würden diese Menschen nie diese Trägheit und diese verfluchte Apathie abschütteln können, die jeden vitalen Impuls bereits im Keim erstickte. Unter der brütenden Hitze dieses endlosen Sommers fiel jeder, in den vier Wänden seines Hauses eingeschlossen, in eine Lethargie.

Eine Jahrhunderte alte Lethargie.

Zu vergessende und vom Rest der Welt vergessene Leben.

Seither und all die darauffolgenden Jahre über wechselte Frau Garofalo und ihre Nachbarinnen von gegenüber keinen einzigen Gruß mehr.

---

[10]*Undankbares Herz*
[11]*Du, die du nicht weinst und mich zum Weinen bringst*

La signorina Tuba

Di mattina presto, la prima a uscire di casa, come sempre, fu Grazia, dato che il suo posto di lavoro era dall'altra parte della città. Dalla Via Del Velo, dopo una cinquantina di metri sulla Via Plebiscito, attraversava l'ampia strada alberata di oleandri in fiore e si avviava verso la fermata del tram, davanti all'ospedale. Nella borsa il solito porta mangiare di alluminio, una gavetta, ultimo ricordo di guerra, con un resto della cena della sera precedente: il modesto pranzo per la pausa di mezzogiorno. Era stata la sorella Lina a prepararglielo, si alzava infatti molto prima di lei, ancora al buio, per accudire la madre, da anni paralizzata.

La vecchia donna era tutta un gemito. Ai dolori agli arti si aggiungeva un'insonnia ormai cronica. Le sue notti erano lunghe e inquiete. Fra una veglia e l'altra, volgeva gli occhi in direzione della grande finestra, in attesa di vedere finalmente un pallido spiraglio di luce fra gli interstizi delle grosse imposte di legno. Sarebbe allora rientrata in una realtà sgombra di incubi o visioni, veri fantasmi di morte, che da tempo ormai frequentavano le sue notti. Quelle prime luci portavano un filo sottile di speranza, ma anche una piccola vittoria sulle ombre che avevano angosciato le lunghe ore notturne.

Lina, mentre la lavava e la vestiva, doveva sentire i suoi lamenti, ma anche le proteste:

«Stai attenta... non sono fatta di legno... mi fai male... sei rozza, insensibile... e non correre... fai piano.»

Fräulein Tuba

Grazia war wie immer die Erste, die frühmorgens aus dem Haus ging, da ihr Arbeitsplatz sich am anderen Ende der Stadt befand. Von der Via Del Velo aus nach ungefähr fünfzig Metern auf der Via Plebiscito überquerte sie die breite, mit blühenden Oleandern gesäumte Straße und ging zur Straßenbahnhaltestelle vor dem Krankenhaus. In der Handtasche hatte sie wie üblich eine Blechdose aus Aluminium, die letzte Erinnerung an den Krieg, mit den Resten des Nachtmahls vom vergangenen Abend. Das bescheidene Essen für die Mittagspause. Es war ihre Schwester Lina gewesen, die es ihr zubereitet hatte. Diese stand in der Tat viel früher auf, wenn es noch finster war, um die seit Jahren gelähmte Mutter zu versorgen.

Zu den Schmerzen in den Gliedmaßen gesellte sich eine mittlerweile chronische Schlaflosigkeit. Ihre Nächte waren lang und unruhig. Zwischen dem einen und dem anderen Erwachen, wandte sie ihren Blick in die Richtung des großen Fensters, in der Erwartung endlich einen blassen Lichtschimmer zwischen den Schlitzen der dicken hölzernen Fensterläden zu sehen. Dann wäre sie wieder in eine von Alpträumen oder Visionen, von richtigen Todesgeistern befreiten Realität zurückgekehrt, die seit langem ihre Nächte bevölkerten. Dieses erste Licht brachte einen mageren Hoffnungsschimmer, aber auch einen kleinen Sieg über die Schatten, die die langen Nachtstunden mit Angst füllten.

Während Lina sie wusch und ankleidete, musste sie sich ihre Gejammer aber auch ihren Protest anhören:

»Pass doch auf ... ich bin doch nicht aus Holz gemacht ... du tust mir weh ... du bist grob, unsensibel ... und hetze nicht ... mach langsam ...«

Ogni tanto si fermava per dare alla madre un momento di respiro, e si scusava, sempre umile, se aveva fatto un movimento sbagliato. Finalmente la sollevava di peso e la metteva a sedere sulla sua poltrona, al solito posto vicino alla finestra e preparava il caffellatte. Avevano preso l'abitudine di fare colazione tutti e tre insieme, quasi per caso, una piccola pausa spesso assai silenziosa che si concedevano prima di iniziare la giornata, lunga e faticosa.

Appena uscita la sorella, Lina metteva ordine in casa, una stanza di media grandezza al pianterreno di una palazzina a un solo piano, più il sottoscala, un bugigattolo che nelle ore pomeridiane e serali le serviva anche da laboratorio e al disbrigo delle faccende domestiche, essendo l'unico locale con acqua e cucinino. Si erano ridotte in questa casa in seguito alla morte del padre. Tempi assai duri che non volevano ricordare.

Lina, per chissà quale motivo soprannominata dai vicini di casa 'signorina Tuba', era modista, di età indefinibile, piuttosto alta, magra, un viso stranamente liscio, privo di rughe, ma in qualche modo sfiorito o, meglio ancora, come un fiore appassito. Aveva capelli radi, fini, – lei diceva per il continuo provare cappelli e turbanti – fra il castano e il grigio, un colore che si potrebbe definire polveroso, tenuti raccolti dietro la nuca in un minuscolo nodo sempre sul punto di sciogliersi. Anche i suoi vestiti, inesorabilmente scuri, si mantenevano su toni non bene identificabili, fra il nero, il grigio, il bruno, sempre ben curati, non privi di una certa eleganza. Forse per motivi professionali, aveva preso l'abitudine di piegare graziosamente la testa da una parte, per ascoltare con attenzione quando si parlava con lei. Ma l'espressione attenta, affettuosa degli occhi buoni non era certo frutto di consuetu-

Ab und zu hielt sie inne, um der Mutter eine Verschnaufpause zu gönnen und sie entschuldigte sich immer demütig, wenn sie zu grob Hand angelegt hatte. Schließlich hob sie sie hoch und setzte sie auf ihren Sessel, an die übliche Stelle neben dem Fenster und bereitete den Milchkaffee zu. Sie hatten es sich beinahe zufällig angewöhnt, alle drei gemeinsam zu frühstücken, eine kleine Pause, meist ziemlich still, die sie sich gönnten, bevor der lange und anstrengende Tag begann.

Sowie die Schwester aus dem Haus gegangen war, räumte Lina im Haus auf, ein Zimmer mittlerer Größe im Erdgeschoss eines kleinen einstöckigen Gebäudes und eine Abstellkammer unter der Treppe, eine Rumpelkammer, die ihr während der Nachmittags- und Abendstunden auch als Werkstatt und für die Erledigung der Hausarbeiten diente, da es der einzige Raum mit fließendem Wasser und einer Kochnische war. Seit dem Tod des Vaters mussten sie sich mit dieser Unterkunft begnügen. Harte Zeiten, an die sie nicht erinnert werden wollten.

Lina, wer weiß aus welchem Grund, von ihren Nachbarn 'Fräulein Tuba' genannt, war Modistin unbestimmbaren Alters, ziemlich groß, mager, ein eigenartig glattes Gesicht ohne Falten, aber auf irgendeine Weise verblüht oder besser gesagt wie eine verwelkte Blume. Sie hatte schütteres Haar, dünn – sie sagte wegen des ständigen Hut- und Turbanwechsels – zwischen kastanienbraun und grau, eine Farbe, die man als staubig bezeichnen könnte, im Nacken zu einem winzigen Knoten zusammengebunden, der sich dauernd zu lösen drohte. Auch ihre Kleider, unausweichlich dunkel, hielten sich in nicht genau identifizierbaren Farbtönen zwischen schwarz, grau und braun, immer gut gepflegt, nicht bar einer gewissen Eleganz. Vielleicht aus beruflichen Gründen hatte sie sich angewöhnt den Kopf mit einer gewissen Grazie auf eine Seite zu neigen, um aufmerksam zuzuhören, wenn man mit ihr sprach. Aber der aufmerksame, liebevolle

dini professionali.

Aveva un senso innato di eleganza, di distinzione che la rendeva diversa dalle altre donne del vicinato: e si vedeva dal modo di muoversi, di camminare: il corpo diritto, la piccola testa eretta sulle spalle senza arroganza ma con dignità; la gestualità discreta; una sorta di riservatezza in tutto il suo essere e non ultima la voce, sempre moderata, armoniosa. Conoscendola si pensava subito che provenisse da una nobile famiglia, o almeno dall'alta borghesia.

La signorina Tuba era una donna estremamente sensibile, di animo gentile, incapace di un pensiero volgare, grossolano, piena di riguardi per la madre, la sorella, il mondo intero. Anche se questo non era sempre facile. A differenza della famiglia e di tutto il vicinato, parlava sempre in lingua italiana, con la lingua di fuori[12], come motteggiava la madre, pur mantenendo un accento cantilenante, molle, tipico del dialetto siciliano. Lei stessa non avrebbe saputo spiegare il motivo di questa sua abitudine: forse il contatto quotidiano con clienti dell'alta società, o più semplicemente per via della padrona del negozio di mode in cui lavorava, proveniente dal nord Italia. Sta di fatto che neanche le occhiate ironiche dei vicini, o i commenti spesso taglienti della madre la facevano desistere; sembrava essere la sua unica protesta contro la società nella quale viveva, anche se in fondo si trattava solo di motivi professionali, e non di snobismo, come qualcuno pensava.

Alla madre era ormai abituata, ai suoi lamenti, ai rabbuffi

---

[12]Cioè la lingua proveniente da fuori e non isolana.

Ausdruck ihrer Augen war gewiss nicht Frucht ihrer beruflichen Gewohnheiten.

Sie hatte einen angeborenen Sinn für Eleganz, für Vornehmheit, die sie von den Frauen der Nachbarschaft unterschied; man bemerkte es an ihrer Art sich zu bewegen, zu
schreiten: der aufrechte Rumpf, den kleinen Kopf gerade auf
den Schultern, ohne Arroganz, aber mit Würde; die taktvolle
Gestik, eine Art Zurückhaltung in ihrem ganzen Sein und
nicht zuletzt die Stimme, immer maßvoll, harmonisch. Wenn
man sie hörte, dachte man sogleich, sie stamme aus einer
adeligen Familie oder zumindest aus dem gehobenen Bürgertum.

Fräulein Tuba war eine äußerst feinfühlige Frau mit einem freundlichen Gemüt, zu keinem vulgären, groben Gedanken fähig, voller Rücksicht auf die Mutter, die Schwester,
die ganze Welt. Auch wenn das nicht immer leicht war. Im
Unterschied zur Familie und der gesamten Nachbarschaft
sprach sie immer Italienisch – mit *herausgestreckter Zunge*[13], wie ihre Mutter witzelte – dabei trotzdem den leicht
leiernden, weichen, typischen Akzent des sizilianischen Dia-
lekts beibehaltend. Sie selbst hätte nicht den Grund für diese Angewohnheit zu erklären gewusst, vielleicht der tägliche Kontakt mit den Kunden aus der gehobenen Gesellschaft, oder viel einfacher wegen der Inhaberin des Hutge-
schäftes, in dem sie arbeitete, die aus Norditalien stammte.
Tatsache ist, dass nicht einmal die ironischen Blicke der
Nachbarn oder die häufig schneidenden Bemerkungen der
Mutter sie davon abhielten; es schien ihr einziger Protest
gegen die Gesellschaft zu sein, in der sie lebte, auch wenn es
sich dabei nur um berufliche Gründe handelte und nicht um
Snobismus, wie manche dachten.

An die Mutter hatte sie sich mittlerweile gewöhnt, an ihre

---

[13]Unübersetzbares Wortspiel: *lingua da fuori* – sizilianisch für *die
auswärtige* Sprache des Kontinents

per ogni piccola mancanza: sempre scontenta qualsiasi cosa facesse, sempre pronta a rimproverarla per ogni nonnulla, a riversare su di lei malumori, contrarietà, irritazioni che accumulava nel corso della sua giornata solitaria. Lina l'ascoltava con concentrata attenzione, quasi si trattasse di novità e non si scusava neanche, tanto sarebbe servito solo ad attizzare nuove recriminazioni.

Si accollava tutto senza protestare: la pulizia della casa, la cucina, l'assistenza alla madre, il lavoro mal retribuito, il buono e il cattivo tempo. Sembrava essersi rassegnata una volta per tutte, quasi avesse messo una pietra sulla propria vita in modo definitivo. Non sembrava cosciente di questo atteggiamento, forse perché sottomessa per natura o per educazione: mai una rivolta, un impuntarsi, mai una qualsiasi reazione negativa. Si smarriva un momento ai rovesci o ai cosiddetti colpi del destino, quasi per riprendere fiato, poi andava avanti, addossandosi nuovi pesi, nuove responsabilità.

La mattina, finite le faccende di casa, usciva anche lei per andare in centro dove da anni lavorava nello stesso negozio di mode, sia al servizio delle clienti che nella confezione dei vari modelli che venivano ordinati. All'una chiudeva il negozio, e prendeva lo stesso tram che la riportava a casa. Qui si metteva subito in cucina per preparare un pasto modesto per sé e la madre. Solo alcune volte alla settimana era costretta a uscire poco prima delle quattro per tornare al negozio. Andava sempre in giro con una cappelliera: la padrona non mancava di darle del lavoro da finire in casa. Nel suo microscopico laboratorio, consistente in un piccolo tavolo, una testa di legno e due sedie, più una lampadina appesa al soffitto spiovente, sempre accesa, e cioè dalla mattina alla sera – quel sottoscala non prendeva luce da nessuna parte –, trascorreva ore e ore, occupata a tirare feltri inumiditi a va-

Klagen, ihre Rüffel wegen jeder kleinen Verfehlung: immer unzufrieden, egal was sie tat, immer bereit sie wegen nichts zu schelten, ihre schlechte Laune, ihre Abneigung, ihre Gereiztheit, die sie im Laufe des Tages aufstaute, an ihr abzureagieren. Lina hörte mit angespannter Aufmerksamkeit zu, beinahe so, als handle es sich um Neuigkeiten und sie entschuldigte sich nicht einmal, denn es hätte doch nur dazu geführt neue Anschuldigungen anzufachen.

Sie nahm alles auf sich ohne aufzubegehren: den Hausputz, das Kochen, die Betreuung der Mutter, die schlecht vergütete Arbeit, das gute und das schlechte Wetter. Sie schien ein für allemal resigniert zu haben, beinahe als hätte sie endgültig einen Stein auf ihr Leben gelegt. Sie schien sich dieser Haltung nicht bewusst zu sein, vielleicht weil sie von Natur aus untertänig war oder wegen der Erziehung: nie ein Aufbegehren, nie ein Auf-etwas-Beharren, nie eine negative Reaktion. Sie verlor sich einen Augenblick lang in den Rückschlägen, den sogenannten Schicksalsschlägen, beinahe als müsse sie Luft holen, dann machte sie weiter, neue Lasten, neue Verantwortung auf sich ladend.

Am Morgen, sowie sie mit der Hausarbeit fertig war, verließ sie das Haus, um sich ins Zentrum zu begeben, wo sie seit Jahren im gleichen Hutgeschäft arbeitete, sowohl als Kundenbetreuung als auch in der Anfertigung verschiedener Modelle, die bestellt wurden. Um Eins sperrte sie das Geschäft zu und nahm dieselbe Straßenbahn, die sie nach Haus brachte. Dort stellte sie sich sofort in die Küche, um ein bescheidenes Mahl für sich und die Mutter zuzubereiten. Einige Male nur in der Woche war sie gezwungen kurz vor Vier wieder wegzugehen, um ins Geschäft zurückzukehren. Sie lief immer mit einer Hutschachtel herum: die Besitzerin versäumte nie, ihr Arbeit mitzugeben, die sie zu Hause fertig machten musste. In ihrem winzig kleinen Laboratorium, das aus einem kleinen Tisch, einem Holzkopf und zwei Stühlen und eine von der Decke baumelnden, immer, das heißt von morgens bis abends eingeschalteten Glühbirne bestand

pore per metterli in forma, secondo i vari dettami della moda. Per questo motivo le sue dita erano sempre leggermente colorate di scuro, un colore che non andava via neanche dopo vari lavaggi: sembrava esser conficcato nella carne, parte di essa. Le sue mani, dalle dita sottili, aristocratiche, sciupate dal lavoro domestico e dal continuo contatto con feltri e colori, conservavano un'eleganza, una grazia di movimenti che affascinavano inconsciamente chiunque le osservasse. Era un gioco leggero, espressivo, di polso, dita e appena appena di avambraccio. Mani indubbiamente sensibilizzate da anni e anni di lavoro. Una vera artista.

Spesso lavorava fino a notte fonda, quando la madre e la sorella, coricate nella stanza accanto, scandivano il ritmo delle ore col respiro pesante, leggeri borbottii nel sonno di una, il russare quasi aggressivo della vecchia, spezzando il silenzio che la circondava: un silenzio pesante, opprimente.

Sussultava al minimo scricchiolio di un tarlo smarrito fra i labirinti scavati nell'unico mobile di qualche valore presente in quella casa, il comò di mogano. Ma anche i passi solitari di qualche passante che furtivi si allontanavano nella strada la mettevano in allarme; o il fruscio di un essere vivente non bene identificato, forse un topo di fogna, che sgattaiolava leggero lungo il muro della scala confinante col suo sgabuzzino. I nervi a fior di pelle, in una tensione insostenibile, restava qualche minuto in attesa di un secondo rumore più deciso, forse pericoloso... come quella notte in cui fu scassinato il negozio accanto, un negozio di generi misti. Aveva tremato alle voci soffocate dei rapinatori, ai fischi di intesa per la strada e poi al rumore leggero della saracinesca men-

– diese Abstellkammer bekam von nirgendwoher Tageslicht – verbrachte sie Stunden über Stunden, damit beschäftigt mit Dampf feucht gehaltenen Filz zu strecken, um ihn den Vorgaben der Mode entsprechend in Form zu bringen. Deshalb waren ihre Finger immer leicht dunkel gefärbt, eine Farbe die sich auch durch wiederholtes Waschen nicht entfernen ließ. Sie schien sich ins Fleisch hineingefressen zu haben, Teil von ihr zu sein. Ihre Hände mit den schmalen, aristokratischen Fingern, von der Hausarbeit und dem ständigen Kontakt mit dem feuchten Filz und den Farben verdorben, bewahrten sich eine Eleganz, eine Grazie in den Bewegungen, die jeden, der sie beobachtete, unbewusst faszinierten. Es war ein leichtes, ausdrucksstarkes Spiel des Handgelenks, der Finger, vielleicht des Unterarms. Unzweifelhaft durch die jahrelange Arbeit empfindlich gewordene Hände. Eine richtige Künstlerin.

Oft arbeitete sie bis spät nachts, wenn die Mutter und die Schwester, die im Zimmer nebenan schliefen, den Rhythmus der Stunden mit ihrem schweren Atem begleiteten, ein leichtes Gemurmel im Schlaf der einen, das beinahe aggressive Schnarchen der Alten, durchbrachen die Stille, die sie umgab: eine schwere, erdrückende Stille.

Sie zuckte beim leisesten Knacken eines verirrten Holzwurms in seinem ausgebohrten Labyrinth der Mahagonikommode, dem einzigen Möbel von Wert in diesem Haus, zusammen. Aber auch die Schritte eines einsamen Passanten, die sich verstohlen auf der Straße entfernten, versetzten sie in Alarmbereitschaft; oder das Trippeln eines nicht genau identifizierbaren Lebewesens, vielleicht einer Kanalratte, die, auf der an ihr Kämmerlein angrenzenden Mauer entlang, die Treppe hinauflief. Mit angespannten Nerven, in einer unerträglichen Anspannung hielt sie in Erwartung eines weiteren, deutlicheren, vielleicht gefährlicheren Geräusches inne ... wie in jener Nacht, als im Geschäft nebenan, einem Gemischtwarenladen, eingebrochen worden war. Sie hatte bei dem unterdrückten Stimmengeräusch von der

tre veniva sollevata. Mai avrebbe dimenticato quei momenti, il fiato sospeso, i brividi di terrore che ancora sentiva serpeggiare lungo la schiena se soltanto passava davanti a quel negozio.

Dopo una pausa, in cui non osava neanche guardarsi intorno, proseguiva poi il lavoro, non acquietata, tutti i sensi in stato di allarme: temeva le ore notturne, forse per i fantasmi che si annidavano nei suoi pensieri, e allora le tremavano le mani al punto da non poter infilare l'ago. Paralizzata, non osava alzarsi per prendere un bicchiere d'acqua e non sapeva come calmare quell'ansia che la prendeva alla sprovvista; se poi per caso la madre smetteva di russare e a volte di respirare, in una specie di apnea, tendeva angosciosamente l'orecchio, col cuore in tumulto e riprendeva fiato solo quando la madre, dopo aver emesso un profondo sospiro, riprendeva a respirare. Subito dopo la sua voce, piano, quasi un lamento «Lina, Lina», e bisognava rigirarla nel letto, finché avesse trovato una posizione un po' meno scomoda. Si alzava allora precipitosamente, liberata dalla sua angoscia, dalle paure, e la soccorreva. Anche se dormiva, si svegliava sempre al primo richiamo, completamente lucida: nei suoi sogni la madre era sempre presente, in un sottofondo di sofferenza latente e ossessiva. Quella voce nella notte era per lei nonostante tutto un segno di vita, non poteva immaginare una notte diversa e da tanto tempo ormai dormiva e vegliava in attesa di quel richiamo.

Erano passati molti anni da quando una misteriosa malattia l'aveva lentamente inchiodata alla poltrona: il medico non aveva saputo fare una qualsiasi diagnosi né indicare una cura. Un lento atrofizzarsi dei muscoli che avrebbe potuto

Straße her, den warnenden Pfiffen der Einbrecher gezittert, und dann das leichte Geräusch des Rollladens, während er hochgeschoben wurde. Nie würde sie diese Augenblicke vergessen, den angehaltenen Atem, das ängstliche Zittern, das ihr immer noch über den Rücken lief, wenn sie bloß an diesem Geschäft vorbeiging.

Nach einer Pause, während der sie sich nicht einmal umzuschauen wagte, ging sie dann wieder an die Arbeit, alle Sinne in Alarmbereitschaft: sie fürchtete die nächtlichen Stunden, vielleicht wegen der Gespenster, die sich in ihre Gedanken einnisteten und dann zitterten ihre Hände so sehr, dass sie nicht im Stande war, die Nadel einzufädeln. Wie gelähmt wagte sie es nicht aufzustehen, um sich ein Glas Wasser zu holen und sie wusste nicht, wie sie diese Angst zähmen sollte, die sie unversehens überfiel; wenn dann die Mutter zu schnarchen und manchmal auch unter einer Art Apnoe zu atmen aufhörte, spitzte sie angstvoll die Ohren, das Herz in Aufruhr und kam erst wieder zu Atem, wenn die Mutter, nachdem sie einen tiefen Seufzer von sich gegeben hatte, wieder zu atmen begonnen hatte. Gleich darauf vernahm sie dann ihre Stimme, leise, beinahe ein Klagen: »Lina, Lina«, und sie musste sie im Bett wenden, solange bis sie eine weniger unbequeme Position gefunden hatte. Sie stand dann immer von ihrer Befürchtung, von ihren Ängsten befreit überstürzt auf und kam ihr zur Hilfe. Auch wenn sie schlief, wachte sie stets beim ersten Rufen auf, völlig klar bei Verstand: in ihren Träumen war die Mutter immer in einem latenten und obsessiven Hintergrund voller Leiden gegenwärtig. Diese Stimme in der Nacht war für sie trotz allem ein Lebenszeichen und sie konnte sich keine andere Nacht vorstellen, und mittlerweile schlief und wachte sie schon seit langem in Erwartung dieser Weckrufe.

Es waren viele Jahre vergangen, seit sie eine mysteriöse Krankheit an den Sessel gefesselt hatte: der Arzt hatte keine wie auch immer geartete Diagnose zu stellen gewusst, auch keine Behandlung anzuordnen. Ein langsames Schrumpfen

protrarsi per anni e anni, aveva detto. Non aveva aggiunto altro o forse non aveva voluto anticiparne la conclusione. Questo era accaduto prima della guerra, subito dopo la morte del marito. Allora ripeteva spesso, più o meno convinta:

«La buona morte mi ha dimenticato. Che vivo a fare? Sono solo di peso a me e agli altri.»

A queste uscite Grazia non reagiva mai. Lina invece se ne doleva ogni volta, sinceramente e tentava di consolarla. Col tempo, abituandosi a uno stato di immobilità che diventava sempre più assoluto, protestava meno, anzi negava a se stessa il progredire della malattia. Era un voler scacciare a tutti i costi l'avvicinarsi dell'irreparabile. In quella casa, per un tacito accordo, non si parlava mai di morte, quasi se ne volesse ignorare l'esistenza. Regnava soltanto, sovrana, nei pensieri delle tre donne.

Quel giorno rientrò poco dopo le due e aprendo notò la lettera infilata nella fessura fra le due ante della porta. Il postino, per chissà quale motivo, non la consegnava mai direttamente alla madre, ma la portava sempre fin dentro il portone. Conosceva bene la vecchia, tutti la conoscevano: appollaiata alla finestra tutto il santo giorno osservava il movimento della strada, senza perdere un solo particolare. Il suo interlocutore preferito era però il postino e se riusciva ad acciuffarlo in tempo era capace di tenerlo fermo anche una buona mezz'ora davanti alla sua finestra, subissandolo di domande, il più delle volte indiscrete, su tutto il vicinato. Era infatti convinta che il postino fosse la persona più informata della strada, benché il numero assai limitato di lettere che portava avrebbe dovuto convincerla del contrario. Pochissima gente, in quella strada, riceveva posta; solo chi abi-

der Muskeln, das sich über Jahre würde hinziehen können, hatte er gesagt. Er hatte nichts weiter hinzugefügt oder vielleicht hatte er bloß nicht das Ende vorwegnehmen wollen. Das war vor dem Krieg geschehen, gleich nach dem Tod des Ehemannes. Mehr oder weniger überzeugt wiederholte sie oft:

»Der Tod hat mich vergessen. Wozu soll ich noch leben? Ich bin nur eine Last für mich und die anderen.«

Auf diese Äußerungen reagierte Grazia nie. Lina hingegen bedauerte sie aufrichtig und versuchte sie zu trösten. In der Zeit, in der sie sich an den Zustand der Unbeweglichkeit gewöhnte, der immer absoluter wurde, beklagte sie sich immer seltener; sie leugnete vor sich selbst das Voranschreiten der Krankheit. Es war, als wolle sie um jeden Preis das Nahekommen des Unvermeidbaren verjagen. In diesem Haus sprach man gemäß einer stillschweigenden Übereinkunft niemals vom Tod, beinahe so als wolle man seine Existenz ignorieren. Er herrschte nur allmächtig über die Gedanken der drei Frauen.

An jenem Tag kam sie kurz nach zwei Uhr nachmittags nach Hause, als sie den, zwischen die beiden Türflügel geklemmten Brief, bemerkte. Der Briefträger übergab ihn, wer weiß aus welchen Gründen nie direkt der Mutter, brachte ihn aber immer bis zur Wohnungstür. Er kannte die Alte gut, alle kannten sie: den ganzen lieben Tag am Fenster, beobachtete sie, was sich auf der Straße tat, ohne auch nur eine einzige Kleinigkeit zu übersehen. Ihr bevorzugter Gesprächspartner aber war der Briefträger, und gelang es ihr einmal ihn zu erwischen, war sie imstande ihn auch eine gute halbe Stunde vor ihrem Fenster festzunageln und ihn zumeist mit indiskreten Fragen über die Nachbarschaft zu überhäufen. Sie war in der Tat überzeugt, dass der Briefträger, die am besten informierte Person der ganzen Straße sei, obwohl sie die sehr begrenzte Anzahl von Briefen, die er verteilte, vom Gegenteil hätte überzeugen müssen. Sehr we-

tava in alcune palazzine più eleganti, in fondo, dopo la curva, ogni tanto riceveva qualche lettera.

Ogni mattina si ingaggiava sempre la stessa gara fra i due: il postino tentava di sgattaiolare sotto la finestra, abbassandosi, facendo finta di raccogliere qualche cosa mentre lei subito lo chiamava per nome, prima che potesse eclissarsi definitivamente.

La casa della signorina Tuba, costruita su un piano rialzato, aveva una sola finestra a un due metri di altezza dalla strada, forse per evitare gli sguardi dei passanti; il pavimento della stanza era però sullo stesso livello del marciapiede, per cui sotto la finestra era stato costruito un largo gradino. Bastava salirvi sopra per affacciarsi, come a un teatro dei burattini. La poltrona della vecchia era posta direttamente su questo gradino, un ottimo punto di osservazione per chi avesse il tempo e la pazienza di aspettare che un individuo qualsiasi si perdesse da quelle parti. Era infatti una strada assai poco frequentata.

Da quella finestra riusciva a intravedere poco: la casa di fronte, e cioè il solo pianterreno, dove abitava la famiglia dell'oste, due ragazze ancora giovani e la madre; un po' più avanti un garage dove venivano ammucchiati barili di vino e ciarpame vario: lì finiva praticamente tutto il suo panorama. Ma vedeva il sole battere contro quei muri, quel sole che nella sua stanza non si degnava mai di apparire essendo esposta a nord.

La vecchia era al corrente di tutto o quasi tutto quanto avveniva nelle case vicine e anche in quelle in fondo alla strada. A lei bastava osservare la gente che passava per capire dalla loro andatura gli stati d'animo, i caratteri e le passioni, ma anche la loro situazione finanziaria, i sentimenti che li travagliavano. Camminavano a testa bassa o a testa alta; andavano di fretta; erano vestiti dimessamente o con

nige Leute in dieser Straße erhielten Post: nur wer in den wenigen eleganteren Häusern am Ende der Straße hinter der Kurve wohnte, erhielt ab und zu einen Brief.

Jeden Morgen fand zwischen den beiden derselbe Kampf statt: der Briefträger versuchte unter dem Fenster durchzuschleichen, indem er sich bückte und so tat, als würde er etwas vom Boden aufheben, während sie ihn dann gleich beim Namen rief, bevor er endgültig verschwinden konnte.

Fräulein Tubas Wohnung im Hochparterre hatte nur ein Fenster in zwei Metern Höhe zur Straße hin, vielleicht um neugierige Einblicke der Passanten zu verhindern; der Fußboden des Zimmers lag aber beinahe auf derselben Ebene wie der Gehsteig, weswegen unter dem Fenster eine breite Stufe aufgemauert worden war. Es genügte auf sie hinaufzusteigen, um sich, wie in einem Puppentheater, hinauslehnen zu können. Der Sessel der Alten war direkt auf diese Stufe gestellt ein vorzüglicher Beobachtungsposten für den, der Zeit und Geduld hatte zu warten, dass irgendein Individuum sich in jene Gegend verirrte. Es war in der Tat eine kaum belebte Straße.

Von diesem Fenster aus konnte sie wenig sehen: das Haus gegenüber, das heißt nur das Erdgeschoss, in dem die Familie des Wirtes wohnte, zwei noch junge Mädchen und die Mutter; ein wenig weiter vorne eine Garage, in der Weinfässer und verschiedenes Gerümpel angehäuft waren, dort endete ihr gesamtes Panorama. Aber sie sah die Sonne, die jene Mauern beschien, jene Sonne, die sich nie dazu herabließ in ihrem Zimmer zu erscheinen, da es gegen Norden ausgerichtet war.

Die Alte war über alles oder beinahe alles unterrichtet, was in dem angrenzenden und auch in den Häusern am Ende der Straße vorfiel. Ihr genügte es, die Leute zu beobachten, die vorbeikamen, um aus ihrem Gang den Seelenzustand, den Charakter und die Leidenschaften herauszulesen, aber auch ihre finanzielle Situation, die Gefühle, die sie plagten. Ob sie mit gesenktem oder hoch erhobenem Kopf da-

cura; erano in compagnia di persone che non conosceva; gesticolavano nervosi; dicevano qualcosa... e allora afferrava di volata qualche parola, meglio ancora una frase sulla quale poi lasciava correre la fantasia, meditando su possibili sviluppi. Il postino, suo malgrado, poi, le forniva il resto con piccole informazioni preziose, acciuffate al volo. Tutto questo materiale le permetteva poi di tessere una tela, la sua tela... immaginandosi storie, drammi assai complicati che occupavano la sua mente per intere giornate. Nessuno avrebbe mai pensato che dietro quella finestra dai vetri un po' accostati sedesse un'osservatrice così acuta e fantasiosa, una speculatrice sulla vita di tutte le persone che passavano di lì.

Per una sorta di piccola vendetta, il postino non le consegnava quasi mai la lettera personalmente. Forse impantanato in una discussione, finiva col dimenticarlo.

La lettera non sorprese la signorina Tuba, arrivava più o meno puntualmente ogni mese e proveniva dall'Inghilterra. La mise in tasca, aprì la porta e subito la madre, con voce stridula, esplose:

«Sempre più tardi. Arrivi ogni giorno più tardi.»

La figlia sentiva questo rimprovero ogni giorno e aveva smesso da tempo di scusarsi: il tram aveva avuto ritardo, non aveva potuto chiudere il negozio in tempo, per via di una cliente che non riusciva a decidersi, o la padrona le aveva dato un incarico all'ultimo momento. Tutti motivi che la madre non poteva capire. Si avvicinò alla poltrona e sollevò quel piccolo corpo rattrappito deponendolo con cura su una sedia accanto. La madre era leggera come un bambino e ogni volta che la sollevava, sentendo sotto le mani quel mucchietto di ossa anchilosate, tenute insieme da un velo di pel-

herkamen; waren sie in Eile; waren sie schlampig gekleidet oder mit Sorgfalt; waren sie in Begleitung von Personen, die sie nicht kannte, gestikulierten sie nervös, sagten sie etwas ... dann erhaschte sie rasch einige Worte, besser noch einen Satz, an dem sich ihre Fantasie entzünden konnte und sie über die möglichen weiteren Entwicklungen nachsinnen ließ. Gegen seinen Willen lieferte ihr der Briefträger dann den Rest mit kleinen, kostbaren, im Vorübergehen aufgeschnappten Informationen. All dieses Material ermöglichte es ihr dann ein Netz nach dem anderen zu weben ... indem sie sich Geschichten ausdachte, sehr komplizierte Dramen, die ihren Geist tagelang beschäftigten. Niemand hätte jemals gedacht, dass hinter diesem leicht angelehnten Fenster eine so scharfe und fantasievolle Beobachterin sitzen könnte, eine, die mit den Leben all dieser Personen spekulierte, die dort vorbeikamen.

Als eine Art kleiner Rache übergab ihr der Briefträger den Brief nie persönlich. Vielleicht in eine Diskussion verwickelt, endete es damit, dass er es vergaß.

Der Brief überraschte Fräulein Tuba nicht, er kam mehr oder weniger pünktlich jeden Monat aus England. Sie steckte ihn in die Tasche, öffnete die Tür und schon explodierte die kreischende Stimme der Mutter:

»Immer später. Du kommst jeden Tag später.«

Die Tochter vernahm diesen Vorwurf jeden Tag und hatte schon lange aufgehört sich zu entschuldigen: die Straßenbahn hatte Verspätung, sie hatte den Laden nicht rechtzeitig zusperren können, weil sich ein Kunde nicht entscheiden hatte können oder weil die Besitzerin ihr im letzten Moment einen Auftrag erteilt hatte. Alles Gründe, die die Mutter nicht verstehen konnte. Sie ging zum Lehnstuhl und hob diesen leichten, verschrumpelten Körper hoch und setzte ihn auf den Stuhl daneben. Die Mutter war leicht wie ein Kind und jedes Mal, da sie ihn hochhob und in ihren Händen dieses Häufchen gelenksteifer Knochen spürte, die von einer

le senza neanche un grammo di carne, le si stringeva il cuore di tristezza. Poi vuotò il recipiente dove la madre faceva i suoi bisogni durante la sua assenza, lo lavò e lo rimise al solito posto, dentro la poltrona, nell'apposita incavatura. La madre nel frattempo non la smetteva di chiacchierare:

«Ciccina ha litigato con la sorella. Se le sono dette... avresti dovuto sentire! La madre non è neanche intervenuta per mettere pace... solo quando si sono accapigliate di brutto le ha separate. Quella ha un bel sangue freddo... un giorno una di loro finirà all'ospedale, te lo dico io. Avessi sentito gli strilli... credo si tratti sempre della solita storia...» Lina la interruppe pazientemente per chiederle se aveva ancora bisogno di qualcosa prima di mettersi a cucinare. La madre andò su tutte le furie:

«Con te non si può parlare. Non ti interessa niente di tutto quello che succede qui. La gente può anche ammazzarsi...»

Lina andò in cucina e accese il fuoco. Era stanca e aveva portato un mucchio di lavoro da finire. Una lunga nottata l'aspettava, anche perché avrebbe dovuto trascorrere tutto il pomeriggio nel negozio. Dimenticò la lettera e se ne ricordò solo nel momento in cui prese il fazzoletto dalla tasca per asciugarsi le lacrime provocate dal fumo di qualche pezzetto di carbone, forse umido. Quanto avrebbe desiderato una piccola cucina a gas, come molte vicine avevano già dalla fine della guerra, che liberazione per lei, accendere con un solo fiammifero e avere la cucina priva di fumo, sempre pulita. Ma non se lo potevano permettere, bisognava aspettare qualche rimessa dall'Inghilterra.

Dalla cucina gridò:

fast durchsichtigen Haut ohne einem einzigen Gramm Fleisch zusammengehalten wurde, verkrampfte sich ihr Herz vor Traurigkeit. Dann leerte sie den Behälter, in den sie in ihrer Abwesenheit ihre Notdurft verrichtete, wusch ihn und stellte ihn an seinen üblichen Platz, eine Einbuchtung unter dem Sessel zurück. Inzwischen hörte die Mutter nicht auf zu schwätzen:

»Ciccina hat mit ihrer Schwester gestritten. Die haben sich Sachen an den Kopf geschmissen ... das hättest du hören sollen! Die Mutter ist nicht einmal eingeschritten, um Frieden zu stiften ... erst als sie richtig aufeinander losgegangen sind, hat sie sie getrennt. Nerven muss die haben ... früher oder später landet eine der beiden im Krankenhaus, das sag ich dir. Wenn du die Schreie gehört hättest ... ich glaube es geht immer um dieselbe Geschichte ...« Lina unterbrach sie geduldig, um sie zu fragen, ob sie noch etwas benötige, bevor sie sich ans Kochen mache. Die Mutter brachte das völlig auf die Palme:

»Mit dir kann man nicht reden. Dich interessiert nicht, was hier alles geschieht. Die Leute könnten sich auch umbringen ...«

Lina ging in die Küche und machte das Feuer an. Sie war müde und hatte eine Menge zu beendender Arbeiten mit nach Hause gebracht. Eine lange Nacht erwartete sie, auch, weil sie noch den ganzen Nachmittag im Geschäft zubringen musste. Sie vergaß den Brief und erinnerte sich erst in dem Moment daran, als sie das Taschentuch hervorholte, um sich die vom Rauch irgendeines vielleicht feuchten Kohlestückchens provozierten Tränen zu trocken. Wie sehr hätte sie sich einen kleinen Gasherd gewünscht, so einen wie ihn die Nachbarn schon seit Kriegsende hatten, was für eine Befreiung für sie, mit nur einem Zündholz Feuer zu machen und eine rauchfreie, immer saubere Küche zu haben. Aber sie konnten es sich nicht leisten, sie mussten auf eine Überweisung aus England warten.

Sie rief aus der Küche:

«C'è una lettera di Concetta.»

Non l'avesse mai detto. La madre riprese a sbraitare con più lena di prima e questa volta con un vero motivo.

«Perché non mi hai dato la lettera subito? Io sono sempre l'ultima a sapere quello che succede. Mi mancate di rispetto... e quel postino della malora, è rimasto fermo qui tutta la mattinata a parlare di tante faccende che non mi riguardano e poi dimentica di darmi la lettera...»

Lina, con calma, venne nella stanza e le consegnò la lettera. La madre gliela strappò di mano, impaziente e la palpò.

«Non ci sono soldi. Ancora una lettera senza soldi. Chissà che scusa ha trovato questa volta.» Stracciò convulsamente la busta e guardò accuratamente dentro, se per caso si fosse sbagliata. Niente, neanche un biglietto di banca. Controllò la busta se per caso fosse stata aperta. Lina commentò:

«Avresti dovuto controllare prima di strappare la busta... adesso non si vede niente.» La madre sbottò:

«E se avessimo potuto vedere che la busta è stata manomessa credi che avremmo potuto protestare con qualcuno?» Lina aggiunse, accomodante.
«Almeno avremmo saputo se Concetta ha mandato dei soldi.» La madre non mollò:
«Lei scrive sempre se ha mandato dei soldi.» Lina tornò in cucina, abbattuta. La madre aveva sempre ragione; ma già risentì la voce imperiosa:

«Leggimi la lettera, lo sai che non ci vedo più tanto bene.» Lina restò in cucina, disse solo: «dopo, dopo.»

La madre intanto proseguiva con le sue chiacchiere, senza

»Da ist ein Brief von Concetta.«

Hätte sie es bloß nicht gesagt. Die Mutter begann noch lauter als vorhin zu schreien, dieses Mal mit einem echten Grund:

»Warum hast du mir den Brief nicht gleich gegeben. Ich bin immer die Letzte, die erfährt was los ist. Ihr habt keinen Respekt vor mir ... und dieser vermaledeite Briefträger hat sich den ganzen Vormittag hier herumgetrieben, um von Angelegenheiten zu reden, die mich nichts angehen und dann vergisst er mir den Brief zu geben.«

Lina kam gelassen in das Zimmer und gab ihr den Brief. Die Mutter riss ihn ihr ungeduldig aus den Händen und betastete ihn.

»Da ist kein Geld drin. Ein weiterer Brief ohne Geld. Wer weiß, welche Ausrede sie dieses Mal gefunden hat.« Hektisch riss sie den Umschlag auf und schaute sorgfältig hinein, ob sie sich nicht doch zufällig geirrt hatte. Nichts, kein Geldschein. Sie kontrollierte den Umschlag, ob er etwa schon geöffnet worden war. Lina bemerkte:

»Du hättest kontrollieren sollen, bevor du den Umschlag aufgerissen hast ... jetzt sieht man nichts mehr.« Die Mutter platze los:

»Und wenn wir gesehen hätten, dass der Umschlag geöffnet worden ist, glaubst du, wir hätten uns bei irgendjemandem beschweren können?« Lina fügte entgegenkommend hinzu:

»Wenigstens hätten wir erfahren, ob Concetta Geld geschickt hat.« Die Mutter gab nicht nach:

»Sie schreibt es immer, wenn sie Geld schickt.« Lina ging niedergeschlagen in die Küche zurück. Die Mutter hatte wie immer Recht und schon hörte sie wieder diese herrische Stimme:

»Lies mir den Brief vor, du weißt doch, dass ich nicht mehr gut sehe!« Lina blieb in der Küche und sagte nur: »Nachher, nachher«.

Die Mutter fuhr inzwischen mit ihrem Getratsche fort,

neanche aspettare una risposta: «Questa notte abbiamo avuto la solita serenata di Cantalanotte. Lo hai sentito? Poco prima delle due. Ma tu dormivi della grossa. Beata te. Ho sentito l'orologio della chiesa battere due colpi... ma forse erano solo due quarti. Di questi tempi ce l'ha con la „luna rossa", ogni tanto cambia. Stamattina l'ho visto mentre usciva e gli ho chiesto perché canta ogni notte prima di rientrare. Io pensavo cantasse solo davanti al portone, e invece mi ha raccontato che lui canta per strada! Tutto il percorso, dal ristorante fino a qui... figurati, questo nottambulo canta in mezzo alle strade! Lui dice che le strade solitarie lo ispirano... il silenzio poi è un balsamo per la voce e le strade deserte hanno anche una buona acustica. Ha anche detto che l'aria notturna porta la voce lontano, fino alle stelle... figurati... un pazzo... dice di cantare per le stelle! E così canta a voce di testa, ogni notte, senza stancarsi... Dice di sapere tante canzoni, non solo quella della luna rossa. Ma questo lo sapevo anche io... lo sento cantare ormai da anni. Una volta la vecchia signora del piano di sopra, quella di fronte sai, la nonna dei bambini, ha preso un secchio d'acqua e glielo ha rovesciato sulla testa, mi ha raccontato lui... Ne ha riso. Dice che niente lo può fermare, neanche la polizia. Tutto il giorno aspetta impaziente che venga notte per poter cantare...»

Lina mentre cucinava ascoltava appena il racconto della madre. Ne conosceva il contenuto. Non raccontava per la prima volta quella storia. Spesso lo sentiva cantare anche lei, quando lavorava fino a tardi. Cantalanotte, così soprannominato dalla madre e da tutti i vicini, era un bravo giovanotto che abitava nella loro stessa casa, al piano di sopra, insieme a un fratello e una sorella. Erano orfani. Una zia si occupava di loro. Cantalanotte aveva il vizio di cantare, per il resto era assolutamente innocuo. E aveva anche la passione per Totò.

ohne auch nur eine Antwort abzuwarten: »Heute Nacht hatten wir die übliche Serenade unseres Cantalanotte. Hast du ihn gehört? Kurz vor zwei Uhr. Aber du hast ja fest geschlafen. Du hast es gut. Ich habe die Kirchenuhr zwei Mal schlagen gehört ... aber vielleicht waren es auch nur zwei Viertel. Momentan hat er es mit *luna rossa*[14], ab und zu wechselt er. Heute Morgen hab ich ihn gesehen, als er aus dem Haus ging und ich habe ihn gefragt, warum er jede Nacht beim Nachhausekommen singt. Ich dachte, er würde nur vor dem Haustor singen, aber er hat mir erzählt, dass er unterwegs singt! Den ganzen Weg vom Restaurant bis hierher ... denk dir nur! Dieser Nachtschwärmer singt mitten auf der Straße. Er sagt, dass ihn die leeren Straßen inspirieren ... und die Stille sei Balsam für die Stimme, und die leeren Straßen hätten eine gut Akustik. Er hat auch gesagt, dass die Nachtluft die Stimme weit trage, bis zu den Sternen ... kannst du dir das vorstellen ... ein Spinner ... er sagt, dass er für die Sterne singt! Und deshalb singt er mit der Kopfstimme, jede Nacht, ohne zu ermüden ... Er sagt, er kenne viele Lieder, nicht nur das vom roten Mond. Aber das wusste ich schon ... ich höre ihn mittlerweile seit Jahren. Einmal hat die alte Frau vom oberen Stock gegenüber, weißt du, die Großmutter der Kinder, einen Eimer Wasser genommen und ihn ihm über den Kopf geschüttet, hat er mir erzählt ... Er hat darüber gelacht. Er hat gesagt, dass ihn nichts aufhalten könne, nicht einmal die Polizei. Den ganzen Tag warte er ungeduldig, dass es Nacht werde, um singen zu können ...«

Lina hörte beim Kochen dem Gerede der Mutter kaum zu. Sie kannte den Inhalt. Sie erzählte diese Geschichte nicht zum ersten Mal. Oft hörte auch sie ihn singen, wenn sie bis spät arbeitete. Dieser Cantalanotte, so wurde er von der Mutter und allen Nachbarn genannt, war ein braver Bursche der zusammen mit einem Bruder und einer Schwester im selben Haus über ihnen wohnte. Sie waren Waisen. Eine

---

[14]Ein Schlager der fünfziger Jahre

Tutto il suo tempo libero lo trascorreva al cinema. Vedeva e rivedeva sempre gli stessi film, *Totò cerca casa, Totò le Mokò, Quarantasette – morto che parla* e così via, li conosceva tutti, non parlava di altro.

Il fratello, maggiore di qualche anno, era molto più quieto, quasi non si vedeva né si sentiva. Usciva la mattina presto e tornava la sera. La sorella ancora adolescente invece andava a scuola e la vecchia diceva che da lei c'era da aspettarsi di tutto: figurarsi, si tingeva i capelli con l'acqua ossigenata! E aveva anche osservato qualche giovanotto accompagnarla dalla scuola... una vera civetta, alla sua età. In quella famiglia, i giorni in cui i vari fratelli si incontravano potevano contarsi sulle punte delle dita, forse per la festa di Sant'Agata e a Natale.

Mentre la madre continuava i suoi commenti Lina aveva finito di preparare il pranzo, un piatto di spaghetti e una frittata di patate.

Avvicinò un tavolino alla madre e la servì. Lina si chiedeva ogni volta da dove le venisse tutta quella vitalità: quasi un fuoco divampasse dentro di lei, in contrasto e in lotta con quel corpo macilento, debole, passivo. Un corpo che si spegneva giorno per giorno, inesorabilmente.

Fra un boccone e l'altro diede un'occhiata alla lettera e prima di leggerla a voce alta, come d'abitudine, la lasciò cadere sul tavolo esclamando:

«Concetta vuole venire! Scrive che vuol venire in giugno, fra un mese.» Tacque e fissò la madre. A costei cadde la forchetta di mano e per un secondo le mancò la parola, tanta fu la sorpresa. Ma si riprese subito e, quasi strozzandosi, strillò:

Tante kümmerte sich um sie. Cantalanotte hatte das Laster nachts zu singen, ansonsten war er völlig harmlos. Und er hatte auch eine Vorliebe für Totò[15]. Seine gesamte Freizeit verbrachte er im Kino. Er sah sich immer wieder dieselben Filme an. *Totò sucht ein Zuhause, Totò le Mokò, Quarantasette morto che parla* und so weiter; er kannte sie alle, redete von nichts anderem.

Sein Bruder, einige Jahre älter, war viel ruhiger, man sah und hörte ihn beinahe nicht. Er ging früh morgens aus dem Haus und kam abends zurück. Die noch halbwüchsige Schwester hingegen ging zur Schule und die Alte sagte, dass man sich von ihr einiges erwarten könne: man stelle sich vor, sie bleichte sich die Haare mit Wasserstoffperoxid! Und sie hatte auch beobachtet, wie sie manchmal von Burschen nach Hause begleitet wurde ... eine richtig Kokette, in ihrem Alter! In dieser Familie konnte man die Tage, an denen sich die Geschwister trafen an den Fingern einer Hand abzählen, vielleicht zum Fest der hl. Agathe und zu Weihnachten.

Während die Mutter mit ihren Kommentaren fortfuhr war Lina mit der Zubereitung des Mittagessens fertig, Spaghetti und Omelett mit Kartoffeln.

Sie rückte ein Tischchen näher zur Mutter hin und bediente sie. Lina fragte sich jedes Mal aufs Neue, woher sie diese ganze Vitalität nahm, beinahe so, als lodere ein Feuer in ihr, das sich im Gegensatz und im Kampf mit diesem siechen, schwachen, passiven Körper befand. Ein Körper, der Tag um Tag unaufhaltsam erlosch.

Zwischen dem einen und dem anderen Bissen warf sie einen Blick in den Brief und noch bevor sie ihn wie gewohnt vorzulesen begann, ließ sie ihn auf den Tisch fallen und rief aus:

»Concetta will kommen! Sie schreibt, dass sie im Juni, in einem Monat kommen will!« Sie schwieg und starrte die Mutter an. Dieser fiel die Gabel aus der Hand und für einen

---

[15]Berühmter italienischer Filmschauspieler

«Cosa viene a fare qui? Non se n'è andata senza neanche una parola, lasciandoci nella miseria e nella disperazione? Cosa viene a cercare qui? E dove la mettiamo? Qui non c'è posto, lo dovrebbe sapere.» Lina anche lei smarrita rispose:

«Dice che vuole rivedere la sua terra.» Ma la madre la interruppe con violenza:

«Qui non c'è niente di suo. Niente. Che vuol dire rivedere la sua terra... vuol venire a guardare per terra? La terra è uguale dappertutto, non c'è bisogno che si faccia tutto questo viaggio.» Ma anche a lei mancarono presto gli argomenti. Tacque e questo le succedeva assai di rado. Rifletté un momento, mentre inghiottiva una forchettata di spaghetti:

«Perché vuol venire? Ha dei guai col marito?» Lina rispose languidamente:

«Viene con lui.» Qui la vecchia parve perdere la testa:

«Con quel delinquente? Con quell'avanzo di galera? Come si permette? Io io io qui non lo ricevo, dovessi morire stecchita!» Lina sparecchiò stancamente e lavò i piatti. Non sapeva che pensare. Sarebbe stato peggio di un terremoto, questo era sicuro, dato il carattere della madre e quello non meno tempestoso della sorella. Avevano avuto otto anni di pace dopo quella storia. Perché rimettere tutto in discussione, perché non poteva restare tutto come era adesso?

La madre intanto aveva ripreso a parlare da sola, lo faceva sempre, anche quando non era veramente sola. Frasi rotte, parole solitarie interrotte da profondi sospiri. Per interpretare il senso di quei pensieri sarebbe stato necessario conoscere tutte le vicende della sua vita, anche gli episodi più insignificanti. Il che non era poi tanto facile. Lina non sapeva

Augenblick blieb sie sprachlos, so überrascht war sie. Doch sie fing sich gleich wieder und sich dabei beinahe verschluckend schrie sie:

»Was will sie hier? Sie ist ohne ein Wort gegangen und hat uns im Elend und in der Verzweiflung zurückgelassen. Was sucht sie hier? Und wo sollen wir mit ihr hin? Hier ist kein Platz, das müsste sie wissen.« Lina, gleichfalls verstört, antwortete:

»Sie schreibt, sie möchte ihr Land wiedersehen.« Die Mutter aber unterbrach sie barsch:

»Hier ist nichts, was ihr gehört. Nichts. Was soll das heißen, ihr Land ... will sie herkommen und auf den Boden starren? Die Erde ist überall gleich, da muss sie nicht diese ganze Reise machen.« Aber auch ihr gingen bald die Argumente aus. Sie schwieg und das kam sehr selten vor. Sie überlegte einen Moment, während sie eine Gabel Spaghetti hinunterschlang:

»Warum will sie kommen. Hat sie Probleme mit dem Mann?« Lina antwortete ermattet:

»Sie kommt mit ihm.« Da schien die Alte auszurasten:

»Mit diesem Verbrecher? Mit diesem Knastbruder? Was erlaubt die sich? Ich, ich, ich werde ihn hier nicht aufnehmen, und wenn ich tot umfalle!« Lina räumte müde den Tisch ab und wusch die Teller. Sie wusste nicht, was sie denken sollte. Es würde schlimmer als ein Erdbeben werden, dessen war sie sich sicher angesichts des Charakters der Mutter und dem nicht minder stürmischen der Schwester. Nach jener Geschichte hatten sie acht Jahre Frieden gehabt. Wozu alles in Frage stellen, warum konnte nicht alles so bleiben, wie es jetzt war?

Die Mutter hatte wieder mit ihren Selbstgesprächen begonnen, das tat sie immer, auch wenn sie nicht wirklich alleine war. Halbe Sätze, einzelne, von tiefen Seufzern unterbrochene Wörter. Um den Sinn dieser Gedanken zu erraten, hätte man ihren ganzen Lebenslauf kennen müssen, auch die kleinsten Einzelheiten, was dann auch nicht so einfach

niente della sua gioventù, di quando non era ancora sposata, e neanche dopo, quando di se stessa bambina conservava solo vaghi ricordi; così una volta per tutte aveva rinunciato a capirla. E la lasciava sola a intessere frasi spezzate, parole forse senza senso, ricordi che non riusciva a rincorrere, ad annodare fra di loro.

Quel giorno aveva portato nella sua cappelliera diversi cappelli da rifinire: tutte paglie estive, sottilissime, leggere come ali d'uccello, da ornare con nastri, fiori, frutta. Un lavoro molto delicato, che richiedeva concentrazione. Venendo aveva pensato di poterne finire almeno uno, prima di tornare al negozio. Non aprì neanche la cappelliera, era troppo inquieta, la testa altrove. Fra poco avrebbe dovuto rimettersi in cammino e quella mezz'ora di pausa non voleva sprecarla con un lavoro che magari avrebbe dovuto rifare la sera.

La madre alla finestra intanto continuava a borbottare:

«Tutto. Tutto. Non ha lasciato uno spillo. Per correre dietro a quel disgraziato.»

Lina capiva perfettamente il senso di quelle parole. La madre visibilmente agitata, serrava convulsamente le mani in grembo tentando di frenarne il tremito. Ignorò la figlia e continuò il suo soliloquio.

«Qui, davanti ai miei occhi, hanno fatto fagotto, come due ladri... hanno svuotato i cassetti del comò, hanno preso anche le lenzuola del vostro corredo. Tutto, tutto. Non hanno lasciato altro che gli occhi per piangere. E lei che strillava: ti restituiremo tutto, ti pagheremo tutto. In otto anni non hanno restituito neanche la metà dei soldi che si sono portati via, senza contare i gioielli di mia madre, l'orologio d'oro di

war. Lina wusste nichts von ihrer Jugendzeit, als sie noch nicht verheiratet war, und auch nichts von der Zeit danach, von der sie sich, noch ein Kind, keine Erinnerung bewahrt hatte; also hatte sie ein für alle Mal beschlossen darauf zu verzichten sie verstehen zu wollen und ließ sie alleine ihre abgebrochenen Sätze verweben, vielleicht sinnlose Wörter, Erinnerungen, die sie nicht mehr zu erhaschen, miteinander zu verknüpfen vermochte.

An diesem Tag hatte sie in ihrer Hutschachtel verschiedene zu vollendende Hüte mitgebracht: alles Strohhüte für den Sommer, sehr leicht, wie die Flügel eines Vogels, mit Bändern, Blumen, Früchten zu verzieren. Eine sehr heikle Arbeit, die ihre ganze Konzentration erforderte. Auf dem Nachhauseweg hatte sie geglaubt, zumindest einen davon fertig zu bekommen, bevor sie ins Geschäft zurück musste. Sie öffnete die Hutschachtel erst gar nicht, sie war zu unruhig, die Gedanken anderswo. In Kürze würde sie sich wieder auf den Weg machen müssen und diese halbe Stunde Pause wollte sie nicht mit einer Arbeit vergeuden, die sie dann vielleicht am Abend hätte von Neuem erledigen müssen.

Die Mutter brummte inzwischen am Fenster weiter:

»Alles. Alles. Nicht eine Stecknadel hat sie zurückgelassen. Um diesem Gauner hinterherzulaufen.«

Lina begriff den Sinn dieser Worte ganz genau. Die Mutter war augenscheinlich sehr erregt, presste krampfhaft ihre Hände im Schoß in dem Versuch zusammen, das Zittern kontrollieren zu können. Sie ignorierte die Tochter und fuhr in ihrem Selbstgespräch fort:

»Hier vor meinen Augen haben sie sich davongemacht, wie zwei Diebe ... haben die Schubladen der Kommode ausgeräumt, haben sogar die Bettwäsche eurer Aussteuer mitgenommen. Alles, alles. Nichts haben sie zurückgelassen, außer den Augen zum Weinen. Und sie, die da schrie: ‚Wir werden dir alles zurückgeben, wir werden dir alles bezahlen‘. In acht Jahren haben sie nicht einmal die Hälfte des Geldes zurückgegeben, das sie mitgenommen haben, den

tuo padre e la fede e i miei orecchini... chi mi restituirà la mia roba? E tutti i risparmi, fino all'ultimo centesimo. Il giorno dopo non abbiamo potuto comprare neanche un pezzo di pane. Con quei pochi soldi che manda ogni mese crede di risarcirci del danno. E la vergogna, l'offesa, la disperazione, la miseria in cui ci ha lasciate? Chi ci risarcisce di questo?» E via di questo passo. Lina non avrebbe voluto ascoltarla. Senza molta convinzione buttò lì:

«Era innamorata.» La madre quasi aspettasse questa interruzione che evidentemente conosceva, urlò con la sua voce più acuta:

«Devi dire piuttosto che perse la testa. Alla sua età, mettersi con un giovanotto dieci anni più giovane di lei.» Lina, come sempre la corresse:

«Otto» e la madre senza lasciarsi interrompere:

«Otto o dieci, che differenza c'è? Lui voleva solo i soldi per tornare al suo paese e ha cercato una babbea che glieli procurasse.» Lina tentò di fermarla:

«Ma l'ha portata con sé. Era innamorato anche lui. L'ha pure sposata. Ci ha mandato la fotografia.» La madre di colpo smise di urlare. La fissò un momento con gli occhi fuori dalla testa per esplodere subito dopo, come una furia:

«Vuoi dire che ha fatto bene a comportarsi in quel modo? Sei d'accordo con tua sorella? Avresti fatto anche tu come lei per un paio di pantaloni...?»

Lina si era posta quella domanda varie volte, mentre tirava feltri umidi, mentre cuciva nastri e velette. Ogni volta rimaneva un momento sorpresa da quel pensiero, quasi venisse da una parte insospettata di se stessa, un parte imprevedibile, sconosciuta, pericolosa. Avrebbe agito così anche

Schmuck meiner Mutter, die goldene Uhr deines Vaters und den Ehering und meine Ohrringe gar nicht bedenkend ... wer wird mir meine Sachen zurückgeben? Und die ganzen Ersparnisse bis auf den letzten Groschen. Am Tag darauf konnten wir uns nicht einmal ein Stück Brot kaufen. Mit dem bisschen Geld, das sie jeden Monat schickt, glaubt sie den Schaden wieder gut zu machen. Und die Schande, die Beleidigung, die Verzweiflung, das Elend, in dem sie uns zurückgelassen hat? Wer vergütet uns die?« Und weiter auf diese Tour. Lina hätte ihr nicht zuhören wollen. Ohne große Überzeugung warf sie ein:

»Sie war verliebt.« Beinahe als habe sie auf diesen Einwand gewartet, den sie offensichtlich kannte, schrie sie mit ihrer schrillsten Stimme:

»Du solltest eher sagen, dass sie den Kopf verloren hatte. In ihrem Alter sich mit einem zehn Jahre jüngeren Mann zusammen zu tun.« Wie immer korrigierte sie Lina:

»Acht«, und die Mutter, ohne sich unterbrechen zu lassen:

„Acht oder zehn, welchen Unterschied macht das? Er wollte nur das Geld, um in seine Heimat zurückzukehren und hat eine Dumme gesucht, die es ihm verschafft.« Lina versuchte sie zu bremsen:

»Er hat sie aber mitgenommen. Auch er war verliebt. Er hat sie sogar geheiratet. Sie hat uns das Foto geschickt.« Die Mutter hörte auf einen Schlag zu schreien auf. Sie starrte sie einen Augenblick mit entgeisterten Blicken an, um gleich darauf wieder wie eine Furie loszupoltern:

»Willst du damit sagen, dass sie Recht hatte sich so zu benehmen? Bist du mit deiner Schwester einer Meinung? Hättest auch du dich wie sie wegen einem Mannsbild so aufgeführt?«

Lina hatte sich diese Frage öfters selbst gestellt, während sie den feuchten Filz auszog, die Bänder und Hutschleier annähte. Bei diesem Gedanken hielt sie jedes Mal verdutzt inne, beinahe so als entspringe er einem unerwarteten, unbekannten, gefährlichen Winkel ihrer selbst. Hätte auch sie

lei? Non era mai arrivata a una chiara risposta, a un sì o a un no e neanche a un forse. Aveva sempre trovato delle scuse: erano altri tempi, la guerra ancora dietro la porta, gli alleati o i nemici in casa. Nessuno capiva cosa stava accadendo, un vero stato di emergenza, e in quella confusione Concetta aveva trovato un giovane che l'aveva salvata, cosa che la madre dimenticava volentieri.

L'aveva tirata fuori dalle macerie di un palazzo, dopo un bombardamento, e ancora sotto shock l'aveva accompagnata a casa. Nessuno allora poteva immaginare che quel ragazzo non avesse più nessuna voglia di fare la guerra, ormai deciso a disertare e forse aveva approfittato di quella storia per trovare un rifugio. Concetta lo aveva nascosto proprio nel loro sottoscala dove c'era posto giusto per un pagliericcio. Giorni terribili erano seguiti, con la paura che arrivasse la polizia e non si sapeva bene quale polizia, quella fascista o quella alleata? E in quel frangente si erano innamorati, era chiaro, si vedeva ad occhio nudo. Concetta si era trasformata, era diventata una tigre e lo avrebbe difeso con i denti, se necessario. Era andata così, e Lina aveva ammirato la sorella, ma non aveva mai osato dirlo a voce alta. Solo dopo, quando erano fuggiti insieme, per andarsi a nascondere non si sapeva bene dove, solo allora aveva pensato che quella storia stava diventando troppo pericolosa. La fine della guerra aveva appianato tutte le difficoltà e la coppietta era tornata da loro perché aveva bisogno di soldi. Certo si erano comportati assai male, e la madre aveva ragione, ma cosa avrebbero potuto fare? Con tutto ciò non aveva il coraggio di scusarli, neanche con se stessa.

Ancora una volta si rifiutò di prendere posizione, così per amore della pace in famiglia, rispose accomodante:

sich so verhalten? Nie war sie zu einer Antwort, zu einem Ja oder einem Nein oder einem Vielleicht gekommen. Sie hatte immer irgendwelche Ausreden gefunden: es waren andere Zeiten gewesen, der Krieg noch hinter der Tür, die Alliierten oder den Feind im Haus. Niemand verstand was los war, eine richtige Notlage und in diesem Durcheinander hatte Concetta einen jungen Mann gefunden, der sie gerettet hat, eine Sache, die die Mutter gerne vergaß.

Er hatte sie nach einem Bombenangriff aus den Trümmern eines Hauses ausgegraben und noch unter Schock hatte er sie nach Hause begleitet. Niemand konnte damals ahnen, dass dieser Junge keine Lust mehr hatte weiter Krieg zu führen und sich inzwischen entschieden hatte zu desertieren und vielleicht diesen Vorfall genutzt hatte, um einen Unterschlupf zu finden. Concetta hatte ihn im Abstellraum unter der Treppe versteckt, wo gerade einmal Platz für einen Strohsack war. Darauf folgten schreckliche Tage, immer in der Angst, dass die Polizei kommen könnte, und man wusste nicht genau welche Polizei, die faschistische oder die der Alliierten. Und unter diesen Umständen hatten sie sich verliebt, das war klar, man sah es mit bloßem Auge. Concetta hatte sich verwandelt, war zur Tigerin geworden und hätte ihn, wenn nötig, mit den Zähnen verteidigt. So war es passiert und Lina hatte ihre Schwester bewundert, doch hatte sie sich nie getraut es laut zu sagen. Erst nachher, als sie zusammen geflohen waren, um sich – man wusste nicht genau wo – zu verstecken, erst da hatte sie gedacht, dass diese Geschichte zu einer wirklichen Gefahr geworden war. Das Ende des Krieges hatte alle Schwierigkeiten ausgeräumt und das Paar war zu ihnen zurückgekehrt, weil es Geld brauchte. Gewiss, sie hatten sich sehr schlecht benommen und Mutter hatte Recht, aber was hätten sie auch tun sollen? Doch bei all dem hatte sie nicht den Mut, sie zu entschuldigen, auch nicht vor sich selbst.

Ein weiteres Mal weigerte sie sich Position zu beziehen, also antwortete sie dem lieben Frieden zu Liebe entgegen-

«Le scriviamo che è meglio se per adesso non viene.»

«Come, per adesso? Mai deve venire. Questo le devi scrivere. Non deve più farsi vedere, hai capito? Qui lei non deve più mettere piede... anzi le spedisci un telegramma, subito, oggi stesso. Chissà quanto tempo impiega una lettera. Non voglio correre dei rischi. Scrivi solo: non venire.» Lina si sentì male. Quella storia l'aveva sempre fatta star male. Le venivano veri e propri contorcimenti di stomaco, crampi, quasi una colica. La madre la vide impallidire e si spaventò. Conosceva le reazioni della figlia:

«Stai male? Mettiti a letto. Fatti una borsa di acqua calda.» E cominciò a lamentarsi: lei stessa non poteva aiutarla, non serviva a niente, era solo un peso, un ingombro. Lina pensò „se almeno una volta potesse tacere“ ma si pentì subito, strinse le labbra come a punirsi della propria impazienza. „Presto tacerà per sempre.“ Un pensiero che ormai da anni si nascondeva dietro tutti gli altri pensieri.

kommend:

»Wir schreiben ihr, dass es vorerst besser ist nicht zu kommen.«

»Wie vorerst? Nie soll sie kommen. Das musst du ihr schreiben. Sie soll sich nicht mehr blicken lassen, hast zu verstanden? Sie soll keinen Fuß mehr hier hinsetzen ... das heißt, schick ihr ein Telegramm, sofort, heute noch. Wer weiß, wie lange ein Brief braucht. Ich will keinerlei Risiko eingehen. Schreib nur: Komme nicht.« Lina wurde übel. Diese Geschichte hatte sie immer geschmerzt. Sie verursachte ihr richtiggehende Magenschmerzen, Krämpfe, beinahe Koliken. Die Mutter sah, wie sie blass wurde und erschrak. Sie kannte die Reaktionen der Tochter.

»Ist dir schlecht? Leg dich hin. Mach dir eine Wärmflasche.« Und sie fing selber an zu jammern: sie selbst könne ihr ja nicht helfen, sie sei zu nichts nütze, sei nur eine Last, ein Hindernis. Lina dachte „wenn sie zumindest ein einziges Mal schweigen würde", doch sie bereute es sofort wieder, presste die Lippen zusammen, so als wolle sie die eigene Ungeduld bestrafen. „Bald wird sie für immer schweigen." Ein Gedanke, der sich mittlerweile seit Jahren hinter all den anderen Gedanken verbarg.

La signora Alonzo

La Via Plebiscito era una strada rumorosa e piena di traffico, benché alla fine degli anni Quaranta fossero poche le automobili che circolavano da quelle parti. Una quantità di carrettini pieni di frutta e verdura, coi relativi venditori che vociavano a gara per elogiare la loro merce, affollava quel tratto di strada, quasi fosse un mercatino rionale. Ad aumentare la confusione contribuivano la fermata del tram, proprio davanti all'ingresso principale dell'Ospedale Vittorio Emanuele, e le tante carrozzelle da nolo che posteggiavano lungo il marciapiede, con relativi schiamazzi dei cocchieri che si contendevano i pochi clienti.

Proprio di fronte al Pronto soccorso, dall'altro lato della strada, la casa della signora Alonzo – una facciata di una decina di metri –, attirava sempre gli sguardi anche dei passanti più frettolosi. Un balconcino di ferro battuto, sempre sul punto di crollare, ma soprattutto l'enorme quantità di fiori, gialli, rossi, violetti, piante grasse e gerani che estate e inverno traboccavano da ogni sbarra dell'inferriata arrugginita, ne erano la causa. Come non bastasse, un numero imprecisato di vasi attaccati al muro si sovrapponevano l'uno sull'altro in un'armonia di colori e fiori: il tutto non poteva però ingannare sullo stato di rovina e decadimento in cui versava tutto il palazzetto. L'intonacatura che si indovinava essere stata rosso scuro cadeva letteralmente a pezzi, mostrando mattoni e calce.

Le donne di quella casa usavano il balcone come una grande fioriera, e non fosse stato per le piante si sarebbe pensato

Frau Alonzo

Via Plebiscito war eine laute, vom Verkehr verstopfte Straße, obgleich es Ende der vierziger Jahre wenige Autos gab, die in jener Straße verkehrten. Eine Menge von Karren voller Obst und Gemüse mit den dazugehörigen Verkäufern, die laut miteinander wetteifernd ihre Ware anpriesen, bevölkerten diesen Teil der Straße, so als handle es sich um einen Stadtviertelmarkt. Die Straßenbahnhaltestelle, genau vor dem Haupteingang des Krankenhauses Vittorio Emanuele trug ihren Teil dazu bei, das Durcheinander noch zu vergrößern, und dazu die vielen entlang des Gehsteiges geparkten Mietkaleschen mit dem dazugehörigen Lärmen der Kutscher, die sich die wenigen Kunden streitig machten.

Genau der 'Ersten Hilfe' gegenüber, auf der anderen Straßenseite, zog das Haus von Frau Alonzo – eine etwa zehn Meter lange Fassade – selbst die Blicke der eiligsten Passanten auf sich. Ein kleiner schmiedeeiserner Balkon, ständig in Gefahr abzustürzen, aber vor allem die riesige Menge von gelben, roten, violetten Blumen, Kakteen und Geranien, die sich Sommer wie Winter durch das rostige Gitterwerk zwängten, waren der Grund dafür. Als würde das nicht reichen, war da noch eine unbestimmte Anzahl von Blumentöpfen, einer über dem anderen, mit einer schönen Farbharmonie an der Wand befestigt. Alles zusammen konnte aber nicht über den Zustand des Verfalls hinwegtäuschen, in dem sich das Gebäude befand. Der Verputz, dessen dunkelrote Farbe man erahnen konnte, blätterte richtiggehend ab und gab den Blick auf Ziegel und Mörtel frei.

Die Frauen dieses Hauses benutzen den Balkon als große Blumenkrippe und wären da nicht die Pflanzen gewesen,

che la casa era disabitata; infatti nessuno aveva mai visto un essere umano affacciarsi o anche solo mostrarsi dietro i vetri delle porte finestre, inesorabilmente chiuse estate e inverno. Anche la serranda veniva alzata assai di rado, e solo d'inverno, in giornate piovose, quando anche la strada era più o meno deserta per via del maltempo.

Il motivo era chiaro: a pochi metri dal balcone, si apriva la porta di una bettola d'infimo ordine. Un pubblico di ubriaconi entrava e usciva a ogni ora del giorno e della notte, sghignazzando, urlando con voce avvinazzata, nell'eccitazione del gioco (si giocava d'azzardo e tutti lo sapevano) e più ancora del vino cattivo. Non di rado scoppiavano risse con duelli rusticani a colpi di coltello. L'oste, Don Bastiano, un uomo bonario ma deciso, sapeva farsi rispettare. Appena due teste calde cominciavano ad alzare la voce si metteva in mezzo, cercando di pacificare le anime; ma se i suoi tentativi non avevano successo, senza pensarci due volte, li sbatteva fuori dalla porta. Nella sua bottega non voleva vedere sangue, diceva, che si incocciassero le corna sulla strada, in terreno neutro. Subito una folla di curiosi accorreva da tutte le parti per assistere allo spettacolo. Si facevano scommesse, si prendeva partito per l'uno o per l'altro, incoraggiandoli, aizzandoli, intanto che i due uomini, le lame affilate alte sulla testa, saltavano in mezzo, come due galletti da combattimento. Poi, quando la situazione si faceva critica, subentrava un silenzio mortale, mentre la tensione degli astanti cresceva in modo insopportabile: si temeva sempre che ci scappasse il morto. A duello concluso rientravano tutti nella bettola per bere alla salute del vincitore, mentre il ferito veniva accompagnato al Pronto soccorso, che era proprio lì di fronte.

Il timore, il disgusto per quegli individui era tale che le pa-

man hätte gedacht, das Haus sei unbewohnt. Tatsächlich hatte niemand jemals jemanden an einer der Sommer wie Winter erbarmungslos geschlossenen Balkontüren gesehen. Auch die Rollläden wurden sehr selten und dann nur an Regentagen im Winter hochgezogen, wenn auch die Straße wegen des schlechten Wetters mehr oder weniger verlassen dalag.

Der Grund war klar: wenige Meter vom Balkon entfernt befand sich die Tür zu einer Spelunke der untersten Kategorie. Ein Publikum von Säufern ging zu jeder Tages- und Nachtzeit ordinär lachend, mit angetrunkener Stimme lärmend ein und aus, vom Spiel erregt (es wurde da um Geld gespielt und alle wussten es) und noch mehr vom schlechten Wein. Nicht selten gab es Prügeleien, mit Messern ausgetragene rustikale Duelle. Der Wirt, Don Bastiano, ein gutmütiger aber entschlossener Mann, wusste sich Respekt zu verschaffen. Wenn zwei Hitzköpfe anfingen lauter zu werden, ging er dazwischen und versuchte die Gemüter zu besänftigen, doch wenn seine Versuche erfolglos blieben, setzte er sie ohne zwei Mal zu überlegen vor die Tür. In seinem Lokal wolle er kein Blut sehen, sagte er, sollen sie sich doch ihre Hörner auf der Straße, auf neutralem Boden abstoßen. Sofort kamen eine Menge Neugieriger von überallher angerannt, um dem Spektakel beizuwohnen. Es wurden Wetten abgeschlossen, man ergriff für den einen oder den anderen Partei, ermutigte sie, feuerte sie an, während die beiden Männer mit hoch über den Köpfen erhobenen Messern herumsprangen wie zwei Kampfhähne. Dann, wenn die Situation kritisch wurde, machte sich eine Totenstille breit, während die Spannung unter den Anwesenden ins Unerträgliche stieg; man fürchtete immer, dass es einen Toten geben könnte. Nach Beendigung des Duells gingen alle wieder ins Lokal, um auf das Wohl des Siegers zu trinken, während der Verletzte in die 'Erste Hilfe' begleitet wurde, die genau gegenüber lag.

Die Angst und die Abscheu vor diesen Individuen war

drone di quel balconcino osavano affacciarsi di sfuggita, giusto il tempo necessario per annaffiare le piante, e solo di mattina assai presto, quando la bottega era chiusa e la strada più o meno deserta. La brezza notturna aveva intanto ripulito l'aria dalle esalazioni pestilenziali del vino affatturato e soprattutto del vomito degli avventori.

A destra del balconcino si apriva, o meglio, si chiudeva un portoncino a un solo battente, verde, frusto, anch'esso bisognoso di una mano di colore, attraverso il quale si accedeva direttamente alla scala di pietra grigia: diritta, stretta, con un corrimano di ferro fissato al muro, anch'esso scalcinato, aveva il potere di scoraggiare ogni visitatore. Dopo pochi gradini un piccolo pianerottolo ne interrompeva il corso: il cosiddetto primo piano che in realtà era solo un piano rialzato. La scala proseguiva, sempre inesorabilmente diritta, fino al secondo piano, e sarebbe meglio dire al primo, concludendo così il suo percorso. In alto si apriva una finestra dalla quale penetrava una luce livida, quasi surreale, come di un altro pianeta, dovuto al fatto che i vetri non venivano lavati mai. Per una sorta di ripicca nessuno si sentiva autorizzato a fare quel piccolo servizio, quasi ne andasse del proprio onore. E questo per anni. Entrando, dal fondo della scala misteriosamente buio, si aveva l'impressione di salire in cielo, in un aldilà che sapeva tanto di purgatorio: sarebbe bastato un momento di disattenzione per incespicare su uno dei gradini, anch'essi irregolari, per ritrovarsi bruscamente e senza nessuna possibilità di salvezza, dal purgatorio all'inferno, per direttissima. Senza soste intermedie.

A sinistra di quella finestra si apriva la porta di casa della signora Urzí, inquilina già da prima della guerra. La signora Alonzo, padrona di tutto il palazzetto, abitava il piano rialzato: fra le due donne correva cattivo sangue già da tempo immemorabile, e dire cattivo sangue è poco. In realtà erano legate indissolubilmente da un odio profondo tanto immotiva-

derart, dass sich die Besitzerinnen jenes Balkons nur flüchtig auf ihn hinauswagten, gerade so lange, um die Pflanzen zu gießen und nur sehr früh am Morgen, wenn die Spelunke noch geschlossen war und die Straße mehr oder weniger verlassen dalag. Die Brise hatte inzwischen die Luft von den scheußlichen Ausdünstungen des gepantschten Weins und vor allem vom Erbrochenen der Kunden gereinigt.

Auf der rechten Seite des kleinen Balkons befand sich die kleine, einflügelige, grüne, abgenutzte Tür, auch diese eines neuen Anstrichs bedürftig, durch die man direkt zur steinernen Treppe gelangte: gerade, eng, mit einem eisernen Handlauf, der an der gleichfalls abblätternden Mauer befestigt war, konnte diese jeden Besucher abschrecken. Nach wenigen Stufen unterbrach ein Treppenabsatz die Treppe: der sogenannte erste Stock, der in Wirklichkeit nur ein Hochparterre war. Die Treppe führte dann weiter, unerbittlich gerade bis in den zweiten Stock, man sollte sagen in den ersten Stock, wo sie ihr Ende fand. Dort oben war ein Fenster, durch das ein fahles, beinahe surreales Licht fiel, fast wie von einer anderen Welt, wegen der Scheiben, die niemals geputzt wurden. Aus irgend einer Art Trotz fühlte sich niemand für diesen kleinen Dienst zuständig, beinahe so, als stünde die eigene Würde auf dem Spiel. Und das jahrelang. Von ganz unten die geheimnisvoll finstere Treppe hochsteigend, hatte man das Gefühl in den Himmel zu steigen, in ein Jenseits, das etwas vom Fegefeuer an sich hatte: es hätte ein Augenblick der Unachtsamkeit genügt, um über eine der gleichfalls unebenen Stufen zu stolpern, und ohne eine Möglichkeit der Rettung auf direktem Weg vom Fegefeuer in die Hölle zu fallen. Ohne Zwischenstation.

Zur Linken jenes Fensters befand sich die Wohnungstür von Frau Urzì, Mieterin bereits seit vor dem Krieg. Frau Alonzo, Eigentümerin des ganzen Hauses, bewohnte das Hochparterre: zwischen den beiden Frauen gab es schon seit undenklichen Zeiten böses Blut, was eine richtige Untertreibung ist. In Wirklichkeit waren sie unlösbar von ei-

to quanto duraturo. La vecchia signora Urzí aveva un solo torto: quello di vivere troppo a lungo, in ogni caso più di quanto avesse calcolato la padrona di casa al momento dell'affitto. Da una decina d'anni infatti non passava giorno senza che la signora Alonzo non sospirasse fra i denti:

«Ma quando si decide ad andarsene? Che ci sta a fare qui?» E ognuno sapeva di chi stava parlando. Contava gli anni che, secondo i suoi calcoli, doveva avere e trovava indecoroso che quella vecchia continuasse a vivere, ignorando il fatto che si trattava all'incirca di una sua coetanea. Se ne avesse avuto la possibilità, non sarebbe indietreggiata neanche davanti a una fattura, pur di liberarsene.

Intanto non perdeva occasione per cercare di renderle la vita il più difficile possibile, sbraitando, agitandosi per ogni visita, ogni saluto, ogni parola o passo che udiva sulle scale: un disturbo inaudito di gente senza educazione... credevano di trovarsi in piazza, senza rispetto per nessuno... come una furia balzava fuori casa e inveiva con la sua grossa voce mascolina contro la signora Urzí che a sua volta reagiva sbattendole la porta in faccia, senza neanche degnarla di una risposta. Questi, da anni, gli unici contatti che correvano fra le due donne. Senza alti né bassi. La signora Urzì non era in grado di affrontare uno scontro frontale con quella donna e il figlio, ogni mese, si prendeva la briga di venire a pagare di persona la piccola somma dell'affitto, senza dimenticare di cospargersi prima la testa di cenere. In realtà la somma era talmente irrisoria che si vergognava di presentarsi. Per la signora Urzì infatti non c'era mai stata nessuna svalutazione della moneta, e di aumenti non se ne parlava nemmeno, inutili le invettive della signora Alonzo, e ancora meno le minacce di sfratto.

nem abgrundtiefen, gleichermaßen unbegründeten wie dauerhaften Hass miteinander verbunden. Die betagte Frau Urzì hatte eine einzige Schuld: die, zu lange zu leben, jedenfalls länger als die Hausherrin im Augenblick des Abschlusses des Mietvertrags gedacht hatte. Seit ungefähr zehn Jahren verging in der Tat kein Tag, an dem Frau Alonzo nicht mit zusammengebissenen Zähnen seufzte:

»Wann entschließt sie sich endlich zu gehen? Was will die noch hier?« Jeder wusste von wem sie sprach. Sie zählte die Jahre, die sie laut ihrer Berechnung auf dem Buckel haben musste und fand es unschicklich, dass diese Alte weiterlebte, und vergaß dabei, dass es sich um eine ungefähr Gleichaltrige handelte. Wenn sie die Möglichkeit gehabt hätte, sie hätte auch nicht vor einer Hexerei zurückgeschreckt, um sie loszuwerden.

In der Zwischenzeit versäumte sie keine Gelegenheit, ihr das Leben schwer zu machen, zeterte, regte sich bei jedem Besuch, jedem Wort und jedem Schritt auf, den sie auf der Treppe hörte: eine unerhörte Belästigung von Menschen, denen jede Erziehung abgeht ... die glaubten wohl sich auf dem Marktplatz zu befinden, ohne Respekt für niemandem ... wie eine Furie kam sie aus der Wohnung gestürmt und wetterte mit ihrer vollen, männlichen Stimme gegen Frau Urzì, die ihrerseits damit reagierte, dass sie ihr die Tür vor der Nase zuknallte, ohne sie einer Antwort zu würdigen. Das waren seit Jahren die einzigen Kontakte, die zwischen den beiden stattfanden. Ohne Höhen und Tiefen. Frau Urzì war nicht in der Lage einem frontalen Zusammenstoß mit dieser Frau standzuhalten, und ihr Sohn nahm sich jeden Monat die Mühe selbstvorbeizukommen, um den kleinen Betrag der Miete zu bezahlen, ohne dabei zu versäumen sich Asche auf das Haupt zu streuen. In der Tat war der Betrag derart lächerlich, dass er sich schämte damit vorstellig zu werden. Für Frau Urzì hatte tatsächlich nie eine Geldentwertung stattgefunden und eine Mieterhöhung kam nicht in Frage, da waren die Schmähungen der Frau Alonzo nutzlos

Gli ospiti – oltre al figlio con i suoi ragazzini, veniva assai di rado qualche vecchia parente – conoscendo gli umori della padrona di casa, in preda al panico si precipitavano lungo quella scala piena di insidie, aggrappati con le due mani al corrimano, spinti solo dal desiderio di allontanarsi il più presto possibile da quell'inferno.

Chi soffriva di più di quella storia era Graziella, la figlia maggiore della signora Alonzo, perché sospettava essere lei la causa principale di quelle ostilità. La madre infatti ripeteva sempre, come una litania, che se la casa del piano di sopra fosse stata libera, lei avrebbe subito trovato marito!

Graziella da un pezzo aveva superato i trent'anni (in quella casa si evitava di parlare di età) e da più di dieci sentiva ripetere quel ritornello. A vent'anni, ma forse prima, una zia, sorella del padre, in una delle sue rare visite, guardandola con intenzione aveva pronunciato, forse inavvertitamente, una frase che le aveva provocato un vero e proprio shock:
    «Tutta tua madre.»

Una presa di coscienza che le cambiò la vita. Fino ad allora si era sempre guardata allo specchio senza mai vedersi; uno sguardo veloce, la mattina, mentre si riavviava i capelli; un incontro giornaliero con un viso conosciuto al quale era abituata. Senza conseguenze. Quell'affermazione invece la costrinse a guardarsi con occhio critico, quasi sdoppiandosi, per cercare nello specchio quell'altra, la madre. E scoprì una sconosciuta che in qualche modo, però, le era dolorosamente familiare. Giorno dopo giorno cominciò ad osservare il proprio viso. A lungo. Seguiva con gli occhi ogni linea, ogni segno, la forma del naso rotondo, la bocca larga dalle labbra sottili, i capelli fra il nero e il castano, lisci, senza corpo. Si convinse di essere un'altra, non quella che credeva di essere,

und die Androhung einer Zwangsräumung umso mehr.

Die Gäste – außer ihrem Sohn mit seinen Kindern, kamen selten noch einige wenige betagte Verwandte vorbei – da sie die Launen der Hausbesitzerin kannten, stürzten sich mit beiden Händen am Handlauf festklammernd in panischer Angst diese Treppe voller Tücken hinunter, nur von dem Wunsch getrieben, sich so schnell wie möglich aus dieser Hölle zu entfernen.

Wer am meisten unter dieser Geschichte litt, war Graziella, die älteste Tochter Frau Alonzos, da sie den Verdacht hegte, der Hauptgrund dieser Feindseligkeit zu sein. Tatsächlich wiederholte ihre Mutter ständig wie eine Litanei, dass, wenn die Wohnung im oberen Stock frei wäre, sie sofort einen Mann finden würde!

Graziella hatte schon lange die Dreißig überschritten (in diesem Haus vermied man es über das Alter zu reden) und seit über zehn Jahren hörte sie andauernd denselben Spruch. Als sie zwanzig war oder vielleicht auch vorher, hatte eine Tante, eine Schwester des Vaters, bei einem ihrer seltenen Besuche sie bewusst musternd vielleicht unabsichtlich den Satz ausgesprochen, der in ihr einen richtiggehenden Schock ausgelöst hatte.

»Ganz deine Mutter.«

Eine Feststellung, die ihr Leben veränderte. Bis dahin hatte sie sich immer im Spiegel angeschaut ohne sich jemals zu sehen; ein flüchtiger Blick am Morgen, während sie sich die Haare zurecht machte, eine alltägliche Begegnung mit einem bekannten Gesicht, an das sie gewohnt war. Ohne Folgen. Diese Feststellung zwang sie, sich mit einem kritischen Blick zu betrachten, sich beinahe zu verdoppeln, um im Spiegel jene Andere zu suchen, die Mutter. Und sie entdeckte eine Unbekannte, die ihr aber irgendwie schmerzlich familiär war. Tag um Tag begann sie das eigene Gesicht zu beobachten. Lange. Sie folgte mit ihren Blicken jedem Gesichtszug, jeder Linie, der Form der rundlichen Nase, dem breiten Mund mit den dünnen Lippen, den Haaren, zwi-

con un volto che non le aveva mai detto niente di particolare: le apparteneva da sempre, l'aveva accettato senza porsi domande né fare confronti e ora scopriva il viso di una sconosciuta, una sorta di sosia: il viso dell'unica persona che mai avrebbe voluto essere.

Quella fatale somiglianza con la madre l'annientò.

Fu come se la vita di colpo mostrasse solo il suo lato più negativo.

Sfioriva, giorno dopo giorno, come una pianticella cui manca l'acqua, la luce, la speranza, avviandosi verso un tramonto assai precoce. Al contrario della madre però, la sua bruttezza destava simpatia, anzi compatimento. Quelle linee sgraziate, buttate lì a casaccio su un viso senza armonia, senza un tratto di bellezza, contrastavano con due piccoli occhi rotondi, di colore indefinibile, ma assai sensibili, sottomessi e consapevoli. Era cresciuta poco e male: il petto schiacciato, senza un accenno di seno, le grosse gambe informi che nascondeva sotto gonne più lunghe di quanto dettasse la moda e il sedere largo e basso, che se da una parte allungava il busto dall'altra accorciava ulteriormente le gambe. Un corpo che stranamente le faceva pena, quasi appartenesse a un'altra.

La madre, poi, non sopportava di vederla, non volendo riconoscere in lei il ritratto di se stessa.

Non l'aveva amata fin dalla nascita perché femmina e non maschio, come avrebbe desiderato; e neanche da ragazza, per non aver saputo trovare marito, cosa che attribuiva al suo aspetto fisico oltre che al suo carattere, secondo lei troppo remissivo. Tanto meno adesso, così intristita e rassegnata a restare zitella: aveva in odio le vittime e le zitelle in

schen schwarz und kastanienbraun, glatt, ohne Fülle. Sie
überzeugte sich eine andere zu sein, nicht die, die sie glaub-
te zu sein, mit einem Gesicht, das ihr nie etwas Besonderes
mitteilte: es war immer schon ihres, sie hatte es akzeptiert
ohne sich Fragen zu stellen oder Vergleiche zu ziehen, und
nun entdeckte sie das Gesicht einer Unbekannten, einer Art
Doppelgängerin: das Gesicht der einzigen Frau, die sie nie
hatte sein wollen.

Diese fatale Ähnlichkeit mit ihrer Mutter vernichtete sie.
Es war, als zeige ihr das Leben mit einem Schlag ihre nega-
tivste Seite.

Sie verwelkte Tag um Tag, wie eine Pflanze, der das Wasser, das Licht und die Hoffnung fehlen und die einem ziemlich verfrühten Ende entgegengeht. Im Unterschied zu ihrer
Mutter aber erregte ihre Hässlichkeit Sympathie, sogar Mitleid. Diese Gesichtszüge ohne Grazie, wie zufällig auf ein Gesicht ohne Harmonie, ohne einen Zug von Schönheit hinge-
worfen, lagen im Widerstreit mit zwei kleinen, runden Augen einer unbestimmbaren Farbe, ziemlich empfindlich, un-
terwürfig und wissend. Sie war klein und schlecht gewachsen: der eingefallene Brustkorb ohne ein Anzeichen eines
Busens, die dicken, unförmigen Beine, die sie unter längeren
Röcken versteckte als es die Mode gebot, und einen breiten
und tiefen Hintern, der, wenn er einerseits den Oberkörper
verlängerte, andererseits die Beine noch mehr verkürzte.
Ein Körper, der ihr eigenartigerweise Leid tat, beinahe so
als gehöre er einer Anderen.

Die Mutter ertrug es nicht sie zu sehen, da sie in ihr nicht
das eigene Bild erkennen wollte.

Sie hatte sie von Geburt an nicht geliebt, weil sie ein
Mädchen und nicht der Junge war, den sie sich gewünscht
hatte und auch als junges Mädchen nicht, weil sie keinen
Mann zu finden vermocht hatte, eine Sache, die sie über ihr
Aussehen hinaus, ihrem, laut ihr, zu gefügigem Charakter
zuschrieb. Umso mehr jetzt, traurig und resigniert eine alte

particolare.

La signora Alonzo al contrario di Graziella, aveva un carattere battagliero con un fondo di negatività che le faceva vedere sempre e solo il male, ovunque, anche nei gesti più innocenti, nelle situazioni più trasparenti. Dietro ogni parola, da lei soppesata, analizzata con particolare acribia, scorgeva ambiguità e malizie; intenzioni ostili; intrighi che venivano orditi per danneggiarla, farle del male: era convinta che tutto il mondo non avesse altro da fare che congiurare contro di lei. Se questo carattere duro, sempre improntato al più nero pessimismo, carico di odio per questo e per quello, fosse una conseguenza del suo aspetto fisico, o di chissà quali esperienze passate, non lo avrebbe saputo dire neanche lei stessa. Anche perché certamente non si era mai posta domande sul proprio carattere, sul proprio modo di vedere il mondo, sicura come era di essere nel giusto. Solo e sempre nel giusto.

Nessuno dubitava di una cosa: il viso, il corpo, il carattere avrebbero fatto miglior figura su un uomo piuttosto che su una donna! Ma se anche avesse potuto cambiare sesso, maschio o femmina, sarebbe rimasta sempre una persona estremamente sgradevole e su questo nessuno aveva dubbi.

Con tutto ciò era riuscita a trovare marito, un ometto innocuo, impiegato al Municipio, il signor Alonzo appunto, che si era lasciato abbindolare da una sensale di matrimoni con la prospettiva di una casa, più una piccola rendita prodotta dall'appartamento del piano di sopra e da un'eredità che poi non era mai arrivata.

La signora Alonzo lo aveva disprezzato fin dal primo momento, un po' per le sue funzioni di usciere, secondo lei assai modeste – la irritava il pensiero di avere un uomo addetto al servizio di tutti, neanche fosse stato uno spazzino – ma ancor più per quel suo essere sottomesso, servile, accomo-

Jungfer bleiben zu müssen. Sie hasste Opfer und Ledige ganz besonders.

Frau Alonzo hatte im Gegensatz zu Graziella einen kämpferischen Charakter mit einem reichen Vorrat an Negativität, der sie immer und ausschließlich das Arge sehen ließ, überall, auch in den unschuldigsten Gesten, in den klarsten Situationen. Hinter jedem von ihr abgewogenen, mit besonderer Akribie analysiertem Wort erkannte sie Zweideutigkeiten und Arglist, feindliche Absichten, Intrigen, erdacht, um ihr zu schaden, ihr Leid anzutun. Sie war überzeugt, dass die ganze Welt nichts anderes zu tun hatte, als sich gegen sie zu verschwören. Ob dieser so strenge, immer zum schwärzesten Pessimismus neigende Charakter voller Hass auf dieses und jenes eine Folge ihres hässlichen Äußeren, oder wer weiß welcher Erfahrungen war, hätte auch sie selbst nicht zu sagen gewusst. Auch weil sie sich nie Fragen zum eigenen Charakter gestellt hatte, zur eigenen Art die Welt zu sehen, sicher wie sie sich war im Recht zu sein. Ausschließlich und immer im Recht.

Eines bezweifelte niemand: dieses Gesicht, dieser Körper, dieser Charakter hätte besser zu einem Mann gepasst als zu einer Frau! Doch auch wenn sie ihr Geschlecht hätte wechseln können, ob Mann oder Frau, sie wäre immer eine äußerst unangenehme Person geblieben und diesbezüglich hegte niemand irgendwelche Zweifel.

Trotz alledem war es ihr gelungen einen Mann zu finden, ein harmloses Männlein, einen Gemeindebediensteten, Herrn Alonzo eben, der sich von einer Heiratsvermittlerin mit der Aussicht auf ein Haus und einer kleinen Einkunft aus der darüber liegenden Wohnung und einer Erbschaft, zu der es dann nie gekommen war, hatte angeln lassen.

Frau Alonzo hatte ihn vom ersten Augenblick an verachtet, ein wenig wegen seiner Rolle als Amtsgehilfe, in ihren Augen eine sehr niedere – es irritierte sie der Gedanke jemandem zum Mann zu haben, der allen zu Diensten stehen musste, als wäre er Straßenkehrer – aber noch mehr wegen

dante, posseduto da una smania, una specie di doppia natura: scappare. Si alzava assai presto, prima di tutti, e senza aspettare neanche un caffè si precipitava fuori, quasi gli cascasse il tetto sulla testa. Tornava a pranzo, ingoiava quei quattro spaghetti in fretta e furia con un piede più fuori che dentro, e già spariva. La domenica poi era riservata alla vecchia madre, vedova e sola. Doveva accompagnarla alla prima Messa e trascorrere tutto il santo giorno con lei. Dovere di figlio rispettoso.

Era morto durante la guerra, sotto uno dei primi bombardamenti. La signora Alonzo non riuscì mai a scoprire i motivi che lo avevano spinto a passare da quella strada e in quella precisa ora, quando, secondo i suoi calcoli, avrebbe dovuto essere al Municipio; forse era stato mandato lì per un incarico d'ufficio. Ma non poteva escludere la possibilità che si trovasse 'dentro' quella casa ora completamente distrutta e non 'fuori' di passaggio, forse per caso. Che cosa andava a cercare in quella casa, in quella strada? Nessuno glielo aveva saputo dire, neanche al Municipio. E poi era di sera; a quell'ora, venne a sapere, gli uffici sono chiusi. Lui tornava sempre molto tardi, con la scusa del lavoro. Che avesse un'amante? Un pensiero assai molesto che le intossicava la memoria del morto, del resto già assai compromessa: al primitivo disprezzo si univa ora il livore di un possibile tradimento. Se l'aveva tradita, aveva pagato con la vita e gli stava bene!

Del resto in quel periodo tremava solo per un altro membro della famiglia, per il suo unico figlio, Nino, di stazione a Messina. Aveva fatto un voto a Santa Rita[1] che se il figlio fosse

_____
[1] La Santa dei miracoli impossibili

seiner untertänigen, unterwürfigen, entgegenkommenden Art, besessen von einer Begierde, einer Art doppelten Natur: davonlaufen. Er stand sehr früh auf, vor allen anderen, und ohne auf den Kaffee zu warten, rannte er hinaus, beinahe als falle ihm das Dach auf den Kopf. Er kam zum Mittagessen heim, schlang die paar Spaghetti hinunter, immer mit einem Fuß eher vor als hinter der Tür und verschwand schon wieder. Der Sonntag war der alten Mutter, Witwe und alleine, vorbehalten. Er musste sie zur hl. Messe begleiten und den ganzen lieben Tag mit ihr verbringen. Die Pflicht eines ehrerbietigen Sohnes.

Er war während des Krieges unter einem der ersten Bombenangriffe umgekommen. Frau Alonzo war nie in der Lage gewesen die Gründe zu erfahren, die ihn dazu gebracht hatten sich genau zu jener Stunde in jener Straße aufzuhalten, als er nach ihren Berechnungen im Rathaus hätte sein müssen; vielleicht war er mit einem Auftrag unterwegs. Aber sie konnte auch nicht die Möglichkeit ausschließen, dass er sich 'in' diesem jetzt völlig zerstörten Haus befunden hatte und nicht 'davor', vielleicht im zufälligen Vorbeigehen. Was hatte er in diesem Haus, in dieser Straße zu suchen? Niemand hatte es ihr sagen können, auch nicht im Rathaus. Und zudem war es Abend gewesen; zu dieser Stunde, erfuhr sie, waren die Büros geschlossen. Er kam mit der Ausrede der vielen Arbeit immer sehr spät nach Hause. Hatte er eine Geliebte? Ein sehr lästiger Gedanke, der ihre eh schon beschädigte Erinnerung an den Toten weiter vergiftete. Zur primitiven Verachtung gesellte sich nun Groll wegen einer möglichen Untreue. Hatte er sie betrogen, so hatte er mit seinem Leben dafür bezahlt und es geschah ihm recht!

In dieser Zeit war sie übrigens nur um ein anderes Familienmitglied besorgt, um ihren Sohn Nino, der in Messina stationiert war. Sie hatte der hl. Rita[2] das Gelübde abgelegt,

---

[2]Die Heilige der unmöglichen Wunder

tornato a casa sano e salvo si sarebbe vestita per tutto il resto della sua vita di marrone, il colore che odiava di più perché, a suo avviso, un colore per vecchie. La morte improvvisa del marito l'aveva costretta a portare il lutto: ora non sapeva come risolvere il problema. Il parroco, non sapendo lui stesso cosa rispondere, le consigliò di aspettare.

Nell'estate del '43, lo sbarco degli inglesi in Sicilia segnò per Nino la fine della guerra. Per lo meno questa fu la sua opinione. Disertò e, come molti altri, si nascose da qualche parte in campagna.

La signora Alonzo non sapeva come sciogliere il voto: Santa Rita per il figlio si era data un gran daffare, visto che il ragazzo era tornato vivo e vegeto e non sembrava aver patito molto. Il parroco, non sapendo lui stesso come risolvere il problema, optò per il vestito nero più un qualsiasi indumento marrone, uno scialle, una giacca, una sottoveste. Santa Rita avrebbe accettato questa soluzione senza protestare.

Quel figlio, fin dalla nascita, l'aveva ripagata di tutte le amarezze e delusioni della vita: senza mezzi termini, anzi con orgoglio dichiarava anche a chi non aveva interesse di saperlo, che se non fosse stata proprietaria di una casa nessuno l'avrebbe sposata! L'amore non sapeva neanche cosa fosse, in ogni caso qualcosa di indecente, di sporco, per soli uomini: le donne erano lì solo per appagare i loro istinti perversi. Amore è brodo di ceci, non mancava mai di commentare, con una smorfia di disgusto.

Cominciò invece a presentirne il significato solo quando si vide in braccio quella creaturina, che aveva il privilegio di essere un maschio e di non assomigliare a nessuno.

Per lui il meglio non era buono abbastanza e benché conducessero una vita assai modesta, per Ninuzzu era sempre pronta la sogliola, il merluzzino, il petto di pollo. Ogni gior-

sollte ihr Sohn heil zurückkommen, würde sie sich für den Rest ihres Lebens nur mehr braun kleiden, in der Farbe, die sie am meisten hasste, weil das ihrer Meinung nach eine Farbe für alte Weiber war. Der plötzliche Tod des Gatten hatte sie gezwungen Trauer zu tragen, und nun wusste sie nicht, wie sie dieses Problem lösen sollte. Der Pfarrer, der seinerseits nicht wusste, was er ihr sagen sollte, riet ihr abzuwarten.

Im Sommer 1943 besiegelte die Landung der Engländer auf Sizilien das Ende des Krieges für Nino. Zumindest war er dieser Meinung. Er desertierte und wie viele andere versteckte er sich irgendwo auf dem Land.

Frau Alonzo wusste nicht, wie sie das Gelübde einlösen sollte: die hl. Rita hatte sich ordentlich ins Zeug gelegt, da der Junge ja heil heimgekehrt war und er schien auch nicht besonders gelitten zu haben. Der Pfarrer, der selbst nicht wusste, wie er das Problem lösen sollte, entschied sich für das schwarze Kleid und irgend ein braunes Kleidungsstück, einen Schal, eine Jacke, einen Unterrock dazu. Die hl. Rita würde diese Lösung ohne zu protestieren akzeptieren.

Dieser Sohn hatte sie von Geburt an für sämtliche Verbitterungen und Enttäuschungen des Lebens entschädigt. Ohne Zurückhaltung, mit Stolz sogar erklärte sie auch dem, der es nicht wissen wollte, dass sie, wäre sie nicht Besitzerin eines Hauses gewesen, niemand geheiratet hätte! Sie wusste überhaupt nicht, was Liebe war, jedenfalls etwas Unanständiges, Schmutziges, etwas nur für Männer: die Frauen waren nur da, ihre perversen Instinkte zu befriedigen. Die Liebe ist ein *brodo di ceci*[3], versäumte sie nie mit einer Grimasse der Abscheu anzumerken.

Sie begann deren Bedeutung erst zu erahnen, als sie diese Kreatur im Arm hielt, die das Privileg hatte ein Junge zu sein und niemandem ähnlich sah.

Für ihn war das Beste nicht gut genug, und obwohl sie

---

[3]*Kichererbsensud*, ein billiger Ersatz für Fleischbrühe

no. Che gli altri si arrangiassero. Il resto della famiglia doveva accontentarsi di pasti frugali, cotti alla buona, conditi di malumore.

Quando poi nacque la terza figlia, Mimma, si sentì disturbata; la sua presenza rappresentò un fastidio di più. Tutta la gravidanza era stata accolta come un'offesa: ora che aveva il figlio maschio, che necessità c'era di mettere al mondo altri figli? Tutta colpa di quel buono a nulla di marito, che non aveva in testa altro che porcherie. E poi la distoglieva dalle cure assidue che prodigava ancora al figlio di due anni e passa. Graziella, per un senso di solidarietà o di pietà, ma anche per un estremo bisogno d'amore, cominciò ad occuparsi della bambina: la crebbe quasi da sola, e le fu sorella e madre.

Nino fu il solo a proseguire gli studi dopo le prime classi delle elementari. Per le sorelle, che tanto volentieri avrebbero voluto andare a scuola, non c'erano mezzi sufficienti. Dopo una serie di disavventure scolastiche e non pochi sacrifici pecuniari della madre, riuscì a conseguire una licenza. Poco dopo fu chiamato al servizio di leva, dal quale tornò di sfuggita appunto nell'estate del '43.

Alla fine della guerra, passato il pericolo di essere arrestato per diserzione, se ne tornò a casa e dopo un breve periodo di riassestamento cominciò a darsi da fare per cercare un lavoro. Ma prima ancora del lavoro trovò una ragazza, anzi ritrovò la sua ragazza: per la signora Alonzo una pugnalata al cuore. Dopo la morte del marito la sua situazione economica era sensibilmente peggiorata; la piccola pensione bastava appena appena per non morire di fame e dal figlio si era

ein sehr bescheidenes Leben führten, war für *Ninnuzu* immer ein Seezüngelchen, ein Kabeljauchen, ein Hühnerbrüstchen da. Jeden Tag. Sollten die anderen zusehen, wo sie blieben. Der Rest der Familie musste sich mit bescheidenen, mehr schlecht als recht und mit Missmut zubereiteten Mahlzeiten zufrieden geben.

Als Mimma, das dritte Kind, zur Welt kam, fühlte sie sich gestört; ihre Anwesenheit stellte eine Belästigung mehr dar. Die ganze Schwangerschaft war von ihr wie eine Beleidigung aufgenommen worden; nun, da sie einen Jungen hatte, welche Notwendigkeit sollte es da noch geben, andere Kinder zur Welt zu bringen? Es war allein die Schuld dieses Taugenichts von einem Ehemann, der nichts als Schweinereien im Sinn hatte. Und dann lenkte Mimma sie von der unermüdlichen Pflege ab, die sie dem über zweijährigen Jungen zukommen lassen musste. Aus einem Gefühl der Solidarität oder des Mitleids heraus, aber auch wegen eines extremen Bedürfnises nach Liebe, begann Graziella sich um das Mädchen zu kümmern; sie zog sie beinahe alleine groß, war ihr Schwester und Mutter.

Nino war der Einzige, der nach den ersten Klassen Grundschule weiter zur Schule ging. Für die Schwestern, die so gerne die Schule besucht hätten, reichte das Geld nicht. Nach einer Reihe schulischer Misserfolge und nicht weniger Opfer der Mutter, gelang ihm der Abschluss. Kurz darauf wurde er zum Militärdienst einberufen, von dem er im Sommer 1943 auf einen kurzen Abstecher nach Hause kam.

Bei Kriegsende, als die Gefahr als Deserteur verhaftet zu werden, gebannt war, kehrte er heim und nach einer kurzen Zeit der Wiedereingewöhnung versuchte er Arbeit zu finden. Aber noch vor der Anstellung fand er ein Mädchen, beziehungsweise sein Mädchen: für Frau Alonzo ein Dolchstoß mitten ins Herz. Nach dem Tod ihres Mannes hatte sich ihre wirtschaftliche Situation erheblich verschlechtert; die dürftige Rente reichte gerade einmal, um nicht Hungers zu sterben, und von ihrem Sohn hatte sie sich außer einer morali-

aspettata, oltre che un appoggio morale, un aiuto finanziario. Dopo tanti sacrifici, tante pene, continuava a ripetere parlando da sola, un tale tradimento. E il voto? Che ne doveva fare della sottoveste marrone? Strapparla voleva, bruciarla, ecco cosa doveva fare!

Nino trovò un lavoro e poco prima delle nozze portò la ragazza a casa, per presentarla alla propria famiglia. Durante il periodo di fidanzamento la madre si era rifiutata categoricamente di riceverla, sempre sperando che il matrimonio andasse a monte: l'accoglienza fu così glaciale che la promessa sposa giurò di non mettere mai più piede in quella casa. Le scenate che seguirono scavarono un solco profondo di amarezza e rancore fra le due parti. I rapporti fra madre e figlio si raffreddarono al punto che Nino, stanco dei rimproveri e delle accuse che gli piovevano addosso ogni volta che si faceva vedere, cominciò a diradare le visite, fino a presentarsi con una certa puntualità solo il giorno di Natale e di Pasqua. Veniva, portava il figlio, e poi i due figli, si sedeva sulla punta della sedia e dopo mezz'ora di silenzi, di domande brevi cui seguivano risposte ancora più laconiche, sulla salute, sul tempo e su qualche altra banalità, si alzava e con la scusa di avere altre visite da fare, andava via.

«Come suo padre», commentava la signora Alonzo, appena chiudeva la porta alle sue spalle.

La seconda figlia della signora Alonzo, Mimma, si avviava anche lei verso la trentina, ma non dimostrava gli anni che portava. Al contrario di Graziella era piacente, anche se non bella; alta e formosa, aveva una massa di capelli castani, ricci che le incorniciavano un viso sempre pronto agli scherzi, ai motteggi, al riso. Chissà da chi aveva preso quel carattere, dato che in quella famiglia nessuno si era mai permesso di essere allegro. Caratteristica di Mimma era la risata piena,

schen Unterstützung auch eine finanzielle Hilfe erwartet. Nach so vielen Opfern, so vielen Leiden, wiederholte sie in ihren Selbstgesprächen, ein derartiger Verrat! Und das Gelübde? Was sollte sie mit dem braunen Unterrock anfangen? Zerreißen hätte sie ihn wollen, verbrennen sollte sie ihn!

Nino fand Arbeit und kurz vor der Hochzeit brachte er das Mädchen nach Hause, um es der eigenen Familie vorzustellen. Während der Zeit der Verlobung hatte die Mutter sich kategorisch geweigert sie zu empfangen, immer in der Hoffnung, dass diese Heirat ins Wasser fallen möge: der Empfang war so eisig, dass sich die Braut schwor, nie mehr einen Fuß in dieses Haus zu setzen. Die Szenen, die folgten, warfen eine tiefen Graben der Verbitterung und des Grolls zwischen den beiden Familien auf. Das Verhältnis zwischen Mutter und Sohn kühlte so sehr ab, dass Nino, der Vorhaltungen und der Anschuldigungen müde, die jedes Mal, da er sich sehen ließ auf ihn niederprasselten, seine Besuche immer weiter verringerte, so dass er sich mit einer gewissen Pünktlichkeit nur mehr an Weihnachten und Ostern blicken ließ. Er kam, brachte seinen Sohn mit, später zwei, setzte sich auf die Stuhlkante und nach einer halben Stunde des Schweigens, der kurzen Fragen, auf die noch knappere Antworten über Gesundheit, Wetter und weitere Belanglosigkeiten folgten, stand er mit der Ausrede auf, noch weitere Besuche machen zu müssen und ging fort.

»Wie sein Vater«, bemerkte Frau Alonzo, sowie sich die Tür hinter seinem Rücken geschlossen hatte.

Mimma, die zweite Tochter Frau Alonzos ging ebenfalls auf die Dreißig zu, doch sah man ihr das Alter nicht an. Im Gegensatz zu Graziella gefiel sie, auch wenn sie nicht schön war: groß und füllig, hatte sie volles kastanienbraunes, gelocktes Haar, das ein immer zu Späßen, Witzen, Lachen aufgelegtes Gesicht einrahmte. Wer weiß, von wem sie diesen Charakter hatte, da sich in dieser Familie niemals jemand erlaubt hätte lustig zu sein. Kennzeichnend war Mimmas

sonora e la voce anch'essa robusta e bella, che sembrava scaturire direttamente dal corpo sano e voglioso. Impertinente con la madre, non le riconosceva nessuna autorità, anzi non perdeva occasione di ridere di lei, godendo quando riusciva ad indispettirla. Il che non era poi tanto difficile.

Già da tempo, le due ragazze almanaccavano sul come guadagnare qualche soldo. La loro situazione finanziaria si faceva sempre più drammatica; nonostante il rincaro della vita, la pensione restava sempre la stessa e se non bastava per una persona, figurarsi per tre: non c'era via d'uscita. Un lavoro, ci voleva, un lavoro possibilmente da farsi in casa. La madre scattava al solito come una furia: a una ragazza del loro ceto non si addiceva parlare di lavoro:

«Basta sposarsi. Una ragazza perbene, con dote, può trovare una sistemazione onorata solo nel matrimonio... e la dote c'è, se solo quella maledetta donna si decidesse a levarsi dai piedi.»

E poi, cosa sapevano fare? Appena appena leggere e scrivere, un mestiere non lo avevano imparato dato che, essendo proprietarie di una casa – ed era decisa a diseredare il figlio – mai si sarebbe prospettata la necessità di cercare un lavoro. E non mancava mai di concludere, fra i denti:

«Se Nino non si fosse sposato così presto. Quel traditore.»

Nonostante le proteste della madre le due sorelle si inventarono un lavoro: ambedue erano infatti molto abili nel confezionare lavori a maglia, maglioncini, giacche, magliette di vario tipo e persino vestiti.

In poco tempo fu un andare e venire di signore. La casa sembrava essersi svegliata a nuova vita: era un pettegolio di

volles, sonores Lachen und die ebenfalls kräftige und schöne Stimme, die direkt aus dem gesunden und blühenden Körper zu entspringen schien. Der Mutter gegenüber frech, der sie keinerlei Autorität zugestand, ganz im Gegenteil: sie versäumte keine Gelegenheit sie auszulachen, und genoss es, wenn sie sie verärgern konnte. Was gar nicht so schwierig war.

Schon seit langem grübelten die beiden Mädchen darüber nach, wie sie etwas Geld verdienen könnten. Ihre finanzielle Lage wurde immer dramatischer; trotz der steigenden Lebenshaltungskosten blieb die Rente immer dieselbe und da sie schon für eine Person nicht langte, wie hätte sie da für drei reichen sollen. Es gab keinen Ausweg. Sie brauchten eine Arbeit, wenn möglich eine, die sie zu Hause erledigen konnten. Die Mutter explodierte wie gewöhnlich wie eine Furie: Mädchen ihres Standes gezieme es nicht von Arbeit zu reden.

»Es genügt zu heiraten. Ein ordentliches Mädchen, mit Mitgift, kann nur in der Heirat eine würdevolle Position finden ... und die Mitgift ist vorhanden, wenn sich nur diese verfluchte Frau aus dem Staub machen würde.«

Und überhaupt, was konnten sie? Gerade einmal lesen und schreiben, einen Beruf hatten sie nicht erlernt, da sie Besitzerinnen eines Hauses waren – sie war fest entschlossen, den Sohn zu enterben – hätte sich nie die Notwendigkeit ergeben eine Arbeit annehmen zu müssen. Und nie vergaß sie hinzuzufügen

»Hätte Nino bloß nicht so früh geheiratet. Dieser Verräter.«

Trotz des Protests der Mutter erfanden sich die beiden Schwestern Arbeit: beide waren in der Tat sehr geschickt in der Anfertigung von Strickwaren, Pullovern, Jäckchen, Leibchen unterschiedlichster Art und sogar von Röcken.

In kürzester Zeit war da ein Kommen und Gehen von Frauen. Das Haus schien zu neuem Leben erwacht zu sein:

voci, di risate, un chiacchiericcio che risuonava fra quelle mura abituate al silenzio o paradossalmente agli urli furiosi della signora Alonzo.

La prima stanza, cui si accedeva direttamente dalla porta d'ingresso, fu trasformata in una specie di salottino per ricevere le clienti: lungo una parte un letto a una piazza coperto di scuro, in mezzo un piccolo tavolo, qualche sedia attorno e un armadio, anch'esso scuro. In realtà la camera da letto della signora Alonzo. Da tempo il monumentale letto matrimoniale era sparito (per un pelo, in un momento di collera incontrollata, non lo aveva dato alle fiamme) e con esso ogni segno della sua vita passata. Aveva persino strappato la fotografia di lei sposa accanto a quel miserabile personaggio. In tutta la casa non esisteva un oggetto che le potesse in qualche modo ricordare anche solo l'esistenza di quell'uomo infame – ormai era sempre più convinta di essere stata tradita. „Forse forse", rifletteva, „fin dal primo giorno di matrimonio."

Quella stanza, nonostante il balconcino e l'esposizione a mezzogiorno, era di una severità che toglieva il respiro a chiunque vi entrasse per la prima volta: sempre in penombra – praticamente al buio – a qualsiasi ora del giorno e in ogni stagione dell'anno, si aveva l'impressione di penetrare in una tomba. E il catafalco non mancava: bastava guardare quel letto scuro, messo da una parte, in attesa del morto.

Entrando direttamente in quella stanza (non c'era un ingresso) era possibile vedere con un solo colpo d'occhio il resto della casa: a destra un camerino di passaggio, senza finestra, dove dormivano le due ragazze, e in fondo la cucina, in cui dominava una grande porta finestra, senza tende né persiane. Questa era la stanza più fresca e luminosa di tutta la casa. Qui le tre donne trascorrevano la maggior parte della giornata. La porta finestra si apriva su un piccolo terrazzo;

da war ein Durcheinander von Stimmen, Gelächter, Tratschereien, die in diesen Mauern widerhallten, die die Stille und, paradoxer Weise, die wütenden Schreie Frau Alonzos gewohnt waren.

Das erste Zimmer, in das man direkt von der Eingangstür gelangte, wurde in eine Art Wohnzimmer verwandelt, um die Kundschaft zu empfangen: an der Wand ein schmales Bett mit dunkler Decke, in der Mitte ein kleines Tischchen, einige Stühle rings herum und ein Schrank, gleichfalls dunkel, in Wirklichkeit Frau Alonzos Schlafzimmer. Seit langem war das monumentale Ehebett verschwunden (um ein Haar hätte sie es in einem Augenblick unkontrollierten Zorns angezündet) und mit ihm jegliches Anzeichen ihres vergangenen Lebens. Sie hatte sogar die Fotografien mit ihr als Braut neben diesem elendigen Mannsbild zerrissen. Im ganzen Haus gab es nicht einen einzigen Gegenstand, der sie auch nur irgendwie an die Existenz dieses schändlichen Mannes hätte erinnern können – mittlerweile war sie immer überzeugter betrogen worden zu sein. „Vielleicht", so überlegte sie, „vielleicht sogar vom ersten Tag ihrer Ehe an."

Trotz des kleinen Balkons und obwohl er gegen Süden ausgerichtet war, war dieses Zimmer von einer Strenge, die jedem, der es das erste Mal betrat den Atem nahm: immer im Halbdunkel – praktisch finster – zu jeder Tages- und Jahreszeit hatte man den Eindruck eine Gruft zu betreten. Auch der Katafalk fehlte nicht, man brauchte sich nur dieses dunkle, an die Wand gerückte Bett in Erwartung der Leiche vorzustellen.

Direkt in dieses Zimmer eintretend (es gab kein Vorzimmer), konnte man mit einem Blick den Rest der Wohnung überblicken: rechter Hand ein Durchgangszimmer ohne Fenster, in dem die beiden Mädchen schliefen, und ganz hinten die Küche, von einer großen Balkontür ohne Vorhänge und ohne Fensterläden beherrscht. Das war der kühlste und hellste Raum des Hauses. Hier verbrachten die drei Frauen den größten Teil des Tages. Die Balkontür führte auf eine

alcuni gradini di pietra sbocconcellati e traballanti conducevano nel giardino vero e proprio, un fazzoletto di terra colti-
vato da Graziella con lo stesso amore che metteva in tutte le
cose che faceva. I muri delle case limitrofe e dei giardini
confinanti ne delimitavano le modeste dimensioni. In mezzo
troneggiavano tre alberi, piantati anni prima dal padre in
uno dei suoi rari momenti di entusiasmo: un limone, cresciuto rigogliosamente, e due alberelli striminziti, un pesco
e un albicocco, che chissà perché stentavano a produrre
qualche frutto. Graziella li aveva salvati dalla furia devasta-
trice della madre che voleva eliminare anche l'ultimo segno
di quell'essere tanto odiato. Tutto intorno molti ortaggi, ver-
dure, piante aromatiche ma nessun fiore; i muri erano inte-
ramente ricoperti da piante rampicanti, rose, gelsomino, buganvillea.

Mimma, ridendo, si lasciava scappare frasi che irritavano,
anzi ferivano la rigida moralità della madre: ripeteva infatti,
davanti alle clienti, che desiderava sposarsi. Mancavano solo
le occasioni! Per la signora Alonzo tutti gli uomini, senza al-
cuna distinzione, erano traditori: una razza infame che
avrebbe voluto eliminare dalla faccia della Terra. Alle figlie
non permetteva di mettere il naso fuori dalla porta, balconcino compreso, nel timore che qualche mascalzone si accor-
gesse di loro. Per questo motivo si sobbarcava la fatica di andare a fare qualche piccola spesa, benché si lamentasse per
non si sa bene che dolori alle gambe.

Una delle clienti più assidue, la signora Marletta, dopo
averci pensato un poco, quasi per scherzo, un giorno si lasciò sfuggire di avere un fratello da sposare: vedovo da pa-
recchi anni, non più un giovanotto, meno di cinquant'anni,
proprietario di un negozio di stoffe in centro, viveva solo,
accudito da una serva che lo trascurava e lo derubava. Secondo lei.

Mimma smise subito di ridere. La signora Alonzo e Gra-

kleine Terrasse; einige gesprungene und wackelige Steinstufen führten in den eigenen kleinen Garten, ein Fleckchen Erde von Graziella mit derselben Liebe bearbeitet, mit der sie alles anging, was sie tat. Die Mauern der angrenzenden Häuser und Gärten umfriedeten seine bescheidene Größe. In der Mitte thronten drei vom Vater in einem seiner seltenen Momente der Begeisterung gesetzten Bäume: ein üppig gewachsener Zitronenbaum und zwei kümmerliche Bäumchen, ein Pfirsich- und ein Aprikosenbaum, die sich, wer weiß warum, schwer taten einige Früchte zu tragen. Graziella hatte sie vor der zerstörerischen Wut der Mutter gerettet, die auch noch das letzte Zeichen jenes gehassten Wesens tilgen wollte. Rings herum Gemüse- und Gewürzpflanzen, doch keine Blume; die Mauern waren völlig von Kletterpflanzen überwuchert, Rosen, Jasmin und Bougainvillea.

Lachend ließ Mimma Sätze fallen, die die strenge Moral der Mutter aufbrachten beziehungsweise verletzten. Sie wiederholte in der Tat vor der Kundschaft, dass sie zu heiraten wünsche; es fehlten bloß die Gelegenheiten! Für Frau Alonzo waren ausnahmslos alle Männer Verräter: eine schändliche Rasse, die sie von der Erdoberfläche hätte tilgen wollen. Den Töchtern verbot sie die Nase zur Tür hinauszustecken, Balkontür inbegriffen, immer in Angst, dass irgendein Lump auf sie aufmerksam werden könnte. Aus diesem Grund nahm sie die Mühe auf sich, kleine Besorgungen selber zu erledigen, obschon sie sich über man weiß nicht genau welche, Schmerzen in den Beinen beklagte.

Eine der beständigsten Kundinnen, Frau Marletta, ließ eines Tages, fast zum Scherz und nachdem sie es sich eine Weile überlegt hatte, die Bemerkung fallen, dass sie einen heiratswilligen Bruder habe: seit vielen Jahren Witwer, kein Jüngling mehr, noch nicht fünfzig, Besitzer eines Stoffgeschäftes im Zentrum, lebte alleine, von einer Haushälterin versorgt, die ihn vernachlässigte und bestahl. Wie sie sagte.

Mimma hörte sofort zu lachen auf. Frau Alonzo und Gra-

ziella furono come colpite dal fulmine, ma prima che qualcuno avesse avuto il tempo di aprir bocca, Mimma esclamò:

«Me lo faccia conoscere.» Al che la signora Marletta ribatté:

«Perché no, gliene voglio parlare.» E temendo di essersi sbilanciata troppo, ma soprattutto per evitare una spiacevole reazione della madre, che aveva imparato a conoscere, si accomiatò frettolosamente.

Appena chiusa la porta scoppiò un putiferio. Graziella, tappandosi le orecchie con le dita, come era solita fare in queste circostanze, si precipitò fuori dalla stanza e, sempre correndo, si rifugiò in giardino, non senza aver chiuso la porta finestra dietro le spalle per non sentire le urla della madre.

La signora Alonzo, con voce strozzata dall'ira gridò:

«Quell'uomo non entrerà mai in casa mia. Dovrà prima passare sul mio cadavere.»

Mimma la fissava stralunata, poi, al suo solito, prese a ridere; una risata stridula, però, isterica. Non riusciva a raccogliere i pensieri, si guardava intorno senza capire: vedeva solo la grande bocca della madre, aperta oscenamente, il viso stravolto, congestionato, gli occhi fuori dalla testa. E la voce, rauca, mascolina, che abbaiava. Ogni tanto afferrava una parola: «vecchio bacucco... vedovo... tuo padre...» Smise di ridere. Fissò di nuovo la madre, la bocca sguaiata, i gesti violenti. Parole che in qualche modo penetravano nel suo cervello, vi si infilavano come stilettate, lo trapassavano, senza lasciare un segno. Neanche un ricordo, solo un pizzico, come la puntura di un insetto:

«Sfrontata... sgualdrina... la fregola ha... un uomo vuole, un paio di calzoni...»

ziella waren wie vom Blitz getroffen, doch noch bevor jemand die Zeit fand den Mund aufzumachen, schoss Mimma los:

»Stellen Sie ihn mir vor!« Worauf Frau Marletta erwiderte:

»Warum nicht, ich werde mit ihm reden.« Und da sie fürchtete zu weit vorgeprescht zu sein, vor allem aber um einer unliebsamen Reaktion der Mutter auszuweichen, die sie ja kennen gelernt hatte, verabschiedete sie sich überstürzt.

Die Tür war gerade zu, da brach die Hölle los. Graziella, die sich wie immer in solchen Situationen mit den Fingern die Ohren verstopfte, stürzte aus dem Zimmer und suchte eiligst im Garten Zuflucht, nicht ohne vorher die Balkontür hinter sich zu schließen, um das Gezeter der Mutter nicht zu hören.

Mit vor Zorn erstickter Stimme schrie Frau Alonzo:

»Dieser Mann wird nie mein Haus betreten. Da muss er schon über meine Leiche.«

Mimma sah sie entgeistert an, dann, wie es ihre Art war, begann sie zu lachen; es war aber ein kreischendes, hysterisches Lachen. Sie schaffte es nicht, die Gedanken zu sammeln, sah sich ohne zu begreifen um: sie sah nur den großen, obszön aufgerissenen Mund der Mutter, das verzerrte, blutunterlaufene Gesicht, die hervorquellenden Augen. Und die heisere, männliche Stimme, die bellte. Ab und zu schnappte sie ein Wort auf: »... alter Trottel ... Witwer ... dein Vater ...« Sie hörte auf zu lachen. Starrte erneut die Mutter an, den aufgerissenen Mund, die fahrigen Gesten. Wörter, die sich ihr irgendwie wie Messerstiche ins Gehirn bohrten, es ohne ein Zeichen zu hinterlassen durchdrangen. Nicht einmal eine Erinnerung, nur ein Zwicken, wie ein Insektenstich:

»Unverschämte ... Dirne ... läufig ist sie ... will wohl einen Mann, ein paar Hosen ...«

Inutile rispondere, non sarebbe servito a niente. Lo sapeva per esperienza.

Le ore, i giorni che seguirono furono carichi di tensione. Le tre donne, chiuse in un mutismo minaccioso, gonfio di invettive e risentimenti, ma anche di domande e di paure, evitavano perfino di guardarsi in faccia. Mimma, fredda, trasognata, era diventata un'altra. Sentiva di essere davanti a un muro; o meglio, le due donne si erano barricate dietro un muro, mentre lei, lasciata sola, si vedeva costretta ad affrontare il mare aperto, con tutte le sue incognite. Concentrata su qualcosa che le sfuggiva, che non riusciva ad afferrare, sentiva oscuramente di trovarsi davanti a una svolta importante della sua vita: che direzione avrebbe preso, dove o come sarebbe andata a finire? Una via senza ritorno. Di questo solo era sicura.

La signora Marletta tornò dopo qualche giorno e senza preamboli disse che il fratello era d'accordo, che anche lui desiderava conoscerla. Voleva solo sapere quando poteva venire. Mimma, prevedendo la reazione della madre, propose subito di incontrarsi la domenica seguente, di mattina alle dieci, qui, nella loro casa. La signora Alonzo sbarrò gli occhi senza riuscire ad aprire bocca: aveva smesso di respirare. La cliente assentì e senza aspettare altro scappò via, come una ladra. Dalle scale non sentì nessuna voce, nessun urlo furioso come la prima volta. Si fermò un momento per riprendere fiato, già in dubbio se avesse fatto bene a mischiarsi in una faccenda così pericolosa.

La signora Alonzo, esterrefatta, la bocca secca, una gran confusione in testa, riprese il suo lavoro a maglia. Mimma invece smise di sferruzzare. Lasciò cadere il lavoro in grembo e lo fissò a lungo. In trance.

Unnütz zu antworten, es hätte nichts genützt. Sie wusste es aus Erfahrung.

Die Stunden, die Tage, die darauf folgten waren voller Anspannung. Die drei in ein bedrohliches Schweigen voller Schmähungen und Groll, aber auch Zweifeln und Ängsten gehüllt, vermieden es sogar sich ins Gesicht zu schauen. Mimma, eiskalt, verträumt, war eine Andere geworden. Sie spürte vor einer Wand zu stehen, beziehungsweise die beiden Frauen hatten sich hinter einer Wand verschanzt, während sie, alleine gelassen, sich gezwungen sah sich aufs offene Meer mit all seinen Unwägbarkeiten hinauszuwagen. Auf etwas konzentriert, das ihr entging, das sie nicht zu fassen kriegte, fühlte sie ganz dunkel, dass sie sich vor einem Wendepunkt ihres Lebens befand: in welche Richtung würde sie gehen, wie und wohin würde es sie verschlagen? Ein Weg ohne Umkehr. Alleine davon war sie überzeugt.

Frau Marletta kam einige Tage später wieder und ohne Umschweife sagte sie, dass ihr Bruder einverstanden sei, dass auch er sie kennen zu lernen wünsche. Er wollte nur wissen, wann er kommen könne. Mimma, die Reaktion der Mutter voraussehend, schlug gleich vor, sich am folgenden Sonntag zu treffen, um zehn Uhr vormittags, hier in ihrem Haus. Frau Alonzo verdrehte die Augen, ohne den Mund aufmachen zu können: sie hatte aufgehört zu atmen. Die Kundin sagte zu und ohne weiter zu warten, eilte sie davon wie eine Diebin. Auf der Treppe hörte sie keine Stimme, kein wütendes Geschrei wie beim ersten Mal. Sie hielt einen Augenblick inne, um Atem zu schöpfen, bereits daran zweifelnd, recht getan zu haben, sich in eine derart gefährliche Angelegenheit einzumischen.

Frau Alonzo, fassungslos, mit aufgerissenem Mund und einem großen Durcheinander im Kopf, setzte ihre Strickarbeit fort. Mimma hingegen hörte zu stricken auf. Sie ließ die Arbeit in den Schoß sinken und starrte sie lange an. Völlig in

Gli occhi di Graziella si riempirono di lacrime silenziose, il viso disfatto. Si alzò, improvvisamente scossa da singhiozzi secchi che le squassavano il petto e si rifugiò in giardino. La vista annebbiata, non vide le belle rose sbocciate quella mattina a sua insaputa, quasi un regalo, un compenso per le cure che le prodigava. Era il mese di maggio. Le rose bianche, stupende, coprivano tutta una parete del piccolo giardino e fiorivano rigogliose diffondendo un profumo intenso, inebriante. Altri profumi, provenienti dai giardini confinanti, si confondevano nell'aria.

Si calmò. Si chiese il perché di quell'angoscia struggente e capì subito di aver perso la sorella: da quel giorno, da quando la signora Marletta aveva accennato al fratello, non si erano più parlate. Era cessata ogni intimità, ogni confidenza e se incontrava i suoi occhi, cercandoli, vi scopriva una sconosciuta, scostante e ostinata.

Tornò in casa. Le due donne, mute, avevano ripreso a sferruzzare. Una cliente venne a ritirare un lavoro: il maglioncino fu molto ammirato. Mimma sorrise, assente, e mantenne quel sorriso anche dopo che la cliente se ne fu andata, quasi lo avesse dimenticato sulle labbra.

Improvvisamente fu domenica: si svegliarono assai presto, e per quella volta rinunciarono ad andare a Messa, di comune accordo, benché non avessero pronunciato una sola parola. Le due ragazze vagavano per casa come sonnambule, inquiete, confuse, senza meta, spostando una sedia là, un soprammobile qua, raddrizzando un quadro o la punta della tovaglia. La madre, seduta nella sua poltrona, nella stanza di ricevimento, sferruzzava ingrugnata, la bocca stretta in una

118

Trance.

Graziellas Augen füllten sich mit stillen Tränen, ihr Gesicht war aufgelöst. Sie stand auf, plötzlich von trockenem Schluchzen gebeutelt, das ihre Brust zerrüttete und flüchtete in den Garten. Mit benebeltem Blick sah sie die an jenem Morgen überraschend erblühten schönen Rosen nicht, fast ein Geschenk, eine Belohnung für die Pflege, die sie an sie verschwendete. Es war der Monat Mai. Die wunderbaren weißen Rosen bedeckten eine ganze Wand des kleinen Gartens und üppig blühend verbreiteten sie einen kräftigen, betörenden Duft. Andere Gerüche aus den angrenzenden Gärten vermischten sich in der Luft mit ihm.

Sie beruhigte sich. Sie fragte sich nach dem Warum dieser sehnsuchtsvollen Beklemmung und begriff sofort, die Schwester verloren zu haben. Seit dem Tag, da Frau Marletta den Bruder zur Sprache gebracht hatte, hatten sie nicht mehr miteinander gesprochen. Jegliche Vertrautheit, jede Vertraulichkeit hatte aufgehört und wenn sie suchend ihren Blicken begegnete, entdeckte sie darin eine Unbekannte, Abweisende, Trotzige.

Sie ging ins Haus zurück. Die beiden Frauen hatten schweigend die Arbeit wieder aufgenommen. Eine Kundin kam ihre Bestellung abzuholen: der Pullover wurde sehr bewundert. Mimma lächelte abwesend und behielt dieses Lächeln auch bei, als die Kundin gegangen war, beinahe so, als hätte sie es auf ihren Lippen vergessen.

Plötzlich war es Sonntag. Sie standen sehr früh auf und dieses eine Mal verzichteten sie einvernehmlich darauf zur Messe zu gehen, obwohl sie kein Wort darüber miteinander gewechselt hatten. Die beiden Mädchen irrten wie Schlafwandlerinnen durch die Wohnung, unruhig, verwirrt, ziellos, einen Stuhl hierhin, eine Nippfigur dorthin stellend, ein Bild gerade oder eine Tischdecke zurecht rückend. Die Mutter, im Empfangszimmer in ihrem Sessel sitzend, strickte

smorfia di estrema irritazione: i ferri battevano l'uno contro l'altro, come spade in un duello all'ultimo sangue. Dalla strada nessun rumore, solo quel continuo zac-zac dei ferri.

Il colpo al portoncino le fece sussultare all'unisono: un colpo battuto direttamente allo stomaco. Smise di sferruzzare e lasciò cadere il lavoro in grembo.

Mimma fu la prima a riaversi. Le gambe si rifiutavano di sostenerla, anzi le si piegavano sotto, molli, senza energia. Graziella si lasciò cadere su una sedia. Dal momento in cui bussarono fino a quando le due persone si trovarono davanti alla porta aperta passò un'eternità: il silenzio rotto solo dal rumore leggero dei passi sulle scale, il „buongiorno" impacciato della signora Marletta, seguito dal borbottio dell'uomo: „permesso" ed erano già dentro. Il tempo non correva più, inceppato anche lui.

Il fratello della signora Marletta, alto, massiccio, vestito con cura, si guardò intorno riuscendo appena a nascondere la sorpresa: quella stanza in penombra, tetra; l'aria pesante, tesa e gli occhi delle tre donne puntati su di lui, quasi volessero trapassarlo; fosca, ostile la vecchia, sgomenta l'una, trepidante l'altra.

Riconobbe subito Mimma dalla descrizione della sorella e dimentico di tutto lasciò vagare gli occhi su di lei, sul bel corpo fiorente, sulla testa ricciuta, le labbra carnose, aperte in un sorriso timido, inconsapevole. Ne fu subito soggiogato. Non vide altro che lei: la stanza, l'odore di vecchio, di rinchiuso che prendeva al naso, l'oscurità, la presenza delle altre donne, tutto si annullò. Ebbe un solo desiderio, un impulso improvviso: portarla via subito, rapirla, se necessario.

schmollend drauf los, den Mund zu einer Grimasse äußerster Gereiztheit verzogen. Die Stricknadeln klapperten aneinander wie zwei Schwerter bei einem Duell bis aufs Blut. Von der Straße drang kein Ton herein, nur dieses ständige Klackklack der Stricknadeln war zu hören.

Das Klopfen gegen die Haustür ließ alle gleichzeitig aufschrecken: ein Schlag direkt in die Magengrube. Sie hörte auf zu stricken und ließ die Arbeit in den Schoß sinken.

Mimma fing sich als erste wieder. Die Beine weigerten sich sie zu tragen, sie knickten ein, weich, ohne Energie. Graziella ließ sich auf einen Stuhl fallen. Von dem Augenblick an, als sie anklopften, bis zu dem Moment, da die beiden Personen in der geöffneten Tür standen, verging eine Ewigkeit: die Stille wurde nur vom leichten Geräusch der Schritte auf der Treppe, dem verlegenen „Guten Morgen" der Frau Marletta, und dem gemurmelten „Ist es gestattet?", des Mannes unterbrochen und schon waren sie in der Wohnung. Die Zeit verging nicht mehr, auch sie stockte.

Frau Marlettas Bruder, groß, massig, sorgfältig gekleidet, sah sich um und konnte dabei kaum seine Überraschung verbergen: dieses Zimmer im düsteren Halbdunkel, die dicke, angespannte Atmosphäre und die auf ihn gerichteten Augen der drei Frauen, beinahe so als wollten sie ihn durchbohren, die finstere, feindselige Alte, die bestürzte Eine, und die bange Andere.

Er erkannte Mimma sofort aus der Beschreibung der Schwester und vergaß alles, ließ seine Augen über sie gleiten, über den schönen, blühenden Körper, den gelockten Kopf, die fleischigen, in einem schüchternen, unbewussten Lächeln geöffneten Lippen. Er war sofort erobert. Er sah nichts anderes als sie: das Zimmer, der stehende, miefige Geruch nach Abgestandenem, die Finsternis, die Anwesenheit der anderen Frauen, alles verschwand. Er hatte nur einen Wunsch, einen plötzlichen Drang: sie sofort mitzunehmen, wenn nötig sie zu entführen.

Senza staccare gli occhi da lei, dopo qualche minuto di silenzio imbarazzante, chiese se sarebbe stata disposta a confezionare un gilet per lui. Mimma assentì. Solo con la testa. Sparite la sicurezza, la risata facile, la vivacità.

Con discrezione, dopo aver chiesto il permesso, si tolse la giacca per farsi prendere le misure: Mimma, turbata, gli si avvicinò e lo sfiorò appena col metro. Vicinissima a lui, ne aspirò l'odore, un odore di uomo maturo misto a un dopobarba di buona qualità. Quel momento di intimità, la vicinanza di quel corpo la travolse. Ne presentì l'abbraccio, rassicurante, consolatore. Ebbe l'impulso improvviso di appoggiare la testa sul suo petto e di chiudere gli occhi. Abbandonarsi, lasciarsi andare, finalmente. Un momento che non dimenticò mai.

Fu un brevissimo approccio, un annusarsi, un cercarsi e un trovarsi. Mimma riprese coscienza del luogo, di sé, di lui. Alzò il viso e lo guardò diritto negli occhi con una domanda. Una richiesta e un consenso nello stesso tempo: lui sorrise, aperto, con una luce negli occhi che era una promessa.

Mimma finalmente riuscì a parlare. Disse solo, la voce bassa, quasi un sussurro irriconoscibile:

«Sarà pronto fra tre giorni.» Lui assentì, sempre fissandola, e con voce ferma, sicura:

«Saprò aspettare.»

La signora Marletta consegnò la lana che aveva già preparato in precedenza e dopo un breve saluto si diressero verso la porta.

Non era trascorso più di un quarto d'ora da quando erano entrati.

Una nube pesante, nera, come in un cielo tempestoso qualche secondo prima che scoppi un temporale, si abbatté sulle

Ohne die Augen von ihr zu lösen, fragte er nach einigen Minuten des peinlichen Schweigens, ob sie bereit wäre ein Gilet für ihn zu stricken. Mimma sagte zu. Nur mit dem Kopf nickend. Verschwunden war die Sicherheit, das lockere Lachen, die Lebendigkeit.

Nachdem er um Erlaubnis gefragt hatte, zog er sich taktvoll die Jacke aus, damit sie Maß nehmen konnte: verstört näherte sich Mimma ihm, streifte ihn nur leicht mit dem Maßband. Ihm ganz nahe, atmete sie diesen Geruch nach reifem Mann, vermischt mit einem qualitätsvollen Rasierwasser. Dieser Augenblick der Vertrautheit überwältigte sie. Sie erahnte die beruhigende Umarmung. Sie spürte den plötzlichen Drang, den Kopf an seine Brust zu lehnen und die Augen zu schließen. Sich hingeben, sich gehen lassen, endlich. Ein Moment, den sie nie vergaß.

Es war ein sehr kurzer Annäherungsversuch, ein Sich-Riechen, ein Sich-Suchen und ein Sich-Finden. Mimma fand zurück zum Hier und Jetzt, zu sich selbst und zu ihm. Sie hob den Kopf und sah ihm mit einer Frage direkt in die Augen. Eine Frage und ein Einverständnis gleichzeitig: er lächelte, breit, mit einem Glanz in den Augen, der ein Versprechen war.

Endlich fand Mimma die Sprache wieder. Sie sagte mit leiser Stimme, beinahe einem nicht wiederzuerkennendem Flüstern:

»Sie wird in drei Tagen fertig sein«. Er nickte, sie immer noch anstarrend, und sagte mit fester, sicherer Stimme:

»Ich werde zu warten wissen«.

Frau Marletta übergab ihr die Wolle, die sie schon im Voraus besorgt hatte, und nach einem kurzen Gruß gingen sie zur Tür.

Es war nicht mehr als eine Viertelstunde vergangen, seit sie gekommen waren.

Eine schwere, schwarze Wolke wie ein stürmischer Himmel kurz vor Ausbruch des Gewitters, entlud sich über den drei

tre donne: l'aria greve, soffocante, aveva bisogno di uno sfogo, di un'esplosione. Di un tuono. Graziella, non reggendo più a quella tensione, fuggì in giardino, mentre nella stanza si aprivano le cateratte. Con voce strozzata dall'ira, la signora Alonzo ruggì che quel vecchione non avrebbe mai avuto sua figlia, mai, mai, mai, finché campasse. Poi tacque di colpo, sopraffatta.

Mimma, assorta, la guardò un momento senza capire: lei altrove, già lontana, sapeva di aver imboccato la strada giusta.

Si riscosse che era pomeriggio: cosa era accaduto in tutte quelle ore? Non lo sapeva. Si mise subito al lavoro e dopo un inizio cauto, pieno di ripensamenti, di insicurezze circa le misure o il punto da scegliere, ritrovò il suo ritmo abituale. Lavorò tutta la notte e il giorno seguente, senza interruzione. Le sue mani volavano. Le dita, come sciolte dal resto del corpo, non sfioravano la lana. I ferri si scontravano, si accavallavano, battevano fra di loro, seguendo un proprio disegno, una propria determinazione. Non smise neanche per mangiare un boccone. Era come stregata. Dopo due giorni i tre pezzi erano finiti. Bisognava solo stirarli a vapore, cucirli e attaccare i bottoni. I suoi movimenti, forse per la stanchezza o per un recondito motivo, forse una improvvisa insicurezza, erano diventati lenti, meditati: a ogni bottone che attaccava seguiva una pausa, quasi non avesse più la forza di continuare. Cucito l'ultimo bottone, distese il gilet ormai pronto sul tavolo e lo fissò a lungo, smarrita, vuota di pensieri.

Due anni dopo, cedendo alle insistenti preghiere di Graziella che non perdeva occasione di farle pervenire bigliettini af-

Frauen: die dicke, stickige Luft brauchte ein Ventil, eine Entladung. Ein Donnergrollen. Graziella, die diese Spannung nicht mehr aushielt, flüchtete in den Garten, während sich im Zimmer die Schleusen öffneten. Mit vor Zorn erstickter Stimme brüllte Frau Alonzo, dass dieser Alte niemals ihre Tochter bekommen würde, nie, nie, niemals solange sie lebte. Dann schwieg sie plötzlich überwältigt.

Gedankenverloren schaute Mimma sie einen Augenblick lang verständnislos an: anderswo, weit fort, wusste sie den richtigen Weg eingeschlagen zu haben.

Sie fing sich wieder, als es Nachmittag war; was war während all dieser Stunden geschehen? Sie wusste es nicht. Sie machte sich sofort an die Arbeit und nach einem vorsichtigen Anfang voller Überlegungen, der Unsicherheit die Maße oder das zu wählende Muster betreffend, fand sie den üblichen Rhythmus wieder. Sie arbeitete ohne Unterbrechung die ganze Nacht und den darauffolgenden Tag. Ihre Hände flogen. Die Finger, wie losgelöst vom restlichen Körper berührten die Wolle nicht einmal. Die Stricknadeln schlugen aneinander, kreuzten sich, stießen aneinander, einem eigenen Muster, einer eigenen Bestimmung folgend. Sie unterbrach die Arbeit nicht einmal, um einen Bissen zu essen. Sie war wie verhext. Nach zwei Tagen waren die drei Teile fertig. Sie waren nur mehr mit Dampf zu bügeln, zusammenzufügen und die Knöpfe anzunähen. Ihre Bewegungen waren vielleicht wegen der Müdigkeit oder aus einem verborgenen Grund, vielleicht aus plötzlicher Unsicherheit langsam, wohlüberlegt geworden: nach jedem Knopf, den sie annähte folgte eine Pause, beinahe als fehle ihr die Kraft fortzufahren. Als der letzte Knopf angenäht war, legte sie die inzwischen fertige Weste auf den Tisch und starrte sie lange gedankenverloren, gedankenleer an.

Zwei Jahre später, den drängenden Bitten Graziellas nachgebend, die keine Gelegenheit ausließ ihr liebevolle Zettelchen

fettuosi, Mimma risalì le vecchie scale di pietra di quella casa, dalle quali era scesa quasi correndo il giorno delle nozze, decisa a non tornarci più. Salì i pochi gradini col cuore in tumulto. Sul piccolo pianerottolo si fermò per riprendere fiato, per calmarsi: la porta si aprì e non riconobbe la sorella, tanto era invecchiata. La scambiò per la madre. Un equivoco doloroso. Graziella restò un momento perplessa: un bel bambino grassottello sgambettava festoso, impaziente fra le braccia della sorella. Senza una parola l'abbracciò: quante volte, in tante ore di solitudine, aveva immaginato quella scena.

Mimma ancora incerta, anzi titubante, incoraggiata dal gesto affettuoso della sorella entrò, tuffandosi nel buio di quella stanza. Si fermò dopo due passi e le offrì il bambino. Graziella fu travolta da un'ondata di tenerezza. Accarezzò quelle guancette di seta con la propria guancia, poi con le labbra. Lo baciò e ribaciò, quasi non potesse saziarsene. Il bambino cinguettava divertito, anche lui sorpreso, intenerito dalla dolcezza di quella sconosciuta.

Mimma cercò con gli occhi la madre: la signora Alonzo era rimasta seduta, inchiodata alla sedia, ferma nel suo risentimento. Non ebbe un sorriso né per la figlia né per il nipotino. Anche lei molto invecchiata, incartapecorita, curva. Dura come pietra.

Mimma invece era un po' ingrassata, ma stava bene, anzi sembrava ancora più giovane. Era vestita con molta eleganza, si vedeva che il marito non badava a spese per lei. Del resto con un negozio di stoffe non c'era da meravigliarsi.

Si guardò intorno come una forestiera: riconobbe i mobili scuri, l'aria soffocante, l'odore di vecchio che prendeva al naso. Notò per la prima volta come persino la vecchia carta da parati ingrigita, come affumicata da un invisibile fumo,

zukommen zu lassen, stieg Mimma die alten Steinstufen dieses Hauses hinauf, die sie am Tag ihrer Hochzeit beinahe im Laufschritt, fest entschlossen nie mehr zurückzukommen hinuntergelaufen war. Sie stieg mit aufgewühltem Herzen die wenigen Stufen hinauf. Auf dem schmalen Treppenabsatz blieb sie stehen, um Atem zu holen, um sich zu beruhigen: die Tür öffnete sich und sie erkannte ihre Schwester nicht wieder, so sehr war sie gealtert. Sie verwechselte sie mit ihrer Mutter. Eine schmerzliche Verwechslung. Graziella war einen Augenblick lang perplex: ein dickliches Kind strampelte freudig, ungeduldig in den Armen der Schwester. Wortlos umarmte Graziella die junge Mutter: wie oft hatte sie sich in langen, einsamen Stunden diese Szene ausgemalt.

Mimma, noch unsicher, zögernd gar, von der zärtlichen Geste der Schwester ermutigt trat näher und tauchte ins Dunkel des Zimmers ein. Nach zwei Schritten blieb sie stehen und übergab ihr das Kind. Graziella wurde von einer Welle der Zärtlichkeit überwältigt. Sie streichelte diese seidenen Bäckchen mit ihrer eigenen Wange und dann mit den Lippen. Sie küsste es und küsste es wieder als könne sie nicht genug kriegen. Das Kind plapperte vor sich hin, von den Zärtlichkeiten dieser Unbekannten überrascht.

Mimmas Blicke suchten die Mutter; Frau Alonzo war sitzen geblieben, festgenagelt an ihren Sessel, standhaft in ihrem Groll. Sie hatte weder für die Tochter noch für das Enkelchen ein Lächeln übrig. Auch sie war sehr gealtert, verschrumpelt, gebückt. Hart wie Stein.

Mimma hingegen war etwas fülliger geworden, aber das stand ihr gut, sie wirkte sogar noch jünger. Sie war sehr elegant gekleidet, man sah, dass ihr Mann keine Ausgaben für sie scheute. Da er einen Stoffladen besaß, musste einen das nicht wundern.

Sie sah sich um wie eine Fremde, erkannte die dunklen Möbel wieder, die stickige Luft, den Geruch nach Altem, der in die Nase stieg. Zum ersten Mal bemerkte sie, dass sogar die alten, wie von unsichtbarem Rauch grau gewordenen

accentuasse l'oppressione, la tristezza di quella stanza. Pensò che gli antri del purgatorio non dovevano avere aspetto diverso.

Quanti minuti trascorsero così, in silenzio, non avrebbe saputo dire. Infine si scosse e disse di dover andare, il bambino aveva sicuramente fame; mentre parlava la voce risuonò nel proprio cervello con un rimbombo: la voce di un'estranea. Aveva perso l'abitudine all'acustica di quella stanza. Trasalì. Quelle poche parole caddero nel silenzio: i muri inghiottirono quei suoni avidamente, come gocce di rugiada in un campo arido.

Fino a quel momento nessuno aveva aperto bocca, si sentivano solo gli squittii, le risatine del bambino. Le donne non avevano niente da dirsi, nessuna domanda, nessuna risposta.

La signora Alonzo, impietrita, aveva lasciato cadere il lavoro in grembo e senza curiosità, senza sorpresa, aveva osservato la figliuola. Come fosse una cliente qualsiasi.

Mimma prese il bambino e con passi decisi si diresse verso la porta. Graziella la fermò un momento per abbracciarla, silenziosamente, sopraffatta dalla commozione, gli occhi pieni di lacrime, il viso coperto da una fitta ragnatela di rughe precoci. La seguì con lo sguardo mentre scendeva le scale, con una mano reggendo il bambino, con l'altra sostenendosi alla ringhiera. Prima di uscire si voltò un'ultima volta e senza un gesto, senza un saluto per la sorella, uscì sulla strada.

Chiuso il portoncino dietro di sé, Mimma si fermò imbambolata, svuotata; ma prima che la voragine la inghiottisse, il figlio, con uno strillo imperioso, la richiamò al presente, alla realtà, alla sua nuova realtà.

Tapeten diese Beklemmung, die Traurigkeit dieses Zimmers betonten. Sie dachte, dass selbst die Höhlen des Fegefeuers nicht anders aussehen müssten.

Sie hätte nicht zu sagen gewusst, wie viele Minuten so schweigend verstrichen waren. Schließlich gab sie sich einen Ruck und sagte, dass sie gehen müsse, das Kind habe Hunger. Während sie sprach, hallte ihre Stimme in ihrem Gehirn wider: die Stimme einer Fremden. Sie war nicht mehr an die Akustik dieses Zimmers gewöhnt. Sie fuhr zusammen. Die wenigen Worte verloren sich in der Stille: die Mauern verschluckten diese Klänge gierig, wie Tautropfen auf einem dürren Acker.

Bis zu diesem Augenblick hatte noch niemand den Mund aufgemacht; man hörte nur das Glucksen, das Lachen des Kindes. Die Frauen hatten sich nichts zu sagen, keine Frage, keine Antwort.

Wie versteinert hatte Frau Alonzo die Arbeit in den Schoß fallen lassen und ohne Neugierd, ohne ein Zeichen der Überraschung hatte sie die Tochter angesehen. Als wäre sie eine Kundin.

Mimma nahm das Kind und entschlossenen Schrittes ging sie zur Tür. Graziella hielt sie einen Augenblick lang zurück, um sie zu umarmen, schweigend, von Rührung überwältigt, die Augen voller Tränen, das Gesicht von einem dichten Netz verfrühter Falten überzogen. Sie sah ihr nach, wie sie die Treppe hinunterging, das Kind mit der einen und den Handlauf mit der anderen Hand festhaltend. Bevor sie das Haus verließ, drehte sie sich noch ein letztes Mal um und ohne eine Geste, ohne einen Gruß an die Schwester trat sie auf die Straße hinaus.

Als sie die Haustür hinter sich geschlossen hatte, blieb Mimma wie betäubt und völlig leer stehen; aber bevor der Abgrund sie verschlang, holte sie ein herrischer Schrei des Kindes in die Gegenwart zurück, in die Wirklichkeit, in ihre Wirklichkeit.

La signora Alonzo non fece nessun commento, strinse solo le labbra e, corrugando la fronte forse per scacciare un pensiero molesto, riprese il suo lavoro a maglia.

Gli occhi di Graziella erano due sorgenti inestinguibili: tutta la tristezza accumulata in quei lunghi mesi trovò ora una via di sbocco. Ogni lacrima un rivolo di solitudine, un sospiro represso, un urlo non gridato.

Il silenzio riprese possesso della casa; le pareti sprofondarono nel buio; nessuna voce echeggiò, nessun riso di bambino mosse l'aria.

La mattina dopo, alle prime ore dell'alba, la signora Alonzo fu svegliata da un alitare di aria fresca, da un cinguettio di uccelli, come se la porta finestra del giardino fosse rimasta aperta tutta la notte. Una grande novità, per loro abituate a sbarrare porte e finestre prima di andare a letto. Quell'aria fresca, i canti gioiosi degli uccelli, la porta aperta. Balzò dal letto, di furia, già pronta a fare una scenata. Ancora in camicia, infilò le ciabatte e si precipitò in cucina urlando solo il nome della figlia.

La porta finestra era spalancata: dall'alto penzolavano due piedi nudi. Si fermò di colpo. La voce si strozzò in gola. Aveva riconosciuto i piedi di Graziella.

Frau Alonzo machte keinerlei Bemerkung, presste nur die Lippen zusammen und die Stirn runzelnd – vielleicht um einen lästigen Gedanken zu verscheuchen – nahm sie ihre Arbeit wieder auf.

Graziellas Augen waren zwei nicht versiegende Quellen: die ganze, in diesen langen Monaten angehäufte Traurigkeit fand nun einen Ausweg. Jede einzelne Träne ein Rinnsal von Einsamkeit, ein unterdrückter Seufzer, ein nicht ausgestoßener Schrei.

Die Stille ergriff wieder vom Haus Besitz; die Wände versanken in der Finsternis; keine Stimme hallte wider, kein Kinderlachen bewegte die Luft.

Am Morgen darauf, in den ersten Stunden der Dämmerung wurde Frau Alonzo von einem frischen Lufthauch, einem Vogelgezwitscher geweckt, als ob die Balkontür zum Garten die ganze Nacht offen geblieben wäre. Eine große Neuheit für sie, daran gewohnt, vor dem Schlafengehen Türen und Fenster zu verriegeln. Diese frische Luft, der fröhliche Gesang der Vögel, die offene Tür. Sie sprang aus dem Bett, erzürnt, bereit eine Szene zu machen. Noch im Nachthemd schlüpfte sie in ihre Schlapfen und eilte, nur den Namen der Tochter schreiend, in die Küche.

Die Balkontür war weit offen: von oben baumelten zwei nackte Füße. Sie blieb plötzlich stehen. Die Stimme blieb ihr im Hals stecken. Sie hatte Graziellas Füße erkannt.

La casa dei glicini

Il muretto di cinta che separa il giardino dal marciapiede è malconcio. L'intonaco, in più parti scrostato, mostra la sua ossatura di mattoni, pur conservando qua e là qualche traccia del colore originale. Giallastro, o qualcosa del genere. Un'inferriata finemente lavorata, per quel che se ne può vedere, dato che un intrico di piante la nasconde quasi del tutto, sovrasta forse di un metro o poco più questo muretto. In mezzo, un cancello, alto, arrugginito, sulla cui cima penzola una piccola campana. Sulla sinistra, fissata a un pilastrino, sporge una specie di maniglia; dopo un momento di incertezza si comincia ad indovinarne il funzionamento: bisogna tirare con forza, anzi con molta forza, perché avvenga il miracolo. Un suono squillante, quasi l'eco di tempi passati, si perde per una attimo fra le piante del giardino. I ragazzini che passano si limitano però ad appendersi al cancello per scuoterlo con tutto il peso del loro corpo, una volta, due volte, finché la campana comincia a dondolarsi debolmente, emettendo un suono flebile, dimenticato, l'unico segno di vita in quel luogo abbandonato: le tendine delle porte finestre non vengono mai scostate.

È chiaro: in quella casa non si aspetta nessuno.

Attraverso le sbarre del cancello è possibile gettare uno sguardo all'interno del giardino, incassato fra gli alti muri di due case confinanti. I muri sono ricoperti da un groviglio di piante rampicanti: edera, gelsomino, buganvillea, rose e altro. Il sole riesce a malapena a superare gli alberi. Questo inconveniente ha però creato condizioni ideali per favorire la crescita di una lussureggiante vegetazione quasi tropicale,

Das Glyzinienhaus

Das Umfassungsmäuerchen, das den Garten vom Gehsteig trennt, ist übel zugerichtet. Der Verputz, an mehreren Stellen abgebröckelt, zeigt das Skelett aus Backsteinen, hat aber da und dort einige Spuren der ursprünglichen Farbe bewahrt. Gelblich oder etwas in der Art. Ein fein gearbeitetes Eisengitter, soweit man es erkennen kann, da es ein Geflecht von Zweigen fast völlig verdeckt, ragt einen Meter oder etwas mehr über dieses Mäuerchen hinaus. In der Mitte ein Gittertor, hoch, verrostet, an dessen höchstem Punkt eine Glocke baumelt. Zur Linken, an einem kleinen Pfeiler befestigt, ragt eine Art Handgriff hervor; nach einem Moment der Unschlüssigkeit beginnt man die Funktion zu erahnen: man muss kräftig, ja sehr kräftig daran ziehen, damit das Wunder geschieht: ein schriller Klang, beinahe ein Echo vergangener Tage, verliert sich für einen Augenblick zwischen den Pflanzen des Gartens. Die Buben, die vorbeikommen, begnügen sich aber damit, sich an das Gitter zu klammern und es mit dem gesamten Gewicht ihrer Körper zu schütteln, einmal, zweimal bis die Glocke anfängt leicht zu schaukeln und einen schwachen, verlorenen Klang von sich zu geben, das einzige Lebenszeichen an diesem verlassenen Ort: Die Vorhänge der Balkontüren werden nie zur Seite gerückt.

Es ist klar, in diesem Haus erwartet man niemanden.

Durch die Gitterstäbe kann man einen Blick in den zwischen die hohen Mauern der angrenzenden Häuser eingebetteten Garten werfen. Die Mauern sind von einem Gewirr von Kletterpflanzen überzogen: Efeu, Jasmin, Bougainvillea, Rosen und dergleichen. Die Sonne dringt mit Mühe durch das Geäst. Dieser widrige Umstand hat aber die idealen Voraussetzungen für das Wachstum einer üppigen, beinahe tro-

del tutto in contrasto col generale decadimento di tutto l'insieme. L'aria qui è stagnante, umida e calda, tipica delle serre.

In fondo al giardino si intravede la casa, costruita a metà Ottocento. Al primo piano, e non ci sono altri piani, nonostante il groviglio di rami che in buona parte lo nascondono, fa mostra di sé un delizioso balconcino bombato in ferro battuto dipinto di bianco. Si tratta di un lavoro artigianale di raffinata fattura, ultimo testimone di tempi in cui grazia e leggiadria avevano ancora un posto importante nella costruzione delle case. Purtroppo cento anni di intemperie hanno lasciato tracce assai visibili: ruggine e screpolature deturpano questo piccolo gioiello. Due terrazze armoniosamente equilibrate si aprono ai lati del primo piano, interrotte dai muri delle case confinanti: le balaustre di marmo, anch'esse piene di crepe, lasciano immaginare come in origine girassero intorno alla palazzina. Ora strette e buie, chiuse fra tre muri, hanno solo una funzione puramente decorativa.

La facciata, di un bel colore rosso di Siena, ora sbiadito, sparisce sotto i poderosi tronchi di gigantesche glicini, due grosse piante poste a destra e a sinistra della casa. I rami nel corso degli anni hanno finito con l'incontrarsi, in un intreccio solidissimo che non permette ai proprietari della casa di aprire le persiane delle finestre. Per alcuni mesi dell'anno una cascata di fiori copre per intero la facciata. Grappoli leggeri, lievi e vaporosi, di un colore azzurro-chiaro che sfuma fino al violetto, sembrano sospesi nell'aria, in un continuo rinnovarsi fra la vita e la morte. Più morte che vita, a dire la verità. Il profumo infatti, data l'estrema delicatezza dei fiori e l'umidità del luogo, in pochissimo tempo si stempera in qualcosa di putrido, cimiteriale.

Nella stagione calda, e questo significa da aprile a novembre, il giardino è un enorme flacone di profumi, in un miscu-

pischen Vegetation geschaffen, völlig im Kontrast zum allgemeinen Verfall des Ganzen. Die Luft hier stagniert, ist feucht und warm, typisch für ein Gewächshaus.

Ganz hinten im Garten ist das Mitte des neunzehnten Jahrhunderts erbaute Haus zu erahnen. Im ersten Stock – es gibt keine weiteren Stockwerke – zeigt sich trotz des ganzen Gewirrs von Zweigen, das ihn zum größten Teil verdeckt, ein entzückender, gewölbter, weiß getünchter schmiedeeiserner Balkon. Es handelt sich um Handwerkskunst erlesener Güte, ein letzter Zeuge der Zeiten, da Grazie und Anmut noch einen wichtigen Platz beim Hausbau einnahmen. Leider haben hundert Jahre der Wetterunbilden äußerst sichtbare Spuren hinterlassen: Rost und Absplitterungen verunstalten dieses kleine Juwel. Zwei harmonisch ausgeglichene Terrassen öffnen sich zu beiden Seiten des ersten Stocks, begrenzt von den Wänden der angrenzenden Gebäude. Die Balustraden aus Marmor, auch sie voller Sprünge, lassen erahnen, wie sie ursprünglich das Gebäude umlaufen hatten. Heute, eng und finster, eingepfercht zwischen drei Mauern, haben sie nur mehr eine rein dekorative Funktion.

Die Fassade von einem schönen, mittlerweile verblasstem Siena-Rot, verschwindet hinter den mächtigen Zweigen der riesigen Glyzinien, zwei große Sträucher zur Rechten und zur Linken des Hauses. Deren Zweige sind sich im Laufe der Jahre begegnet, ein sehr dichtes Gewirr, das die Besitzer daran hindert die Fensterläden zu öffnen. Für einige Monate im Jahr bedeckt eine Kaskade von Blüten die gesamte Fassade. Zarte Blütentrauben, leicht und luftig, von einem hellen Blau, das ins Violett übergeht, scheinen in einer fortwährenden Erneuerung zwischen Leben und Tod in der Luft zu schweben. Mehr Tod als Leben, um ehrlich zu sein. In der Tat verwandelt sich der Duft wegen der extremen Empfindlichkeit der Blüten und der Feuchtigkeit des Ortes in kürzester Zeit zu etwas Fauligem, Friedhofartigem.

In der heißen Jahreszeit, das heißt von April bis November, ist der Garten ein enormer Flacon mit Gerüchen einer

glio fra decomposizione e odori inebrianti. Basta un lieve spirare di vento, una brezza, anche la più leggera, per trasportare quella nuvola impalpabile e invisibile sulla strada, dentro le case vicine, nelle narici dei rari passanti, che si soffermano un attimo, sorpresi.

A volte, ma assai raramente, un'anziana signorina, forse di una cinquantina d'anni, esile, diritta, di piccola statura, i capelli grigi annodati dietro la testina di uccello, fa un timido giro nel giardino, le cesoie in mano. Si guarda intorno, spaesata, non sapendo dove cominciare. Chiaramente sopraffatta dalla quantità di piante che la circondano, dopo un primo momento di incertezza si mette a tagliare a destra e a manca: un ramo troppo prepotente qui, una pianta di rose sfiorite là, senza criterio né discernimento. Si accanisce, in un crescendo che però si estaurisce in pochissimo tempo, una sfuriata quanto mai effimera, tanto sa che, in ogni caso, perderà la partita. Una segreta avversione, un astio antico, dovuto forse alla sua incapacità di domare quella piccola foresta vergine, ha compromesso in modo definitivo il suo rapporto col giardino. Quelle piante, che malgrado il disamore e l'inettitudine della padrona si ostinano a prosperare moltiplicandosi quasi suo malgrado, sono un segno della sua impotenza. Il giardino incombe, vittorioso, in una continua esplosione di colori e di fiori.

In questa villa apparentemente abbandonata, abita anche la vecchia madre, condannata alla sedia a rotelle da una malattia alle gambe, e un fratello un po` più giovane, fra i quaranta e i cinquant'anni, professore di latino e greco in un liceo cittadino.

A ogni morte di papa è possibile vedere una vecchia serva pigra e lenta, che con visibile fatica trascina le sue ciabatte dall'entrata della casa, cui si accede per mezzo di quattro-cinque gradini di marmo, fino al cancello, nel vano tentativo

Mischung von Fäulnis und berauschenden Düften. Es genügt eine Brise, auch nur die leichteste, um diese kaum wahrnehmbare und unsichtbare Wolke auf die Straße zu wehen, in die nahegelegenen Häuser, in die Nasen der seltenen Passanten, die überrascht einen Moment innehalten.

Manchmal, aber nur sehr selten, dreht ein älteres Fräulein, vielleicht an die fünfzig, schmal, aufrecht, klein von Statur, die grauen Haare hinter ihrem Vogelkopf zu einem Knoten gebunden eine Runde im Garten, die Gartenschere in der Hand. Sie schaut sich um, verwirrt, nicht wissend, wo sie anfangen könnte. Offensichtlich von der Fülle der Pflanzen, die sie umgibt übermannt, beginnt sie nach einem ersten Augenblick der Unsicherheit rechts und links zu schnipseln: einen zu anmaßenden Zweig hier, eine verblühte Rose da, ohne Kriterium und ohne Unterscheidungsvermögen. Sie steigert sich in eine Verbitterung hinein, die sich aber in kürzester Zeit wieder legt, ein höchst kurzlebiger Wutausbruch, weiß sie doch, dass sie in jedem Fall unterliegen wird. Eine geheime Abneigung, ein uralter Groll, vielleicht ihrer Unfähigkeit geschuldet den kleinen Urwald zähmen zu können, hat ihre Beziehung zum Garten für alle Zeiten zerstört. Diese Pflanzen, die trotz der Lieblosigkeit und der Untauglichkeit der Hausherrin sich versteifen zu gedeihen und sich beinahe ihr zum Trotz zu vermehren, sind ein Zeichen ihrer Machtlosigkeit. Der Garten droht, siegreich, mit einer fortwährenden Explosion von Farben und Blüten.

In dieser scheinbar verlassenen Villa wohnt auch die alte, durch eine Krankheit an den Beinen an den Rollstuhl gefesselte Mutter und ein jüngerer Bruder, zwischen vierzig und fünfzig, Lehrer für Latein und Griechisch an einem städtischen Gymnasium.

Alle heiligen Zeiten kann man eine faule und langsame Dienstmagd sehen, die mit sichtbarer Mühe ihre Hauslatschen vom Hauseingang, den man über vier, fünf Marmorstufen erreicht, bis zum Gartentor schleift, in dem vergebli-

di liberare quel piccolo passaggio lastricato da foglie e erbacce varie.

Una o due volte l'anno un avvenimento straordinario desta bruscamente quella casa dal torpore abituale: l'arrivo del fratello più giovane, Franco, insieme alla sua famiglia.

Franco, andato via appena finita la scuola, al contrario del fratello maggiore, non aveva voluto proseguire gli studi, e infervorato da improrogabili sentimenti patriottici, aveva lasciato la Sicilia per seguire più da vicino gli avvenimenti che in quel periodo stavano travagliando l'Italia. „Lì si sta facendo la Storia, quella con la lettera maiuscola" aveva proclamato, prima di partire. Dopo la guerra, deluso dalla 'Storia', decise di non tornare a casa, stabilendosi nel continente.

Già qualche giorno prima dell'arrivo dei parenti un tramestio, un movimento inconsueto sconvolge la quiete di quella casa: le tendine delle finestre, sempre inesorabilmente abbassate, spariscono per qualche giorno per apparire distese su uno dei terrazzini, lavate e sbiancate a dovere; le porte finestre del pianterreno e tutto quanto è possibile aprire, viene spalancato. L'aria, anche se umida e pesante di serra, entra, quasi timorosa, in quella casa in cui deve regnare un odore di muffa inestinguibile. Si vedono allora le due donne, la signorina Cettina e donna Filomena, la serva sciatta e trasandata, darsi un gran daffare spolverando, lavando, cercando di rimediare all'incuria giornaliera. Due figure femminili, una leggera e veloce, l'altra flemmatica e pesante passano a intervalli da una finestra all'altra, una scopa, uno straccio, un piumino in mano. Una delle poche occasioni in cui la vecchia serva prende le mosse per far finta di spazzare l'entrata del giardino, di malavoglia, dubbiosa sull'utilità di tutto quell'affannarsi.

chen Versuch diesen kurzen gepflasterten Gang von Laub und Unkraut zu befreien.

Ein oder zweimal im Jahr reißt ein außergewöhnliches Ereignis dieses Haus aus der üblichen Trägheit: die Ankunft des jüngeren Bruders, Franco, mitsamt seiner Familie.

Franco, ganz das Gegenteil seines Bruders, fortgezogen sowie er mit der Schule fertig war, hatte nicht weiterstudieren wollen und von unaufhaltbaren patriotischen Gefühlen erhitzt hatte er Sizilien verlassen, um den Ereignissen, die damals Italien heimsuchten nahe zu sein. „Dort wird Geschichte gemacht, die Geschichte, von der man in den Büchern lesen kann", hatte er erklärt, bevor er fortging. Nach dem Krieg, von 'der Geschichte' enttäuscht, beschloss er nicht wieder nach Hause zurückzukehren und sich auf dem Festland niederzulassen.

Bereits einige Tage vor der Ankunft der Verwandten bringt die Aufregung, eine ungewohnte Geschäftigkeit, die Ruhe des Hauses durcheinander. Die erbarmungslos zugezogenen Vorhänge an den Fenstern verschwinden für einige Tage, um auf einer der Terrassen gewaschen und gebleicht, wie es sich gehört, wieder aufzutauchen. Die Balkontüren im Erdgeschoss und alles was geöffnet werden kann, wird aufgerissen. Die Luft, obwohl feucht und schwer wie im Glashaus, dringt beinahe ängstlich in dieses Haus ein, in dem ein untilgbarer Schimmelgeruch herrschen muss. Man sieht dann die beiden Frauen, das Fräulein Cettina und Donna Filomena, das schlampige und ungepflegte Dienstmädchen, sich richtig ins Zeug legen, Staub wischen, den Boden waschen, um so der täglichen Nachlässigkeit Herr zu werden. Zwei Frauen, eine leicht und geschwind, die andere phlegmatisch und schwerfällig, huschen in Intervallen von einem Fenster zum nächsten, einen Besen, einen Lappen, einen Staubwedel in der Hand. Eine der wenigen Gelegenheiten, bei der die alte Magd sich den Anschein gibt, den Eingang des Gartens zu kehren, widerwillig, die Sinnhaftigkeit

Finalmente la campanella squilla più volte, con insistenza. La signorina Cettina, vestita con più cura del solito, pettinata e ben calzata, si affretta ad aprire. La famiglia al completo, carica di valigie, pacchi e cesti, neanche si trattasse di un trasloco, viene accolta assai calorosamente con baci e abbracci, saluti rumorosi che sorprendono i vicini, e con certezza anche le piante del giardino, non abituate al suono di tante voci umane. Infine si eclissano, tutti insieme, dentro la casa.

Una settimana dopo è possibile rivedere gli stessi personaggi, al momento della partenza, ripetere gli stessi gesti, gli stessi saluti.

Ogni giorno, di primo mattino, il professore esce dal suo studio quasi furtivamente: l'unico momento in cui si aggira per il giardino. Con un tubo di gomma annaffia ogni pianticella, ogni albero, ogni rampicante senza trascurare neanche gli angoli più reconditi. In uno di essi, e cioè fra la strada e il muro della casa confinante, ben nascosta fra il verde, una fontana di pietra vulcanica in forma di grotta fa da base a un Tritone malandato, anche lui solitario e abbandonato. In altri tempi dalla sua bocca scaturiva un fiotto d'acqua. Adesso è asciutto dato che manca l'impianto idraulico. Chissà come è capitato lì. Il professore non dimentica mai quella creatura di pietra, anzi ne ha particolare cura; deve considerarlo un pezzo antico, forse di valore e lo ama più di tutte le piante del giardino. A lui riserva un generoso getto di acqua. La pietra brilla allora per pochi minuti e sembra svegliarsi a nuova vita. Il professore si ferma, assorto, in contemplazione, mai stanco di ammirare la forma armoniosa, il movimento del corpo, l'eleganza ben proporzionata di tutto l'insieme, ignorandone le screpolature e i pezzi mancanti.

dieser ganzen Mühe in Zweifel ziehend.

Endlich läutet die Klingel mehrere Male mit Nachdruck. Das Fräulein Cettina, sorgfältiger gekleidet als sonst, gekämmt und gut beschuht, beeilt sich zu öffnen. Die gesamte Familie, bepackt mit Koffern, Paketen und Körben, als würde es sich um einen Umzug handeln, wird sehr herzlich empfangen, mit Küssen und Umarmungen, lautstarken Begrüßungen, die die Nachbarn überraschen und mit Sicherheit auch die nicht an so viele menschliche Stimmen gewöhnten Pflanzen des Gartens. Schließlich verschwinden sie alle gemeinsam im Haus.

Eine Woche darauf kann man dieselben Personen im Augenblick der Abreise beobachten, wie sie dieselben Gesten, dieselben Grüße wiederholen.

Jeden Tag, frühmorgens, verlässt der Professor beinahe verstohlen sein Studierzimmer: der einzige Moment an dem er sich im Garten zu schaffen macht. Mit einem Gummischlauch gießt er jedes Pflänzchen, jeden Baum, jede Kletterpflanze ohne dabei die noch so versteckten Winkel zu vernachlässigen. In einem von diesen, das heißt zwischen der Straße und der Wand des angrenzenden Hauses zwischen dem Wildwuchs gut versteckt, bildet ein Brunnen aus vulkanischem Gestein in Form einer Grotte den Sockel für einen verwahrlosten Triton, auch er vereinsamt und verlassen. Zu anderen Zeiten sprudelte aus seinem Mund ein Wasserstrahl. Jetzt liegt er trocken, da die hydraulische Anlage fehlt. Wer weiß, wie er dorthin gekommen ist. Der Professor übergeht diese Kreatur aus Stein nie, im Gegenteil, er lässt ihr besondere Pflege zukommen; er muss ihn für ein antikes, vielleicht wertvolles Stück halten und liebt ihn mehr als alle Pflanzen des Gartens. Ihm behält er einen besonders großzügigen Wasserstrahl vor. Der Stein glitzert dann für wenige Minuten und scheint zu neuem Leben zu erwachen. Der Professor bleibt wie müde in Betrachtung versunken stehen, um die harmonische Form zu bewundern, die Bewe-

I vicini di casa, cui non era sfuggita questa attività mattiniera, lo avevano soprannominato 'il pompiere', sminuendo e in certo modo mettendo in ridicolo la sua autorità di uomo di cultura.

Subito dopo lascia la casa, chiudendo silenziosamente il cancello dietro di sé per non svegliare le donne, e si avvia sulla Via Plebiscito in direzione della fermata del tram.

Lo stesso percorso ogni giorno, anno dopo anno.

Il professore, un ometto magro, incolore, assai riservato, conduceva una vita appartata. Da sempre, già dal ginnasio, era stato posseduto da una sola grande passione: i classici greci. Poter leggere Omero nella lingua originale, questa la sua prima grande ambizione. La seconda, dopo lo studio delle lettere antiche, fu di tradurlo in una lingua moderna, senza però allontanarsi dall'arcaicità dell'originale. Rifuggiva da quel 'falso eroico, tutto... frase e immagine' tipico, di 'un popolo fiacco e immaginoso, che aveva grandi le idee e piccolo il carattere' come aveva definito il De Sanctis[4] lo stile del Monti[5] e la natura degli italiani. Questa critica gli era entrata nel cuore. Un freno, una specie di bavaglio ma anche un'illuminazione. Voleva tradurre una Iliade forte, vigorosa, piena di quel 'contenuto profondamente meditato e sentito' che appunto mancava al Monti. Ma se il Monti suppliva a queste deficienze con l'arte, con 'grazia... armonia, facilità e brio... consumata abilità tecnica, assoluta padronanza della lingua e dell'elocuzione poetica' sempre per citare il De Sanctis, il professore, pur usufruendo di una profonda conoscenza del greco antico aveva non indifferenti carenze ri-

---

[4]F. De Sanctis, Storia della letteratura italiana, 1960 Vol. II pag. 421
[5]Traduttore dell'Iliade

gung des Körpers, die gut proportionierte Eleganz des Ganzen, die Abplatzungen und die fehlenden Teile übersehend.

Die Nachbarn, denen diese frühmorgendliche Tätigkeit nicht entgangen war, hatten ihm den abschätzigen Spitznamen 'der Feuerwehrmann' verpasst, um in einem gewissen Sinn seine Autorität als Kulturmensch ins Lächerliche zu ziehen.

Gleich darauf verlässt er das Haus, schließt das Gittertor leise hinter sich, um die Frauen nicht zu wecken und schlägt auf der Via Plebiscito die Richtung zur Straßenbahnhaltestelle ein.

Derselbe Weg, jeden Tag, Jahr für Jahr.

Der Professor, ein dürres, farbloses, sehr zurückhaltendes Männlein führte ein abgeschiedenes Leben. Bereits seit dem Gymnasium war er von einer einzigen Leidenschaft besessen: die griechischen Klassiker. Homer in der Originalsprache zu lesen, das war sein erster großer Ehrgeiz. Der zweite, nach dem Studium der alten Sprachen, war es diese in eine moderne Sprache zu übersetzen ohne sich jedoch von der Archaik des Originals zu entfernen. Er scheute jenes 'falsche Heldentum ... allein Sätze und Bilder', typisch für 'ein schlaffes, fantasievolles Volk, das große Ideen und einen kleinen Charakter hatte', wie De Sanctis[6] den Stil Montis[7] und das Wesen der Italiener definiert hatte. Diese Kritik war ihm zu Herzen gegangen. Ein Zügel, eine Art Knebel aber auch eine Erleuchtung. Er wollte eine starke Ilias übersetzen, kräftig, voll von jenem 'zutiefst überlegten und gefühlten Inhalt', der eben Monti fehlte. Aber wenn sich Monti über diese Mängel mit Können, mit 'Grazie ... Harmonie, Leichtigkeit und Schwung ... mit technischer Fertigkeit voller Erfahrung, absoluter Sprachbeherrschung und poetischer Beredsamkeit' hinweghalf – um nochmals De Sanctis zu zitieren – wies der Professor, obwohl er auf eine profunde Kenntnis des Altgriechischen zurückgreifen konnte, nicht zu vernachläs-

---

[6]Italienischer Literaturwissenschaftler
[7]Übersetzer der Illias

guardo alla lingua italiana. In realtà dal confronto con le due lingue, quella italiana ne usciva spesso sconfitta. Sarà dipeso dal suo essere poco o niente affatto artista, dalla sua smania di perfezione e chiarezza, ma anche da un uso eccessivo del bisturi col quale sezionava ogni parola, ogni frase, fino a lasciare dietro di sé un ammasso di cadaveri tagliuzzati, sviscerati fino all'irriconoscibile, operazioni che finivano con l'inaridire, mutilare la lingua italiana. Ogni sera seduto dietro la sua scrivania, fino a notte tarda, riprendeva la sua lotta senza quartiere contro parole e frasi, ricercando i più reconditi significati nelle une e la logica sfuggente nelle altre. Anni di inseguimenti, di ricerche acribiche: il suo dramma era che 'sentiva' la lingua greca con tutto il suo essere, ma non riusciva a trasferirne le vibrazioni, l'intensità dei suoni, il clamore o l'armonia nella lingua italiana. Col tempo si era convinto di avere un'anima greca, di appartenere a un'altra civiltà, a un altro tempo. Inoltre a forza di cercare le definizioni più giuste, il ritmo, i suoni più confacenti, smembrando ogni frase e riducendo il tutto a un ammasso di vocaboli, aveva finito col perdere di vista l'insieme dell'opera. Questa a sua volta si sfaldava, si scomponeva, come un puzzle i cui pezzi, per chi sa quale malefizio, si mescolavano in un guazzabuglio da perderci la testa.

In quella casa che si apriva solo in occasioni eccezionali, che un passante occasionale e distratto avrebbe pensato essere disabitata, ogni notte era possibile vedere una piccola luce trasparire da una porta finestra del pianterreno: lì era il suo studio; lì dava anche qualche lezione privata, che serviva ad arrotondare il suo magro stipendio; lì si macerava fra vocabolari, testi, appunti, fogli sparsi sulla scrivania, sulle sedie, sul pavimento, su ogni piano d'appoggio, in un disordine che

sigende Mängel die italienische Sprache betreffend auf. In Wirklichkeit zog die italienische Sprache im Wettstreit häufig den Kürzeren. Es mochte damit zu tun haben, dass er kaum oder besser überhaupt keine künstlerisch veranlagte Persönlichkeit war, mit seiner Sucht nach Perfektion und Klarheit aber auch mit einem übertriebenen Gebrauch des Skalpells, mit dem er jedes Wort, jeden Satz sezierte, bis eine Anhäufung bis zur Unkenntlichkeit zerteilter, ausgenommener Kadaver zurück blieb, Eingriffe, die damit endeten, die italienische Sprache auszutrocknen und zu verstümmeln. Jeden Abend, bis spät in die Nacht an seinem Schreibtisch sitzend, nahm er seinen bedingungslosen Kampf gegen Wörter und Sätze auf, die verborgene Bedeutung in den einen und die flüchtige in den anderen suchend. Jahre der Verfolgung, der akribischen Nachforschung: das Drama war, dass er die griechische Sprache mit seinem ganzen Sein 'fühlte', und doch gelang es ihm nicht, ihre Schwingungen, die Intensität der Klänge, das Geschrei oder die Harmonie in die italienische Sprache zu übertragen. Mit der Zeit hatte er sich überzeugt, eine griechische Seele zu haben, einer anderen Zivilisation, einer anderen Epoche anzugehören. Außerdem hatte er auf der Suche nach den besten Definitionen und Rhythmen, nach den zutreffendsten Klängen, bei der er jeden Satz auseinandernahm und das Ganze auf einen Haufen Vokabeln reduzierte, den Blick auf die Gesamtheit des Werks verloren. Dieses wiederum fiel auseinander, zerbröckelte wie eine Puzzle, dessen Teile, wer weiß welchen Fluchs wegen, sich zu einem Durcheinander vermischten, das einen den Kopf verlieren lassen konnte.

In diesem Haus, das sich nur zu außergewöhnlichen Anlässen öffnete, von dem ein gelegentlicher Passant hätte annehmen können, es sei unbewohnt, konnte man jede Nacht ein kleines Licht durch eine Balkontür im Erdgeschoss leuchten sehen: dort befand sich sein Studierzimmer; dort gab er auch die eine oder andere Privatstunde, die dazu diente, sein mageres Gehalt aufzubessern; dort verschliss er sich zwischen Wörterbüchern, Texten, Anmerkungen, die

per fortuna non impressionava più nessuno, non la sorella e tanto meno donna Filomena, che non metteva mai piede in quella stanza per esplicito desiderio del professore.

Saranno state le nove del mattino di mercoledì 10 giugno, allorché la campana del cancello risuonò imperiosa una, due, tre volte. Non potevano essere i soliti ragazzini, ai quali erano ormai abituate da anni: quelli scuotevano il cancello e senza quasi aspettare che la campanella desse un benché minimo segno di vita avevano già preso il largo. Questa volta c'era qualcuno che strattonava con impegno quella specie di maniglia, con la sicurezza di chi pensa di averne il diritto.

La signorina Cettina, non ancora vestita (si era alzata da poco), la vestaglietta di cotonina celeste buttata sulla camicia da notte, scostò leggermente la tendina della porta finestra della stanza di mezzo dove c'era il balconcino ormai pericolante (per questo motivo nessuno osava affacciarsi) e guardò fuori. Un uomo dimesso, di una certa età, aspettava sul marciapiede sporgendosi tra le inferriate del cancello per cercare di vedere se qualcosa si muoveva in quella specie di cimitero senza tombe.

La signorina Cettina si ritirò precipitosamente e corse a chiamare donna Filomena, ancora a letto, perché andasse ad aprire; ma prima che la serva, con la lentezza che le era propria, avesse avuto il tempo di mettersi in movimento, il professore, uscito dal suo studio, era andato incontro al nuovo venuto. Alla vista del fratello poco mancò che la signorina Cettina non fosse presa da un malore: era la prima volta in circa vent'anni di insegnamento che il fratello non andava a scuola.

auf dem Schreibtisch, auf den Stühlen, auf dem Fußboden, auf jeder Ablage in einem Durcheinander verstreuter Blätter, das glücklicherweise niemanden mehr beeindruckte, nicht die Schwester und noch weniger Donna Filomena, die auf ausdrücklichen Wunsch des Professors nie einen Fuß in dieses Zimmer setzte.

Es mochte am Mittwoch, den 10. Juni, um neun Uhr morgens gewesen sein, als die Glocke am Gittertor einmal, zweimal, dreimal gebieterisch läutete. Das konnten nicht die üblichen Buben sein, an die sie sich inzwischen seit Jahren gewöhnt hatten; diese rüttelten am Gitter und beinahe ohne darauf zu warten, dass die Glocke auch nur das leiseste Lebenszeichen von sich gab, rannten sie davon. Dieses Mal war da jemand, der kräftig an dieser Art Handgriff zerrte, mit der Gewissheit ein Recht dazu zu haben.

Fräulein Cettina, noch nicht angezogen (sie war eben erst aufgestanden), den blauen Morgenmantel aus Baumwolle über das Nachthemd geworfen, schob den Vorhang der Balkontür des Mittelzimmers, wo sich der mittlerweile baufällige Balkon befand (aus diesem Grund wagte sich niemand auf ihn hinaus) leicht zur Seite und blickte hinaus. Ein einfacher, etwas betagter Mann wartete auf dem Gehsteig und versuchte zwischen den Gitterstäben hindurchzuspähen, um zu sehen, ob sich in dieser Art Friedhof ohne Gräber, etwas rührte.

Das Fräulein Cettina wich überstürzt zurück und lief Donna Filomena, die noch im Bett lag, zu benachrichtigen, damit sie aufmachen ginge; doch bevor die Dienstmagd mit der Langsamkeit, die ihr eigen war, Gelegenheit hatte sich in Bewegung zu setzen, war der Professor, der aus seinem Zimmer gekommen war, dem Neuankömmling entgegengegangen. Es fehlte nicht viel und das Fräulein Cettina wäre angesichts des Bruders von plötzlichem Schwindel befallen worden: es war das erste Mal in ungefähr zwanzig Unterrichtsjahren, dass der Bruder nicht in die Schule gegangen

Subito notò qualcosa di nuovo in giardino: i fiori piegavano miseramente la testa, le rose rampicanti erano sul punto di perdere tutti i petali, e il resto una rovina. Il termometro, nonostante l'ora mattutina, doveva essere salito di molto. Cosa era successo? Fin dal primo giorno in cui erano entrati in quella casa, con i mobili del trasloco ancora in disordine, sparsi fra le stanze, il padre aveva incaricato il figliolo, allora studente, di annaffiare le piante del giardino. Da allora, ogni mattina, a parte le poche volte in cui pioveva, e in quella città piove assai di rado, si ripeteva lo stesso rituale.

Che stesse male?

Dopo aver parlato qualche minuto con l'uomo al cancello, il fratello rientrò e alla sorella che gli era corsa incontro spiegò che si trattava del bidello della scuola.

Anche per il preside l'assenza del professore era stata una novità. Tutti ricordavano come perfino il giorno del funerale del padre fosse venuto a scuola, spostando la cerimonia al pomeriggio. Anche il giorno precedente e quello seguente era venuto puntuale, come sempre, rinunciando ai giorni liberi che gli sarebbero spettati.

Alla sorella disse di non sentirsi bene e di voler andare dal dottor Lo Presti, suo compagno di scuola e loro medico di famiglia.

La signorina Cettina notò il pallore più accentuato del solito, le rughe intorno agli occhi, piccoli e rotondi, quasi di uccello, che si nascondevano dietro le orbite scure; la bocca serrata, le labbra sottili, una piega amara che non gli conosceva. Ma forse non lo aveva mai osservato come oggi. Anche il naso sembrava più affilato.

war.

Sofort bemerkte sie etwas Neues im Garten: die Blumen neigten erbärmlich ihre Köpfe, die Kletterrosen waren nahe daran alle ihre Blütenblätter zu verlieren und der Rest ein einziger Verfall. Die Temperatur musste trotz der Morgenstunde erheblich angestiegen sein. Was war geschehen? Seit dem ersten Tag an dem sie in dieses Haus eingezogen waren, die Umzugsmöbel noch in Unordnung über die Zimmer verstreut, hatte der Vater den Sohn, damals noch Student, beauftragt die Blumen des Gartens zu gießen. Seither wiederholte sich jeden Morgen dasselbe Ritual, ausgenommen die wenigen Male, da es regnete und in dieser Stadt regnete es sehr selten.

Ob er wohl krank war?

Nachdem er einige Minuten mit dem Mann am Gittertor gesprochen hatte, ging der Bruder ins Haus zurück und der Schwester, die ihm entgegengelaufen war, erklärte er, dass es sich um den Schuldiener handle.

Auch für den Schulleiter war die Abwesenheit des Professors eine Neuheit gewesen. Alle erinnerten sich, dass er sogar am Tag des Begräbnisses des Vaters in die Schule gekommen war und die Zeremonie auf den Nachmittag verschoben hatte. Auch am vorangegangenen und dem darauffolgenden Tag war er pünktlich gewesen, wie immer, und hatte auf die freien Tage, die ihm zugestanden wären, verzichtet.

Zur Schwester sagte er, er fühle sich nicht wohl und dass er zum Doktor Lo Presti gehen wolle, seinem Schulkameraden und ihren Hausarzt.

Das Fräulein Cettina bemerkte die stärker als übliche Blässe, die Falten um die kleinen, runden Augen, beinahe die eines Vogels, die sich in den finsteren Augenhöhlen verbargen; den verschlossenen Mund, die dünnen Lippen, eine bittere Miene, die sie nicht an ihm kannte. Doch vielleicht hatte sie ihn nie so wie heute betrachtet. Auch die Nase

«Ti senti male... hai la febbre? Che hai?»

La signorina Cettina non osò toccargli la fronte per vedere se scottava. Un'improvvisa soggezione le fermò la mano. Non aveva molta dimestichezza col fratello, nessuna confidenza; ora poi lo sentì più che mai lontano, freddo. Un estraneo. Uno sconosciuto.

Il professore senza rispondere, già pronto per uscire, si guardò intorno, cercando meccanicamente qualcosa: la borsa con la quale usciva ogni mattina per andare a scuola. Scosse impercettibilmente la testa e andò senza sapere dove mettere la mano destra, una situazione nuova per lui, abituato da un numero infinito di anni a reggere qualcosa in mano: aveva deciso di lasciare la borsa in casa. Ebbe la strana sensazione di essere poco vestito.

Al dottor Lo Presti spiegò di aver bisogno di un certificato che lo liberasse dall'insegnamento per i pochi giorni di scuola che ancora gli rimanevano. Sarebbe tornato per gli esami di maturità. Era stato nominato commissario esterno in una cittadina di provincia.

Il dottore, ad ogni buon conto, lo visitò e all'infuori della pressione piuttosto bassa non trovò altro. Del resto il professore non aveva detto di essere ammalato. Scrisse ugualmente un certificato medico.

Si conoscevano da circa trent'anni, dagli anni cioè del ginnasio e poi del liceo. Erano compagni di classe. Non si poteva dire che fossero amici, ma neanche nemici. Si conoscevano e basta. Per cui non osò fare domande di carattere privato. Capì che ci doveva essere qualcosa di personale, un problema non certo di salute: il viso sbiancato più del solito, gli occhi sfuggenti che del resto conosceva da sempre... non volle indagare. Non erano affari suoi.

schien schärfer geschnitten.

»Fühlst du dich nicht wohl ... hast du Fieber? Was fehlt dir?«

Das Fräulein Cettina wagte nicht seine Stirn zu berühren, um zu fühlen, ob sie heiß war. Eine plötzliche Befangenheit hielt ihre Hand zurück. Sie hatte keine große Vertrautheit mit ihrem Bruder, keinerlei Vertraulichkeit; jetzt erst fühlte sie ihn ferner als je, kalt. Ein Fremder. Ein Unbekannter.

Ohne zu antworten, schon zu gehen bereit, sah sich der Professor um, mechanisch etwas suchend: die Tasche, mit der er jeden Tag aus dem Haus ging, um in die Schule zu gehen. Er schüttelte unmerklich den Kopf und setzte sich in Bewegung, ohne zu wissen wohin mit der rechten Hand, eine neue Situation für ihn, seit unendlichen Jahren daran gewöhnt etwas in der Hand zu halten: er hatte beschlossen, die Tasche zu Hause zu lassen. Er hatte das seltsame Gefühl, spärlich bekleidet zu sein.

Doktor Lo Presti erklärte er, er benötige eine Bescheinigung, die ihn für die wenigen Schultage, die ihm noch verblieben vom Unterricht befreie. Er wäre zu den Abiturprüfungen wieder zurück. Er war zum Prüfungskommissar in einem Provinzstädtchen ernannt worden.

Der Doktor untersuchte ihn sicherheitshalber und außer einem ziemlich niederen Blutdruck konnte er nichts feststellen. Der Professor hatte übrigens nicht behauptet krank zu sein. Trotzdem stellte er ihm das ärztliche Zeugnis aus.

Sie kannten sich seit ungefähr dreißig Jahren, seit der Zeit des Gymnasiums und des Studiums. Sie waren Klassenkameraden. Man konnte nicht sagen, dass sie Freunde wären, aber auch keine Feinde. Sie kannten sich und Schluss. Deshalb wagte er nicht Fragen privaten Charakters zu stellen. Er begriff, dass es da etwas Persönliches geben musste, gewiss kein gesundheitliches Problem: das blassere Gesicht als üblich, der ausweichende Blick, den er übrigens seit jeher kannte ... er wollte nicht nachforschen. Es war nicht seine Angelegenheit.

Il professore infilò il certificato in una busta che già precedentemente aveva preparato con l'indirizzo della scuola e uscendo la introdusse nella prima cassetta della posta che incontrò. Arrivato a casa si chiuse nello studio, come sua abitudine.

All'ora di pranzo, la signorina Cettina bussò timidamente alla porta, quanto mai insicura dopo gli avvenimenti del mattino; il fratello aprì subito, quasi la stesse aspettando. Disse di non aver fame, con durezza. Richiuse la porta. La sorella restò ferma qualche secondo, annientata: avrebbe voluto chiedergli cosa aveva detto il dottore, ma non osò bussare una seconda volta. Aveva avvertito lo sguardo infastidito del fratello, la sua impazienza.

Seduta a tavola fissava il proprio piatto, senza riuscire a prendere la forchetta in mano, la bocca dello stomaco chiusa. Non toccò cibo. Alle proteste della madre, alle sue domande perché il professore non veniva, non rispose. Sentiva una vaga minaccia, ma non se ne sapeva spiegare il motivo.

Dopo pranzo si ritirò nella propria stanza, come ogni pomeriggio. Il silenzio di quella casa, rotto solo dalle grida dei ragazzini che giocavano nella *Sciara*[8] accanto, le fu per la prima volta insopportabile. Tornò in quello che chiamavano salottino, una stanza che si apriva su una delle terrazze del primo piano, dove le tre donne trascorrevano la maggior parte del loro tempo. Prese in mano uno dei soliti lavoretti di cucito che impegnavano le sue giornate, ma non seppe cosa farsene. Le mancava la calma, la concentrazione necessaria anche solo per tirare l'ago.

C'era qualcosa di nuovo, di inquietante.

_____

[8]Vedi nota pag. 16

152

Der Professor steckte das ärztliche Zeugnis in einen Umschlag, den er vorher mit der Adresse der Schule versehen hatte und auf dem Weg warf er ihn in den ersten Briefkasten, der ihm unterkam. Zu Hause angekommen, schloss er sich wie gewohnt in seinem Studierzimmer ein.

Zu Mittag klopfte das Fräulein Cettina schüchtern an die Tür, nach den Ereignissen am Morgen unsicherer denn je; der Bruder öffnete sofort, beinahe als hätte er auf sie gewartet. Er sagte mit Bestimmtheit, dass er keinen Hunger habe. Er machte die Tür wieder zu. Die Schwester blieb einige Sekunden verstört stehen: sie hätte ihn fragen wollen, was der Arzt gesagt hatte, doch sie wagte nicht ein zweites Mal anzuklopfen. Sie hatte den verärgerten Blick des Bruders, seine Ungeduld bemerkt.

Am Tisch sitzend fixierte sie ihren Teller, nicht in der Lage die Gabel in die Hand zu nehmen, den Magen blockiert. Sie rührte das Essen nicht an. Auf den Tadel der Mutter, auf die Frage, warum der Professor nicht komme, antwortete sie nicht. Sie spürte eine vage Drohung, doch vermochte sie den Grund dafür nicht zu erklären.

Nach dem Mittagessen zog sie sich wie jeden Nachmittag in ihr Zimmer zurück. Die Stille dieses Hauses, unterbrochen nur vom Geschrei der Buben, die auf der nahen *Sciara*[9] spielten, erschien ihr zum ersten Mal unerträglich. Sie kehrte in den Raum zurück, den sie 'Salottino' nannten, ein Zimmer, das sich zu einer der Terrassen des ersten Stocks hin öffnete, in dem die Frauen den größten Teil ihrer Zeit verbrachten. Sie nahm eine der üblichen Näharbeiten zur Hand, die ihre Tage ausfüllten, wusste aber nicht, was damit anfangen. Ihr fehlte die Ruhe, die nötige Konzentration, um auch nur die Nadel zu führen.

Da war etwas Neues, etwas Beunruhigendes.

---

[9]Siehe Fußnote Seite 17

Il giorno prima il professore era tornato dalla scuola più tardi del solito. Stravolto. Mancavano solo pochi giorni alla fine dell'anno scolastico e la sua stanchezza era del tutto comprensibile. Non volle mangiare (avevano tenuto in caldo il suo pranzo), accusando un vago malessere. Durante il pomeriggio poi lo aveva sentito andare su e giù nel suo studio. Gli aveva preparato una camomilla che lui aveva accettato distrattamente. Era tornata qualche ora dopo per ritirare la tazza e la trovò dove l'aveva lasciata, intatta. Gli chiese se voleva qualcosa, lui non rispose, la guardò soltanto come se la vedesse per la prima volta, quasi fosse una sconosciuta. Avrebbe voluto aprire la porta finestra dato che l'aria in quella stanza era irrespirabile. Lo sguardo del fratello però le tolse ogni residuo di sicurezza.

Si scosse a quel ricordo e si accorse di tenere l'ago per aria. Chissà per quanto tempo era rimasta così. Lo appuntò sul lavoro e ripose tutto nel cestino che teneva accanto. La madre la fissava, preoccupata. Ma non disse niente. In quella casa si parlava poco.

Sentì il bisogno di respirare, di uscire. L'aria era pesante, umida, il caldo soffocante. Per la prima volta ebbe chiara la sensazione di essere chiusa in gabbia.

Andò in giardino, inquieta, anzi smarrita, quasi si aggirasse in un luogo sconosciuto. Di colpo decise di annaffiare le piante. Subito si accorse di non saper fare neanche questo. A chi doveva dare più acqua, a chi meno? Non bagnò il Tritone verso il quale provava una sorta di disgusto, del resto inspiegabile, né spruzzò l'edera e le altre piante rampicanti. In pochi minuti aveva finito.

Rientrando si sorprese a guardare verso la porta finestra

Tags zuvor war er später als üblich von der Schule nach Hause gekommen. Verwirrt. Es fehlten wenige Tage bis zum Ende des Schuljahres und seine Müdigkeit war völlig verständlich. Er wollte nichts essen (sie hatten das Mittagessen warm gestellt), ein vages Unwohlsein vorschützend. Im Laufe des Nachmittags dann, hatte sie ihn in seinem Studierzimmer auf- und abgehen hören. Sie hatte ihm einen Kamillentee bereitet, den er zerstreut akzeptiert hatte. Sie war einige Stunden später zurückgekommen, um die Tasse abzuholen und hatte sie dort vorgefunden, wo sie sie gelassen hatte, unberührt. Sie fragte ihn, ob er etwas möchte, er antwortete nicht, sah sie nur an, als würde er sie zum ersten Mal sehen, beinah als wäre sie eine Unbekannte. Sie hätte die Balkontür öffnen wollen, da die Luft in diesem Zimmer unerträglich war. Der Blick des Bruders aber nahm ihr jeden Rest an Sicherheit.

Sie schüttelte sich bei diesem Gedanken und bemerkte, dass sie die Nadel in der Luft hielt. Wer weiß, wie lange sie so dagesessen hatte. Sie steckte die Nadel in die Arbeit und legte alles in das danebenstehende Körbchen. Die Mutter starrte sie besorgt an. Sie sagte nichts. In diesem Haus sprach man wenig.

Sie verspürte das Bedürfnis durchzuatmen, hinaus zu gehen. Die Luft war schwer, schwül, die Hitze erstickend. Zum ersten Mal hatte sie den eindeutigen Eindruck in einem Käfig eingesperrt zu sein.

Sie ging in den Garten, beunruhigt, das heißt verloren, beinahe als befände sie sich an einem unbekannten Ort. Plötzlich beschloss sie die Pflanzen zu gießen. Sofort bemerkte sie, dass sie nicht einmal dazu imstande war. Welcher sollte sie mehr Wasser geben, welcher weniger? Sie goss den Triton nicht, für den sie einen übrigens unerklärlichen Ekel verspürte, noch goss sie den Efeu und die anderen Kletterpflanzen. In wenigen Minuten war sie fertig. Während sie ins Haus zurückging, überraschte sie sich,

dove indovinava il professore seduto dietro la scrivania; la sera prima lo aveva osservato a tavola. Le sue mani tremavano impercettibilmente mentre portava il cibo alla bocca. Quasi non riusciva a padroneggiarsi nel tenere fermo il bicchiere per bere. Dopo pochi minuti si era alzato.

«Non ho fame», aveva detto, andandosene nel suo studio. Qualche ora dopo le aveva chiesto un calmante per la notte, per dormire. Il viso tirato, gli occhi spiritati, lei aveva continuato a pensare alla fatica degli ultimi giorni di scuola. Ora capì che ci doveva essere dell'altro. Non aveva mai visto il fratello agitato, inquieto, ma chissà perché escluse subito l'idea di una vera malattia. Non stava bene, si vedeva, ma non per malattia.

In casa girò da una stanza all'altra, come un'anima in pena. Una casa troppo grande per loro, un tempo elegante, ora in completa rovina. I muri si sgretolavano, mangiati dall'umidità, coperti di muffa. Le stanze semivuote, o addirittura vuote.

Senza meta, indecisa su dove dirigere i propri passi, finì di nuovo nella propria cameretta, e per la prima volta ne notò lo squallore. Un vecchio armadio, neanche uno specchio, un lettino di ferro, la coperta di cotone bianco, una sedia. I muri a calce, un po' scrostati, nudi, senza un quadro. Un crocifisso di legno appeso a capo del letto. Una cella monacale, proprio come in un convento. La finestra dava sul retro della casa, sulla *Sciara*[10], e da lì entravano fasci di luce, quasi a sottolineare la miseria, la sterilità di quella stanza. E le voci dei ragazzini che giocavano. Chiuse gli scuri e si ritrovò in una

---

[10]Vedi nota pag. 16

wie sie zur Balkontür blickte, wo sie ahnte, dass der Professor hinter seinem Schreibtisch saß; am Abend zuvor hatte sie ihn bei Tisch beobachtet. Seine Hände zitterten unmerklich während er die Bissen zum Mund führte. Er konnte sich beinahe nicht beherrschen das Glas ruhig in der Hand zu halten, um zu trinken. Nach wenigen Minuten war er aufgestanden.

»Ich habe keinen Hunger«, hatte er gesagt und war in sein Studierzimmer gegangen. Einige Stunden später hatte er sie um ein Beruhigungsmittel für die Nacht gebeten, um schlafen zu können. Gequälte Miene, entgeisterter Blick; sie fuhr fort an die Anstrengung der letzten Schultage zu denken. Jetzt begriff sie, dass da noch etwas anderes sein musste. Sie hatte ihren Bruder noch nie aufgeregt, unruhig gesehen, doch wer weiß, warum sie gleich eine richtige Krankheit ausschloss. Es ging ihm nicht gut, man sah es, doch nicht wegen einer Krankheit.

Im Haus ging sie von einem Zimmer in das andere, wie eine gequälte Seele. Ein zu großes Haus für sie, früher elegant, heute völlig heruntergekommen. Der Putz bröckelte von den Mauern, von der Feuchtigkeit zerfressen, mit Schimmel überzogen. Die Zimmer halb oder ganz leer.

Ziellos, unentschlossen, wohin sie ihre Schritte lenken sollte, landete sie wieder in ihrem Zimmerchen und zum ersten Mal bemerkte sie die Trostlosigkeit. Ein alter Schrank, nicht einmal ein Spiegel, ein mit einer weißen Baumwolldecke bedecktes eisernes Bett, ein Stuhl. Die Mauern kalkgetüncht, ein wenig abgeblättert, nackt, ohne ein Bild. Ein Holzkreuz über dem Kopfende des Bettes. Eine Mönchszelle, gerade wie in einem Kloster. Das Fenster blickte von der Rückseite des Hauses auf die *Sciara*[11] hinaus und von dort drangen Lichtstreifen herein, beinahe wie um das Elend, die Sterilität dieses Zimmers zu unterstreichen. Und die Stimmen der

---

[11]Siehe Fußnote Seite 17

penombra più familiare. Si sedette sulla sponda del letto svuotata di tutto e non sapeva lei stessa il perché di quell'angoscia.

In un susseguirsi di scene, come in un film muto, ripercorse le tappe più importanti della sua vita e si accorse che ogni scena riportava un episodio, un evento riguardante solo altre persone: la partenza di Franco appena diciottenne, la laurea del professore (in casa lo chiamavano sempre così), la morte improvvisa del padre. Niente di veramente suo, nessun avvenimento che avesse potuto cambiare la sua vita, che in qualche modo avesse inciso sulla sua persona; lei sempre figura marginale, mai protagonista.

Il grande avvenimento, il solo veramente importante, che aveva coinvolto anche lei era stato l'arrivo in questa casa.

Il padre aveva deciso di fare il trasloco di mattina presto. Non ne spiegò il motivo, come sua abitudine. Lui non dava mai spiegazioni. Ma lei aveva subito pensato alla curiosità dei vicini: come mostrare la povertà delle loro masserizie? I pochi mobili che appena avrebbero potuto riempire una piccola parte della villetta, erano frusti, di qualità assai scadente. Non avevano neanche una vera credenza, una cristalliera, un divano e poltrone. Niente.

La prima volta che era entrata in quella casa era stata presa al naso da un penetrante odore che allora non aveva saputo definire, ma che aveva attribuito al giardino o al fatto di essere stata tanto tempo chiusa. Un odore rimasto caratteristico, ormai incorporato dentro quelle mura, del quale non si accorgeva più. I ragni si erano impadroniti di tutti gli angoli bui delle stanze tessendo tele su tele in un fantastico intrico di fili e figure geometriche di rara perfezione: erano riusciti

spielenden Kinder. Sie schloss die Fensterläden und fand sich in einem vertrauten Halbdunkel wieder. Sie setzte sich innerlich völlig leer auf den Bettrand und wusste selbst nicht den Grund für diese Angst.

In einer Abfolge von Szenen wie in einem Stummfilm, durchlief sie die wichtigsten Etappen ihres Lebens und bemerkte, dass jede Szene eine Episode, ein Ereignis zurückbrachte, die nur andere Personen betrafen: die Abreise Francos, gerade achtzehnjährig, den Hochschulabschluss des Professors (im Hause nannten sie ihn immer so), den plötzliche Tod des Vaters. Nichts wirklich Eigenes, kein Ereignis, das ihr Leben hätte verändern können, das irgendwie einschneidend für ihre Person gewesen wäre, sie, immer eine Nebenrolle, nie Hauptdarstellerin.

Das große Ereignis, das einzig wirklich Wichtige, das auch sie berührt hatte, war der Einzug in dieses Haus gewesen.

Der Vater hatte beschlossen, den Umzug am frühen Morgen zu machen. Wie es seine Gewohnheit war, erklärte er den Grund dafür nicht. Er gab nie Erklärungen ab. Sie aber hatte gleich an die Neugierde der Nachbarn gedacht: hätten sie die Armseligkeit ihres Hausrats herzeigen sollen? Die wenigen Möbel, die gerade einmal einen kleinen Teil der Villa hätten füllen können, waren abgenützt, von einer sehr schlechten Qualität. Sie hatten nicht einmal einen richtigen Küchenschrank, einen Gläserschrank, einen Diwan, Sessel. Nichts.

Wie sie das erste Mal dieses Haus betreten hatte, war ihr ein penetranter Geruch in die Nase gestiegen, den sie damals nicht zu definieren gewusst hätte, den sie aber dem Garten zugeordnet hatte oder der Tatsache, dass das Haus so lange Zeit geschlossen gewesen war. Ein charakteristisch gebliebener Geruch, mittlerweile in diese Mauern eingedrungen, den sie gar nicht mehr wahrnahm. Die Spinnen hatten sich aller finsteren Ecken der Zimmer bemächtigt,

perfino a superare lo spazio fra una parete e l'altra. La polvere, alta almeno due dita, si alzava dal pavimento danzando ai primi raggi di sole che chissà dopo quanto tempo finalmente potevano entrare dalle porte e dalle finestre subito spalancate. Il sole riusciva a introdursi nelle stanze: il glicine e le altre piante, ancora giovani, non ne impedivano l'ingresso. Almeno la luce non mancava.

Lei e donna Filomena si erano subito messe a spazzare, lavare, pulire la casa, da un anno o più disabitata.

Dei precedenti padroni le donne non sapevano niente. Cettina aveva solo sentito di come il padre, di passaggio, avesse accennato di aver acquistato la casa a un'asta giudiziaria. Con quale capitale, non osava chiedere nessuno. Il padre, un uomo rigido e di poche parole, era impiegato alle ferrovie e le sue entrate non erano tali da permettergli chissà quali risparmi.

Non si seppe mai come avesse effettuato l'acquisto.

Alla sua morte risultò che la casa era libera da ogni debito. Non era mai stata fatta un'ipoteca: la casa era stata pagata in contanti!

Nessuno parlava, ma era come se i pensieri gridassero da soli. Domande che nessuno osava formulare. „Come? Con quali mezzi?" Le parole si strozzavano in gola prima ancora di venir pronunciate. Neanche le frasi più innocenti volevano uscire dalle loro bocche; del resto in quegli anni nessuno, e non soltanto nella sua famiglia, si permetteva di parlare. In seguito avevano finito con l'abituarsi a quel malessere, come ci si abitua a una malattia che non conduce alla morte. Non si parlavano, ma dubbi atroci continuavano a covare nel fondo delle loro anime, assumendo, col tempo, dimensioni sempre più mostruose: che il padre avesse rubato, o magari

Netze über Netze aus einem Geflecht von Fäden zu geometrischen Figuren seltener Perfektion verwoben: es war ihnen sogar gelungen, die Entfernung von einer Wand zur anderen zu überbrücken. Der Staub, mindestens zwei Finger hoch, stieg vom Fußboden hoch und tanzte in den ersten Sonnenstrahlen, die nach, wer weiß wie langer Zeit, endlich durch die sofort aufgerissenen Türen und Fenster dringen konnten: die Glyzinien und die anderen noch jungen Pflanzen konnten ihr Eindringen nicht verhindern. Zumindest an Licht fehlte es nicht.

Sie und Donna Filomena hatten sich sofort daran gemacht, das seit einem Jahr oder noch länger unbewohnte Haus zu kehren, zu wischen und zu putzen.

Von den vorherigen Besitzern wussten die Frauen nichts. Cettina hatte nur gehört, wie der Vater ganz nebenbei angedeutet hatte, ein Haus auf einer Gerichtsversteigerung gekauft zu haben. Mit welchem Kapital wagte niemand zu fragen. Der Vater, ein strenger Mann weniger Worte, war ein Eisenbahnangestellter und seine Einkünfte nicht von der Art, dass sie ihm, Ersparnisse ermöglicht hätten.

Man erfuhr nie, wie er diesen Kauf abgewickelt hatte.

Bei seinem Tod erwies es sich, dass das Haus frei von Schulden war. Es wurde nie eine Hypothek aufgenommen: das Haus war bar bezahlt worden!

Niemand redete, doch es war, als würden die Gedanken von selber schreien. Fragen, die niemand auszusprechen wagte. „Wie? Mit welchen Mitteln?" Die Worte blieben im Hals stecken, noch bevor sie ausgesprochen wurden. Nicht einmal die unschuldigsten Sätze wollten über ihre Lippen kommen; in jenen Jahren erlaubte sich übrigens niemand zu reden, nicht nur in ihrer Familie. In der Folge hatten sie sich an dieses Unbehagen gewöhnt, so wie man sich an eine Krankheit gewöhnt, die nicht zum Tode führt. Sie sprachen nicht miteinander, doch schreckliche Zweifel gärten weiter in der Tiefe ihrer Seelen und nahmen mit der Zeit immer monströsere Ausmaße an: hatte Vater gestohlen oder viel-

161

commesso un crimine?

.

Ricordò la curiosità dei vicini appena si erano affacciati al balcone del primo piano, un salone rimasto vuoto, dove prima doveva esserci stata la stanza da pranzo dei padroni precedenti. Si vedevano ancora i segni dei mobili sui muri, dei quadri. Il pavimento in parquet conservava i contorni del tappeto. Chiudendo gli occhi, Cettina riusciva a immaginare quella stanza elegantemente arredata, piena di ospiti. Ne sentiva quasi le voci. Chi erano i vecchi padroni? Come mai c'era stata un'asta giudiziaria e che fine avevano fatto?

Il giardino poi, trascurato da oltre un anno, era inselvatichito. Due palme, ormai gigantesche, poste ai lati della casa, erano state abbattute dal padre, perché, diceva, toglievano luce alla casa. In pochissimo tempo nessuno avrebbe sospettato la presenza di quelle superbe piante; una quantità di erbacce miste a fiori, venuti chissà da dove, ne avevano subito preso il posto.

All'inizio la madre anche se con poco entusiasmo, forse per ordine del marito, aveva tentato di occuparsi del giardino; poi sopraffatta dall'irruenza di quella natura indomabile, aveva finito col rinunciare. Una lotta inutile, aveva concluso. Cettina, che in un primo momento si era lasciata trascinare dalla madre, dopo non molto tempo, anche lei scoraggiata, aveva ceduto le armi.

D'altra parte, vissute fino ad allora in una casa di poche stanze, senza neanche un balcone, non avevano nessuna pratica né amore per fiori e piante di vario genere.

Cominciarono a isolarsi anche dal mondo esterno; i rapporti con i vicini rimasero freddi. Si scambiavano giusto il saluto. Anche gli amici e i parenti si erano allontanati. Invidia o

leicht gar ein Verbrechen begangen?

Sie erinnerte sich an die Neugierde der Nachbarn, als sie gerade auf den Balkon im ersten Stock getreten waren, ein leer gebliebener Salon, wo sich früher das Speisezimmer der vorherigen Besitzer befunden haben musste. Man sah noch die Umrisse der Möbel und der Bilder an den Wänden. Der Parkettfußboden konservierte noch die Umrisse des Teppichs. Wenn sie die Augen schloss, vermochte Cettina sich dieses Zimmer elegant eingerichtet und voller Gäste vorzustellen. Fast hörte sie die Stimmen. Wer waren die alten Besitzer? Warum hat es eine gerichtliche Versteigerung gegeben und welches Ende haben sie genommen?

Und der Garten, seit über einem Jahr vernachlässigt, war verwildert. Zwei Palmen an beiden Ecken des Hauses, mittlerweile riesig, hatte der Vater gefällt, weil sie, sagte er, dem Haus das Licht stahlen. In kürzester Zeit hätte niemand mehr die Existenz dieser stolzen Bäume vermutet; eine Menge Unkraut vermischt mit, wer weiß woher, stammenden Blumen, hatten sofort ihren Platz eingenommen.

Am Anfang hatte die Mutter, wenn auch mit geringer Begeisterung, vielleicht auf Anordnung ihres Mannes versucht, sich dem Garten zu widmen; dann, vom Ungestüm dieser Natur überwältigt, hatte sie schließlich darauf verzichtet. Ein unnützer Kampf, hatte sie beschlossen. Cettina, die sich in einem ersten Moment von ihrer Mutter hatte mitreißen lassen, hatte nach nicht langer Zeit ebenfalls entmutigt die Flinte ins Korn geworfen.

Andererseits hatten sie bisher in einer Wohnung mit wenigen Zimmern gelebt, ohne einen Balkon und hatten keinerlei Erfahrung und Liebe für Blumen und Pflanzen unterschiedlichster Natur.

Sie begannen sich auch von der Umgebung abzuschotten; die Beziehungen zu den Nachbarn blieben kühl. Sie grüßten sich gerade einmal. Auch die Freunde und Verwandten blie-

qualche sospetto? Ma qualcosa doveva esser trapelato, forse un retroscena poco pulito riguardante certe attività politiche del padre, fascista della prima ora.

Poi la madre si era ammalata alle gambe. Lei doveva accudirla giorno e notte. La vita era andata avanti solo per gli altri. La vera emarginazione, l'isolamento però aveva avuto inizio con l'arrivo in quella casa, in un processo lento e progressivo. Quasi non se ne era accorta. Gli anni erano passati in questo modo, giorno dopo giorno, silenziosi, senza scosse, senza altri avvenimenti se non l'arrivo di Franco da Roma.

Oggi le era bastato uno sguardo duro del fratello per sentirsi mancare la terra sotto i piedi. Seduta sulla sponda del suo lettino ora rifletteva, angosciata. Possibile che la sua vita, il suo equilibrio, dipendesse da quello del professore?

È allora questo il vero significato della parola simbiosi, che tempo fa aveva letto da qualche parte senza capirne il senso? Il professore si era dilungato in spiegazioni etimologiche, poi biologiche, botaniche... un discorso assai complesso che le aveva soltanto confuso le idee. Di colpo le fu chiaro: se lui non parlava, lei non parlava; se lui stava male, lei stava male, e così via. Tutta la famiglia viveva in un rapporto simbiotico. Neanche Filomena ne era esente, dopo più di vent'anni di vita in comune. Si alzò, turbata da questa improvvisa consapevolezza, e chissà perché cercò quel pezzo di specchio che teneva più o meno nascosto nel fondo del suo armadio. Si avvicinò alla finestra, aprì una fessura dei battenti, tanto per avere un po' di luce e guardò il proprio viso con la curiosità di chi vede qualcuno per la prima volta. A che punto era? Poteva sperare ancora...? Nessuna ruga. La pelle appassita aveva solo perso freschezza, come un fiore che comincia a sfiorire. „Sto invecchiando, non ci sono dubbi" pen-

ben fern. Neid oder irgendein Verdacht? Doch irgendetwas musste durchgesickert sein, vielleicht die nicht lupenreinen Hintergründe gewisser politischer Aktivitäten des Vaters betreffend, ein Faschist der ersten Stunde.

Dann war die Mutter an den Beinen erkrankt. Sie musste sie Tag und Nacht betreuen. Das Leben war nur für die anderen weitergegangen. Die wahre Ausgrenzung hatte aber mit der Ankunft in diesem Haus begonnen, ein allmählicher, langsamer Prozess. Sie hatte es beinahe nicht bemerkt. Die Jahre waren auf diese Weise verflossen, Tag um Tag, still, ohne Erschütterungen, ohne weitere Ereignisse, von Francos Ankunft aus Rom abgesehen.

Heute hatte ihr ein Blick des Bruders gereicht, um den Boden unter den Füßen zu verlieren. An der Kante ihres Bettes sitzend, dachte sie jetzt voller Angst nach. Kann es sein, dass ihr Leben, ihr Gleichgewicht von dem des Professors abhängig war?

Ist also das die wahre Bedeutung des Wortes Symbiose, das sie vor einiger Zeit irgendwo gelesen hatte, ohne den Sinn zu verstehen? Der Professor erging sich erst in etymologischen, dann in biologischen, botanischen Erklärungen ... ein sehr komplexer Diskurs, der ihr nur die Gedanken verwirrt hatte. Auf einen Schlag war ihr klar: wenn er nicht redete, redete sie nicht; wenn er krank war, war sie krank und so weiter. Die ganze Familie lebte in einem symbiotischen Verhältnis mit ihm. Nicht einmal Filomena war nach zwanzig gemeinsam verbrachten Jahren davon ausgenommen. Sie stand auf, beunruhigt durch diese plötzliche Gewissheit und wer weiß warum sie dieses Stück Spiegel suchte, das sie ganz unten im Schrank gewissermaßen versteckt hatte. Sie näherte sich dem Fenster, öffnete die Läden einen Spalt breit, gerade um ein wenig Licht zu haben und sah mit der Neugierde von jemanden, der sich zum ersten Mal sieht, das eigene Gesicht an. In welchem Zustand war es? Konnte sie noch hoffen ...? Keine Falten. Die welke Haut hatte nur die

sò. E quando aveva cominciato a...? Con attenzione osservò i capelli: molti fili bianchi. Gli occhi piccoli, rotondi, proprio come quelli del fratello, spenti e rassegnati. Notò la stessa fessura, le stesse labbra sottili che formavano anche la bocca del professore. In lei però non c'era amarezza, al contrario vi era rimasto qualcosa di ingenuo, di infantile. „Questa bocca non è mai stata baciata da un uomo" pensò, mettendo da parte lo specchio. E subito dopo: „ma che vai pensando!"

Prima della casa dei glicini aveva avuto perfino qualche corteggiatore, era ancora molto giovane, appena un'adolescente. Ricordò un giovanotto bruno che passando e ripassando sotto la finestra le aveva lanciato sguardi furtivi, invitanti; dopo qualche giorno era sparito. Sapeva perché. Le aveva fatto cenno con la mano di venire giù, sulla strada. Lei subito si era ritirata, la testa in fiamme. Non era più tornato. O un conoscente della famiglia, che le aveva rivolto un complimento discreto, senza conseguenze serie. Un vero pretendente non si era mai presentato. Nessuno si era innamorato di lei. E lei? Si era mai innamorata? E di chi? La Grande guerra, la spagnola: chiaro che molte ragazze fossero rimaste nubili. Tutta colpa della guerra. In fondo poteva considerarsi vedova di guerra, aveva commentato malignamente una zia, cugina del padre. Infine, il trasloco in questa specie di prigione. E la seconda guerra. Ma ormai era troppo vecchia per potersi considerare ancora una volta vedova di non si sa bene chi.

E il professore? „Lui si è mai innamorato?" Un pensiero che la sconvolse quasi avesse pensato qualcosa di indecente, di impensabile. Semplicemente impensabile. Il professore e l'a-

Frische verloren, wie eine Blume, die am Verblühen ist. „Ich werde alt, da gibt es keine Zweifel", dachte sie. Und wann hatte sie begonnen zu ...? Aufmerksam beobachtete sie die Haare: viele weiße Fäden. Die kleinen Augen, rund, genau wie die des Bruders, erloschen und resigniert. Sie bemerkte denselben Spalt, dieselben schmalen Lippen, die auch den Mund des Professors formten. In ihr war aber keine Bitternis, im Gegenteil, da war etwas Argloses, Kindliches zurückgeblieben. „Dieser Mund ist nie von einem Mann geküsst worden", dachte sie und legte den Spiegel beiseite. Und gleich darauf: „Ach, was geht denn dir durch den Kopf!"

Vor dem Glyzinienhaus hatte sie sogar einige Verehrer gehabt, sie war noch sehr jung gewesen, gerade mal halbwüchsig. Sie erinnerte sich an einen jungen, dunkelhaarigen Mann, der wieder und wieder unter dem Fenster vorbeiging und ihr verstohlene, einladende Blicke zugeworfen hatte; nach einigen Tagen war er verschwunden. Sie wusste warum. Er hatte ihr mit der Hand ein Zeichen gegeben herunterzukommen, auf die Straße. Erötet, hatte sie sich sofort zurückgezogen. Er war nicht mehr zurückgekommen. Dann ein Bekannter der Familie, der ihr ein dezentes Kompliment ohne ernsthafte Absichten gemacht hatte. Ein richtiger Anwärter war nie vorstellig geworden. Niemand hatte sich in sie verliebt. Und sie? Hatte sie sich verliebt? Und in wen? Der Große Krieg, die Spanische Grippe: klar, dass da viele Mädchen ledig geblieben waren. Alles die Schuld des Krieges. Im Grunde konnte sie sich als Kriegswitwe bezeichnen, hatte gehässig eine Tante, eine Kusine des Vaters bemerkt. Schließlich der Umzug in diese Art Gefängnis. Und der zweite Krieg. Aber inzwischen war sie zu alt, um sich noch einmal als Witwe, man weiß nicht wessen, betrachten zu können.

Und der Professor? „Hatte er sich nie verliebt?" Ein Gedanke, der sie aufwühlte, beinahe als habe sie etwas Unanständiges, Undenkbares gedacht. Einfach undenkbar. Der

more... impensabile.

Venne buio. Donna Filomena, più svanita del solito, entrò nella sua stanza senza bussare, come era sua abitudine, e le chiese se doveva fare qualcosa per la cena.

«In questa casa non si mangia più»,- borbottò, «ognuno chiuso nella propria stanza, in un silenzio di tomba, quasi fosse morto qualcuno.»

La signorina Cettina, svanita anche lei, quasi venisse da un altro mondo, andò in cucina. Non sapeva cucinare, non lo faceva volentieri, e si accontentava dei maldestri tentativi di donna Filomena che oltre a un piatto di spaghetti scotti e un brodino insipido non sapeva fare.

La sera bussò di nuovo alla porta dello studio. Questa volta il fratello venne a tavola. A fatica mandò giù qualche cucchiaiata di minestra. Assente. Ma ormai ci avevano fatto l'abitudine: il professore era per carattere molto taciturno. Appena appena borbottava un saluto, senza neanche guardarle; spesso si sedeva a tavola muto, con la testa altrove. A volte passavano giornate intere senza che si sentisse la sua voce. Le donne attribuivano tutto alla scuola: poverino, lì era costretto a parlare tanto.

Col tempo, nessuno osava più aprire bocca in sua presenza.

Il professore tornò nello studio.

Era inquieto.

Da due giorni lottava contro qualcosa di indefinibile: ansia, angoscia, e un pensiero, anzi un frammento di pensiero, molesto, anzi importuno: „di che colore era il vestito?" E poi: „E che avrà fatto, dopo?"

Si sedette come sempre dietro la sua scrivania per prosegui-

Professor und die Liebe … undenkbar.

Es wurde dunkel. Donna Filomena, zerstreuter als üblich, betrat ohne anzuklopfen das Zimmer, so wie es ihre Gewohnheit war und fragte, ob sie etwas zum Abendessen zubereiten solle.

»In diesem Haus isst man wohl nicht mehr«, brummte sie, »jeder in seinem Zimmer eingeschlossen, in einer Grabesstille, beinahe als sei jemand gestorben.«

Fräulein Cettina, auch sie zerstreut, fast so, als käme sie aus einer anderen Welt, ging in die Küche. Sie konnte nicht kochen, tat es nicht gerne und gab sich mit den ungeschickten Versuchen Donna Filomenas zufrieden, die außer einem Teller verkochter Spaghetti und einem schalen Süppchen nichts zuwege brachte.

Am Abend klopfte sie erneut an die Tür des Studierzimmers. Dieses Mal kam der Bruder zu Tisch. Mit Mühe brachte er einige Löffel Suppe hinunter. Abwesend. Aber inzwischen hatten sie sich daran gewöhnt: der Professor war ein sehr schweigsamer Charakter. Er murmelte gerade einmal einen Gruß ohne sie anzusehen; häufig setzte er sich stumm an den Tisch mit den Gedanken irgendwo anders. Manchmal vergingen ganze Tage, ohne dass man seine Stimme vernahm. Die Frauen schoben alles auf die Schule: der Ärmste, dort war er gezwungen viel zu reden.

Mit der Zeit wagte niemand mehr in seiner Anwesenheit den Mund aufzumachen.

Der Professor kehrte in sein Studio zurück.

Er war unruhig.

Seit zwei Tagen kämpfte er gegen etwas Undefinierbares: Beklemmung, Angst und ein Gedanke, das heißt ein Fragment eines Gedankens, lästig, unangenehm gar: „Welche Farbe hatte das Kleid?" Und dann: „Und was wird sie danach gemacht haben?"

Wie immer setzte er sich hinter seinen Schreibtisch, um

re il lavoro interrotto.

Dopo un attimo sentì tutta l'incongruenza di quei testi remoti, lontani dalla realtà quotidiana. Un narcotico, ecco, proprio un narcotico. O forse solo una fuga. Quest'ultimo pensiero lo colpì come una frustata in pieno viso: il greco, una fuga? Ma da che cosa? Dalla realtà? Quale realtà?

Qual era la 'sua' realtà? forse il colore di quel vestito?

Amava il silenzio. La voce degli altri, la propria voce, le proprie parole, e anche i pensieri, i propri e quelli degli altri, tutto lo disturbava, tutto era superfluo, inutile. E poi, cosa c'era da comunicare oltre alle nozioni apprese dai libri?

Si alzò, turbato, e ricominciò ad andare su e giù, come aveva fatto tutto il pomeriggio.

Da anni non parlava più, neanche con i colleghi a scuola. Anche qui, il minimo indispensabile, per mantenere certi rapporti sociali. D'altra parte, di che parlare? E perché parlare?

Pensare, riflettere sulla vita, per esempio. Che sciocchezza, che idea romantica riflettere sul senso della vita! Nella sua testa si aggiravano solo vocaboli greci e italiani, pezzi di frasi non portate a termine, lasciate a metà in attesa di una improvvisa intuizione, di una soluzione soddisfacente. L'intraducibilità di certi vocaboli; il senso inafferrabile della vita stessa; o meglio, l'impossibilità di tradurre l'inesprimibile: questo il problema che lo assillava perfino nei sogni. La vita ridotta a un ammasso di parole che alla fine restavano vuote di ogni significato. A quarantaquattro anni scoprì di aver vissuto solo a metà... ma qual era l'altra metà? Moglie e figli, forse? Ideali? Come il fratello, che continuava a sbracciarsi

die unterbrochene Arbeit wieder aufzunehmen.

Nach einem Augenblick spürte er die ganze Widersprüchlichkeit dieser weit entfernten Texte, fern der täglichen Wirklichkeit. Ein Betäubungsmittel eben, nur ein Betäubungsmittel. Oder vielleicht nur eine Flucht. Dieser letzte Gedanke traf ihn wie ein Peitschenhieb mitten ins Gesicht: Griechisch, eine Flucht? Aber wovor? Vor der Wirklichkeit? Vor welcher Wirklichkeit?

Welche war 'seine' Wirklichkeit? Vielleicht die Farbe jenes Kleides?

Er liebte die Stille. Die Stimmen der anderen, die eigene Stimme, die eigenen Worte und auch die Gedanken, die eigenen und die der anderen, alles störte ihn, alles war überflüssig, unnütz. Und dann, was gab es zu kommunizieren, außer der aus den Büchern gewonnenen Kenntnissen?

Beunruhigt stand er auf und begann erneut auf und ab zu gehen, wie er es den ganzen Nachmittag getan hatte.

Seit Jahren sprach er nicht mehr, nicht einmal mit den Kollegen in der Schule. Auch dort nur das unbedingt Unerlässliche, um gewisse gesellschaftliche Beziehungen aufrechtzuerhalten. Andererseits, worüber sprechen? Und warum reden?

Denken, über das Leben nachdenken zum Beispiel. Was für Unsinn, was für romantische Vorstellung, über den Sinn des Lebens nachzudenken! In seinem Kopf gingen nur griechische Vokabeln um und italienische, nicht zu Ende gebrachte Satzstücke, halbfertig in Erwartung einer plötzlichen Eingebung, einer zufriedenstellenden Lösung. Die Unübersetzbarkeit gewisser Vokabeln; der nicht greifbare Sinn des Lebens selber; oder besser, die Unmöglichkeit das Unausdrückbare zu übersetzen: das war das Problem, das ihn sogar in den Träumen quälte. Das Leben auf eine Anhäufung von Worten reduziert, die am Ende jeder Bedeutung entleert zurückblieben. Mit vierundvierzig Jahren entdeckte er nur zur Hälfte gelebt zu haben ... welche aber war die ande-

per i Missini[12], compromettendosi spesso in manifestazioni politiche contro i comunisti, se necessario menando anche le mani. Aveva realizzato la sua vita, Franco? La famiglia, gli ideali politici.

La politica non lo aveva mai interessato. Forse una reazione, un modo di contrastare il padre, molto coinvolto col partito: lui aveva sempre odiato il nero della camicia paterna. Ma non soltanto la camicia. Si bloccò. Dopo tanti anni, a che serviva rivangare vecchi odi? Risentimenti che covano e riemergono nei momenti meno opportuni. „Un padre così meglio non averlo", si lasciò sfuggire. Tornò al fratello minore: lui si occupava di politica, si riempiva la bocca di parole come patria, tradizioni, grandezze passate. „Ha messo su famiglia solo per sfuggire alla solitudine, per dare un senso alla propria vita? Perché si mettono al mondo figli? Un istinto che hanno tutti gli animali, anche gli alberi: procreare, continuare la specie. A che pro? Cos'è questa smania di continuare la specie?", si chiese sempre più irritato. E perché a lui mancava questo istinto a quanto pare così naturale?

In mezzo al suo continuo andirivieni, si fermò senza avvedersene, colpito da un ricordo: una sorella, Sarina, allora giovinetta di quindici anni, morta improvvisamente, dopo una breve malattia. Forse di difterite. Ma non lo avrebbe saputo dire con sicurezza neanche adesso. Lui, undicenne, non aveva provato nessun sentimento, non aveva pianto come gli altri. La sua indifferenza era stata notata con biasimo dalla madre. C'era stato un certo periodo della sua adolescenza in cui si era convinto di essere insensibile, di avere un cuore di pietra... chi aveva detto quelle parole, parlando di lui? Non

---

[12]Movimento sociale italiano, succeduto al partito fascista italiano.

re Hälfte? Frau und Kinder vielleicht? Ideale? Wie sein Bruder, der sich für die neuen Faschisten ins Zeug legte und sich häufig mit der Teilnahme an politischen Aufmärschen gegen die Kommunisten kompromittierte, wenn nötig auch handgreiflich wurde. Franco, hatte der sein Leben verwirklicht? Die Familie, die politischen Ideale.

Die Politik hatte ihn nie interessiert. Vielleicht eine Reaktion, eine Art dem Vater, sehr der Partei verbunden zu widersprechen: er hatte das Schwarz des väterlichen Hemdes immer gehasst. Aber nicht nur das Hemd. Er hielt ein. Wozu sollte es gut sein, nach so vielen Jahren alten Hass aufzuwühlen? Ressentiments, die gären und in den ungünstigsten Augenblicken wieder auftauchen. „Einen solchen Vater hat man besser nicht", ließ er sich entschlüpfen. Er kam auf den jüngeren Bruder zurück: der beschäftigte sich mit Politik, nahm den Mund voll mit Schlagworten wie Vaterland, Traditionen, vergangene Größe. „Hat er bloß eine Familie gegründet, um der Einsamkeit zu entgehen, um dem eigenen Leben einen Sinn zu geben? Warum setzt man Kinder in die Welt? Ein Instinkt, den alle Tiere haben, auch die Bäume: sich fortpflanzen, die Spezies fortsetzen. Zu welchem Zweck? Was soll dieser Wahn die Spezies fortzusetzen?", fragte er sich immer gereizter. Und warum fehlte ihm dieser, wie es schien, so natürliche Instinkt?

Mitten in seinem Auf- und Abgehen blieb er stehen, ohne sich dessen bewusst zu sein, von einer Erinnerung getroffen: eine Schwester, Sarina, damals fünfzehn Jahre jung, plötzlich nach einer kurzen Krankheit gestorben. Vielleicht an Diphtherie. Doch er hätte es auch jetzt nicht mit Gewissheit zu sagen gewusst. Er, elfjährig, hatte nichts gefühlt, hatte nicht wie die anderen geweint. Seine Gleichgültigkeit war von der Mutter tadelnd bemerkt worden. Es hatte eine gewisse Zeit in seiner Jugend gegeben, während der er sich überzeugt hatte gefühllos zu sein, ein Herz aus Stein zu haben ... wer hatte diese Worte ausgesprochen, als er von ihm sprach? Er konnte sich nicht erinnern. Er spürte dieselbe

riuscì a ricordare. Risentì la stessa umiliazione, lo stesso senso di impotenza. Forse era vero, aveva un cuore di pietra, ne aveva dato prova ieri... a scuola. „L'ha voluto lei, infine."

Un pensiero duro, cattivo, che fuggì come un cane rognoso.

„Sempre la storia del cuore come centro dei sentimenti" subito sbottò, „ma che fastidio! E dove risiedono gli istinti? Nel cervello, negli ormoni, e dove ancora? Negli organi genitali... per continuare la specie", concluse cinicamente.

„Quel ragazzo ha un cuore di pietra." Questa frase, ora inopportunamente riemersa, lo colpì come una stilettata. Sì, era stata la madre a dirlo a qualcuno e lui l'aveva sentito per caso, adesso lo sapeva. Di fatto, le due sorelle maggiori: poco più di due estranee. Non le aveva mai capite. Ma non aveva neanche tentato di farlo. Le sue compagne di scuola, in tutto quattro in una classe di soli maschi (ma allora poche femmine frequentavano le scuole superiori) erano qualcosa di amorfo per lui, non veri esseri umani; non aveva mai manifestato nessuna curiosità né condiviso l'interesse dei suoi compagni: che significato avevano quelle risatine, gli ammiccamenti, gli scherzi... il padre lo aveva dominato anche da lontano. Fu travolto da un nuovo travaso di bile, di odio represso. Castrato.

Ecco l'origine di tutti i suoi mali: a lui era stato tolto l'istinto fondamentale, l'istinto che unisce tutte le creature della terra e la terra stessa in un unico... Amare ed essere amato: anche questa una storia romantica cui non aveva mai creduto. Esempi di amore, in casa, non ne aveva mai avuti. E meno che meno dal padre.

Il padre e la madre a letto... rabbrividì. Amore come espressione di dominio, di violenza. Uno sfogo puramente bestiale. Sapeva, aveva fatto le sue esperienze. E si era di-

Erniedrigung wieder, dasselbe Gefühl der Machtlosigkeit. Vielleicht stimmte es, er hatte ein Herz aus Stein, er hatte es gestern bewiesen ... in der Schule. „Schließlich hatte sie es gewollt."

Ein harter Gedanke, böse, der wie ein räudiger Hund davonrannte.

„Immer die Geschichte vom Herzen als Sitz der Gefühle", brach es aus ihm hervor, „wie ärgerlich! Und wo sitzen die Instinkte? Im Gehirn, in den Hormonen und wo noch? In den Genitalien ... um die Spezies fortzupflanzen", fuhr er zynisch fort.

„Dieser Junge hat ein Herz aus Stein." Dieser Satz, zur Unzeit wieder aufgetaucht, traf ihn wie ein Messerstich. Ja, es war die Mutter, die es zu jemanden gesagt hatte und er hatte es zufällig gehört; jetzt wusste er es. In der Tat waren die beiden Schwestern kaum mehr als zwei Fremde. Er hatte sie nie verstanden. Aber er hatte es auch nie versucht. Seine Schulkameradinnen, vier an der Zahl in einer Bubenklasse (damals besuchten wenige Mädchen die Oberschule), waren etwas Formloses für ihn, keine richtigen menschlichen Wesen; er hatte keinerlei Neugierde gezeigt und nicht das Interesse seiner Kameraden geteilt: welche Bedeutung hatte dieses Gekicher, das Augenzwinkern, die Scherze ... der Vater hatte ihn auch aus der Ferne beherrscht. Die Galle stieg ihm neuerlich hoch von unterdrücktem Hass. Kastriert.

Das war die Ursache aller seiner Leiden: ihm ist der wesentliche Instinkt genommen worden, der Instinkt, der alle Kreaturen der Erde vereint und die Erde selbst in diesem einen: Lieben und geliebt werden! Auch dies eine romantische Geschichte, an die er nie geglaubt hatte. Beispiele der Liebe hatte er zu Hause nie erlebt. Am allerwenigsten vom Vater.

Der Vater und die Mutter im Bett ... er erschauerte. Liebe als Ausdruck der Herrschaft, der Gewalt. Eine rein tierische Äußerung. Er wusste Bescheid, hatte seine Erfahrungen ge-

175

sprezzato sempre, dopo. Scacciò a forza il ricordo di certi minuti, di certi luoghi, di certi visi di donne oscene.

Ricordò minuziosamente la loro prima casa, in un quartiere popolare. Allora c'era solo Sarina, poi morta, Cettina e lui. Il fratello Franco era nato qualche anno dopo nella seconda casa. Quanti anni avevano trascorso nella seconda casa? Non ricordava, ma non era importante.

La terza casa era questa, dove abitavano da più di vent'anni.

E Cettina?

Non si era mai domandato perché non avesse frequentato la scuola; perché fosse rimasta sempre chiusa in casa; perché non si fosse sposata. „Anche lei dominata dal padre onnipotente? Dietro ogni esistenza fallita c'è sempre un padre onnipotente?"

Anche dietro ogni violenza?

E poi, di Cettina non gliene importava niente.

Di colpo fu cosciente di qualcosa: la sorella e la madre. Due estranee. Tutte e due in ugual misura. Proprio quel pomeriggio aveva fatto quella sconcertante scoperta.

Vivevano sotto lo stesso tetto e non si conoscevano. Ma che vuol dire conoscersi? Già l'atto del conoscersi presuppone un certo interesse per l'altro. E a lui non interessava nessuno.

Cettina non era abituata a parlare, eccettuato le poche frasette di uso comune. Si sorprese a domandarsi se sua sorella fosse capace di pensare, se fosse intelligente. Che astrusità, come se le donne avessero bisogno di essere intelligenti! „E poi, nessuno ha detto che il pensare sia una prerogativa delle persone intelligenti: pensare come segno di

macht. Und er hatte sich immer verachtet, danach. Gewalt-
sam verjagte er die Erinnerung an gewisse Augenblicke, gewisse Orte, gewisse Gesichter obszöner Frauen.

Er erinnerte sich peinlichst genau an ihre erste Wohnung in
einem Arbeiterviertel. Damals war da nur Sarina, die dann
gestorben ist, Cettina und er. Der Bruder Franco war einige
Jahre später in der zweiten Wohnung zur Welt gekommen.
Wie viele Jahre hatten sie in der zweiten Wohnung verbracht? Er erinnerte sich nicht, aber das war nicht wichtig.

Die dritte Bleibe war diese, wo sie seit über zwanzig Jahren wohnten.

Und Cettina?

Er hatte sich nie gefragt, warum sie nicht die Schule besucht hatte, warum sie immer zu Hause eingesperrt geblieben war, warum sie nicht geheiratet hatte. „Auch sie vom all-
mächtigen Vater beherrscht? Steht hinter jeder gescheiter-
ten Existenz immer ein allmächtiger Vater?"

Auch hinter jeder Gewalt?

Und dann, Cettina war ihm immer gleichgültig gewesen.

Plötzlich war ihm etwas bewusst: die Schwester und die
Mutter. Zwei Fremde. Beide in demselben Maß. Gerade an
diesem Nachmittag hatte er diese erschütternde Entde-
ckung gemacht.

Sie lebten unter demselben Dach und kannten sich nicht.
Aber was heißt sich kennen? Bereits der Akt des Kennenler-
nens setzt ein gewisses Interesse für den Anderen voraus.
Und ihn interessierte niemand.

Cettina war es nicht gewohnt zu reden, ausgenommen
die wenigen kargen Sätze des täglichen Gebrauchs. Er überraschte sich bei der Frage, ob die Schwester fähig zu denken
war, ob sie intelligent sei. Welche Abstrusität, als hätten es
die Frauen nötig intelligent zu sein! „Und übrigens hat niemand gesagt, dass Denken ein Privileg der intelligenten Per-

intelligenza? Assurdo. Chissà cosa sarà mai, l'intelligenza."

Qualche tempo fa gli aveva chiesto il significato della parola simbiosi, una domanda assai sorprendente in bocca a lei. Avrà poi capito la spiegazione? Sembrava confusa, disorientata.
Parlare con Cettina? Che sciocchezza. Cosa le avrebbe potuto dire? Di che si parla con una donna, con una sorella? E in generale, di che parla la gente? È veramente necessario?

La sua testa stanca si perse in mille pensieri sconnessi, privi di senso. Qualcosa lo fece sussultare, svegliandolo di colpo: un pensiero che se ne stava acquattato, pronto a scattare come una trappola per topi: „che avrà fatto, dopo? Mi avrà denunciato? No, no, le donne non fanno queste cose. Sarebbe come ammettere una colpa." Si scosse. Si stava appisolando, la testa appoggiata sulla mano, il gomito sulla scrivania.

E poi lui non sapeva parlare con le donne, concluse, scacciando quel pensiero molesto. Aveva sempre avuto difficoltà anche con le sue colleghe, a scuola. Si impappinava, arrossiva, perdeva il filo del discorso. Ogni donna per lui segnalava pericolo: sabbie mobili nelle quali affondare e sparire.

„Che c'entrano le donne adesso?" Si guardò intorno smarrito.

Un gran silenzio. In quella casa si dormiva tanto, anche di giorno. Le tre donne non facevano altro che dormire e malgrado avessero una serva, uno strato di polvere copriva i mobili, il pavimento, senza parlare delle ragnatele. Una trascuratezza generale alla quale era ormai abituato. Un oggetto posato per caso da qualche parte non veniva più rimosso

sonen ist: Denken als Zeichen für Intelligenz? Absurd. Was soll das bloß sein, Intelligenz."

Vor einiger Zeit hatte sie ihn nach der Bedeutung des Wortes Symbiose gefragt, eine sehr überraschende Frage aus ihrem Mund. Ob sie dann die Erklärung verstanden hat? Sie schien verwirrt, desorientiert.

Mit Cettina sprechen? Was für Unsinn. Was hätte er ihr sagen können? Über was redet man mit einer Frau, mit einer Schwester? Und ganz allgemein, worüber reden die Leute? Ist es wirklich notwendig?

Sein müder Kopf verlor sich in tausend unzusammenhängenden Gedanken ohne Sinn. Etwas ließ ihn auffahren und weckte ihn plötzlich auf; ein Gedanke, der auf der Lauer lag, bereit wie eine Mausefalle zuzuschnappen: „Was mochte sie danach getan haben? Hat sie mich angezeigt? Nein, nein, Frauen machen solche Sachen nicht. Das wäre wie das Eingestehen einer Schuld." Er schüttelte sich. Er war dabei einzunicken, den Kopf auf eine Hand gestützt, den Ellenbogen auf dem Schreibtisch.

Und außerdem konnte er nicht mit Frauen reden, schlussfolgerte er, diesen lästigen Gedanken verjagend. Er hatte dabei immer Schwierigkeiten gehabt, auch mit den Kolleginnen in der Schule. Er verhaspelte sich, wurde rot, verlor den Gesprächsfaden. Jede Frau stellte für ihn eine Gefahr dar: Treibsand, in dem er zu versinken und zu verschwinden drohte.

„Was haben die Frauen jetzt damit zu tun?" Er schaute sich verstört um.

Eine große Stille. In diesem Haus schlief man viel, auch tagsüber. Die drei Frauen taten nichts anderes als schlafen und, obwohl da das Dienstmädchen war, bedeckte eine Staubschicht die Möbel, den Fußboden, von den Spinnweben ganz zu schweigen. Eine allgemeine Nachlässigkeit, an die er sich mittlerweile gewöhnt hatte. Ein zufällig irgendwo abgestell-

da quel posto. Per anni. Tutto fermo, dimenticato. „In questa casa tutto sprofonda nel sonno", pensò.

Le prime luci dell'alba, grigie, scialbe, che penetravano dalle stecche delle persiane, lo sorpresero seduto sul divanetto dello studio. Non era andato a dormire, occupato com'era a misurare la stanza con passi sempre più stanchi, da una parete all'altra. Si assopì esausto, per qualche ora, così come si trovava, senza neanche svestirsi. La mattina, dopo essersi lavato, uscì per annaffiare le piante. Poi, di punto in bianco, decise di partire, fuggire da quella casa, da quella città, dalla propria angoscia. Mise un po` di biancheria nella sua borsa, e dopo aver scritto un biglietto per la sorella si avviò verso la Stazione. Prese il primo treno che partiva, direzione Messina. Sempre come in trance, si imbarcò sul traghetto per Villa San Giovanni. Durante la traversata il suo stomaco si rivoltò. Dovette vomitare il caffè che aveva trangugiato in fretta alla stazione di Messina. Piegato sul parapetto, fissò a lungo la massa di acqua in movimento, affascinato, attratto dalla sua profondità.

Nessun pensiero suicida gli attraversò la mente.

Sceso a terra telefonò al fratello, a Roma. La sua voce mise Franco in allarme. Disse solo:
«Vieni, vieni, ti aspetto.» Senza fare domande. Neanche fra i due c'era molta confidenza. Anzi, nessuna.
Salì su un treno che andava al nord.
Fino a quel momento si era mosso come in un deserto, ignorando l'umanità che gli stava intorno. Bruscamente un fortissimo odore di formaggio lo risvegliò come da una sorta di letargo. Un uomo seduto accanto a lui aveva aperto un fagotto, legato con una corda piena di nodi e ne aveva tirato fuori un bel pezzo di formaggio che tagliuzzava con un col-

ter Gegenstand wurde von dort nicht mehr fortbewegt. Jahrelang. Alles unbeweglich, vergessen. „In diesem Haus versinkt alles im Schlaf", dachte er.

Die ersten Lichter des Morgens, grau, blass, die durch die Sprossen der Fensterläden drangen, überraschten ihn auf dem kleinen Sofa des Studierzimmers sitzend. Er war nicht zu Bett gegangen, damit beschäftigt, das Zimmer mit immer müderen Schritten auszumessen, von einer Wand zur anderen. Er nickte erschöpft für einige Stunden ein, so wie er war, ohne sich auszuziehen. Am Morgen danach, nachdem er sich gewaschen hatte, ging er hinaus die Blumen zu gießen. Dann, ganz plötzlich, beschloss er abzureisen, aus diesem Haus zu fliehen, aus dieser Stadt, vor der eigenen Angst. Er legte etwas Unterwäsche in seine Tasche und nachdem er einen Zettel für die Schwester geschrieben hatte, ging er zum Bahnhof. Er nahm den ersten Zug, der Richtung Messina losfuhr. Immer wie in Trance schiffte er sich auf dem Fährschiff nach Villa San Giovanni ein. Während der Überfahrt drehte sich ihm sein Magen um. Er erbrach den Kaffee, den er in Eile auf dem Bahnhof von Messina getrunken hatte. Über das Geländer gebeugt fixierte er lange die Wassermasse in Bewegung, fasziniert, von der Tiefe angezogen.

Kein Selbstmordgedanke kreuzte sein Denken.

Aus der Fähre ausgestiegen rief er den Bruder in Rom an. Seine Stimme versetzte Franco in Alarm. Er sagte nur:

»Komm, komm, ich warte auf dich!« Ohne Fragen zu stellen. Auch zwischen ihnen beiden herrschte keine große Vertrautheit. Das heißt gar keine.

Er bestieg einen Zug der nach Norden fuhr.

Bis zu diesem Moment hatte er sich wie in einer Wüste bewegt, die Menschheit ignoriert, die ihn umgab. Plötzlich riss ihn ein sehr starker Käsegeruch aus einer Art Lethargie. Ein neben ihm sitzender Mann hatte ein, mit einer Schnur voller Knoten umwickeltes Bündel, aufgemacht und ein schönes Stück Käse hervorgeholt, das er mit einem Taschen-

tellino. Dopo averne infilzato un pezzetto sulla punta del coltellino, lento, con una sorta di religiosità, se lo portava in bocca, accompagnandolo con un grosso boccone di pane che spezzava volta per volta da una pagnotta mezzo nascosta nel fagotto. Poi masticava, con esasperante lentezza, quasi temesse di perdere troppo presto il boccone che aveva in bocca. Nel suo assaporare il gusto del formaggio e del pane non c'era piacere, ma rispetto, quasi compisse un rito sacro. Gli occhi assorti, concentrati. Aveva due grandi mani bruciate dal sole, callose, robuste, di chi lavora i campi.

Il professore osservò quelle mani come ipnotizzato, impressionato dalla nodosità, dalla lentezza dei movimenti: guardò quasi senza volere le proprie mani e il pensiero corse ad altre mani, piccole, delicate, aggrappate spasmodicamente alla sua giacca. Si guardò intorno e solo allora si avvide di essersi seduto in un vagone di terza classe benché avesse preso un biglietto di seconda. Tutto il vagone aperto, i sedili di legno, era pieno zeppo di povera gente, tanti corpi non lavati, camicie sudate, scarpacce maleodoranti. Chissà perché pensò ai suoi greci antichi, agli eroi sudati dopo le sanguinose battaglie di un sudore diverso, nobile, eroico, un sudore non plebeo!

Che assurdità.

Scacciò subito quel pensiero che voleva ricondurlo alla sua realtà di ieri. Sarebbe meglio cambiare vagone, pensò. Alla prima fermata scese ma restò come inchiodato sul marciapiede, incapace di prendere una qualsiasi decisione. Dopo qualche minuto il treno ripartì e lui, perso dietro a chissà quali riflessioni, ma forse solo dietro a un vuoto assoluto, lo guardò a lungo finché lo vide sparire dietro l'orizzonte.

messer zerteilte. Nachdem er ein Stückchen mit der Messerspitze aufgespießt hatte, führte er es langsam, mit einer Art Religiosität zum Mund und begleitete es mit einem großen Stück Brot, das er von Mal zu Mal von einem im Bündel versteckten Laib abbrach. Dann kaute er mit nervtötender Langsamkeit, beinahe als fürchte er den Bissen, den er im Mund hatte zu schnell zu verlieren. In seinem Schmecken des Käses und des Brotes war kein Genießen sondern Respekt, beinahe als vollziehe er eine sakrale Handlung. Die versunkenen Augen konzentriert. Er hatte zwei große, von der Sonne verbrannte, schwielige, robuste Hände jemandes, der die Äcker bearbeitet.

Der Professor betrachtete diese Hände wie hypnotisiert, beeindruckt von der Knorrigkeit, der Langsamkeit der Bewegungen: er sah, beinahe ohne es zu wollen, auf die eigenen Hände und die Gedanken eilten zu anderen Händen, klein, zart, krampfhaft in seine Jacke verkrallt. Er sah sich um und erst da bemerkte er, dass er in einem Waggon dritter Klasse saß, obwohl er eine Fahrkarte für die zweite gekauft hatte. Der ganze Waggon ein einziges Abteil, die Bänke aus Holz waren voller armer Leute, vieler ungewaschener Körper, vollgeschwitzter Hemden, übelriechender grober Schuhe. Wer weiß, warum er an seine alten Griechen dachte, die nach den blutigen Schlachten mit einem andersartigen Schweiß vollgeschwitzt, adelig, heldenhaft waren, ein nicht plebejischer Schweiß!

Was für eine Absurdität.

Er verjagte diesen Gedanken sofort, der ihn zu seiner Wirklichkeit vom Tag zuvor zurückführen wollte. Es wäre besser den Waggon zu wechseln, dachte er. An der ersten Haltestelle stieg er aus, blieb aber wie angenagelt auf dem Bahnsteig stehen, unfähig irgendeinen Entschluss zu fassen. Nach einigen Minuten fuhr der Zug wieder los und er, in irgendwelche Überlegungen verloren, vielleicht auch nur in einer absoluten Leere, sah ihm lange nach, bis er am Horizont verschwunden war.

Uscì dalla stazioncina mezzo intontito dalla stanchezza; non seppe mai in quale paese si fosse fermato, ma certo ancora in Calabria. Cercò un albergo. Voleva riposarsi. Trovò una specie di locanda, una stamberga proprio di fronte alla stazione. Gli fu data una stanza squallida, che sentiva di sudiciume, di miseria. Aprì la piccola finestra senza sapere perché e si buttò sul letto, vestito. Si tolse appena le scarpe.

Chiuse gli occhi e una scena fin nei minimi particolari gli si parò davanti. Aprì gli occhi per tornare alla sordida realtà di quella stanza. Ma non riuscì a scacciare una sensazione di morbidezza e un languore delle membra a lui del tutto sconosciuto.

... *La pelle del braccio, di un braccio ben tornito, coperto da una leggera peluria bionda. Il polso sottile finiva in una mano delicata, quasi di bambina. Una piccola mano ancora innocente, indifesa...*

... Vide quella mano, risalì fino al gomito che si incavava delicatamente in una fossetta, arrivò alla spalla...

Si scosse per allontanare da sé quell'immagine.

„L'ha voluto lei.“

... *Il viso, raggiante di gioventù, gli fu davanti. Poteva quasi toccarlo. Doveva solo stendere la mano. Le labbra carnose appena appena socchiuse... un filino di sudore imperlava il labbro superiore: una bocca di forma deliziosa, ancora infantile nel facile broncio, ma già esperta ai sorrisi, alle moine. Conosceva quel visetto capriccioso. Il nasino impertinente, le guance ancora paffutelle di velluto. E poi quegli occhi azzurri, chiari, limpidi, pieni di domande, di stupore, lì seduta sul primo banco, una provocazione giornaliera: tre anni di liceo, tre anni di torture. E lui che evitava sempre di guardare da quella parte...*

Er trat aus dem winzigen Bahnhof hinaus, halb benommen vor Müdigkeit; er erfuhr nie, in welchem Ort er ausgestiegen war, gewiss aber noch in Kalabrien. Er suchte ein Hotel. Er wollte sich ausrasten. Er fand eine Art Gastwirtschaft, eine elende Absteige genau gegenüber dem Bahnhof. Er erhielt ein ödes Zimmer, das nach Dreck und Elend roch. Er öffnete das kleine Fenster, ohne zu wissen warum und warf sich angezogen aufs Bett. Er zog sich gerade einmal die Schuhe aus.

Er schloss die Augen und eine Szene in all den kleinsten Details lief vor seinen Augen ab. Er öffnete die Augen, um in die schmutzige Wirklichkeit jenes Zimmer zurückzukehren. Aber er vermochte das ihm völlig unbekannte Gefühl der Weichheit und Mattigkeit nicht aus den Gliedern zu verbannen.

... Die Haut des Arms, eines wohlgeformten Arms, mit einem leichten blonden Flaum bedeckt. Das schmale Gelenk ging in eine zarte Hand über, beinahe die eines kleinen Mädchens. Eine kleine noch unschuldige, wehrlose Hand ...

... Er folgte dieser Hand, hinauf bis zum Ellenbogen, der sanft in einem Grübchen versank, kam zur Schulter ...

Er schüttelte sich, um dieses Bild loszuwerden.

„Sie hat es gewollt."

... Das Gesicht, vor Jugend strahlend, war vor ihm. Er konnte es beinahe berühren. Er musste nur die Hand ausstrecken. Die fleischigen Lippen gerade einmal leicht geöffnet ... eine Spur von Schweiß lag in Perlen auf der Oberlippe: ein zart geformter Mund, noch kindlich, etwas schmollend, aber bereits geübt im Lächeln, im Schmeicheln. Er kannte dieses launische Gesichtchen. Das freche Näschen, die noch bauschigen Samtwangen. Und dann diese blauen Augen, hell, klar, voller Fragen, Erstaunen, dort in der ersten Bank, eine tägliche Provokation: drei Jahre Lyzeum, drei Jahre Folter. Und er, der immer vermied in jene Richtung zu schauen ...

Sussultando si svegliò.

„L'ha voluto lei", pensò ancora una volta, nonostante fosse ancora intorpidito dal sonno. Si sedette sul letto. Si era stupidamente addormentato. Forse era stato solo un dormiveglia: le immagini erano troppo chiare e vicine.

Si passò una mano sulla faccia quasi per scacciare via quella scena. Scorse un lavabo screpolato, grigio, non pulito. Aprì il rubinetto e a piene mani si buttò dell'acqua sul viso. Un ricordo ormai lontano riaffiorò improvviso: lui bambino, forse sette-otto anni, Rosa davanti all'acquaio della cucina, nuda dalla testa ai piedi, mentre si lavava. Rosa, la loro serva, forse ventenne, era una ragazza prosperosa, ridanciana, con un gran seno. E qualcosa di oscuro che nascondeva fra le gambe, un'ombra coperta da una fitta peluria nera. Ricordò questo particolare con molta chiarezza: era la prima volta che osservava quel triangolo. Le sorelle non l'avevano, lo sapeva.

Ogni volta che Rosa lo aiutava a vestirsi, sentiva sulle spalle, sul capo o sul viso quel seno posarsi su lui con una leggera pressione. Tutto il corpo premeva contro di lui. Forse anche quel triangolo scuro. Pareva lo facesse apposta. Lui ne era ogni volta turbato. Era morbida e calda, Rosa. Ora si piegava in avanti e lavava i seni sotto l'acqua del rubinetto, squittendo di piacere. L'acqua fredda la solleticava. Lui si avvicinò. Stese una mano per toccare finalmente quel corpo sconosciuto, invitante, oggetto di tanti sogni sconvolgenti: sprofondare in quella voragine buia, umida. Perdersi, aggrapparsi a quelle due sfere come a un'ancora di salvezza. Rosa, divertita e fiera, ignara dei sogni e delle fantasie del bambino, gli porse i due seni con le mani, li strofinò sul suo viso ridendo eccitata:

Zusammenzuckend wachte er auf.

„Sie hat es gewollt", dachte er noch einmal, obwohl er noch ganz benommen vom Schlaf war. Er setzte sich aufs Bett. Er war dummerweise eingeschlafen. Vielleicht war es nur ein Halbschlaf gewesen: die Bilder waren zu klar und zu nahe.

Er fuhr sich mit der Hand übers Gesicht, fast wie um diese Szene wegzuwischen. Er bemerkte ein rissiges, graues, schmutziges Waschbecken. Er drehte den Hahn auf und mit vollen Händen schaufelte er sich Wasser ins Gesicht. Eine mittlerweile weit entfernte Erinnerung tauchte plötzlich wieder auf: er, ein Kind, vielleicht sieben-acht Jahre alt, Rosa vor der Küchenspüle, nackt von Kopf bis Fuß, während sie sich wusch. Rosa, ihre Dienstmagd, vielleicht zwanzigjährig war ein blühendes, lustiges Mädchen mit einem großen Busen. Und mit etwas Dunklem, das sie zwischen den Beinen verbarg, ein von einem dichten, schwarzen Flaum bedeckter Schatten. Er erinnerte sich sehr klar an dieses Detail: es war das erste Mal, dass er dieses Dreieck sah. Die Schwestern hatten das nicht, das wusste er.

Jedes Mal wenn Rosa ihm beim Anziehen behilflich war, spürte er auf seinen Schultern, seinem Kopf, im Gesicht diese Brust, die sich mit leichtem Druck auf ihn legte. Der ganze Körper presste sich gegen ihn. Vielleicht auch jenes dunkle Dreieck. Ihm schien, sie mache es absichtlich. Er war jedes Mal verstört. Sie war weich und warm, die Rosa. Jetzt beugte sie sich nach vorne und wusch sich die Brüste unter dem Wasserstrahl des Wasserhahns, vor Lust quiekend. Das kalte Wasser regte sie an. Er näherte sich ihr. Er streckte den Arm aus, um endlich diesen unbekannten, einladenden Körper zu berühren, das Objekt vieler verstörender Träume. In diesem dunklen, feuchten Schlund versinken. Sich verlieren, sich an diese beiden Kugeln wie an einem Rettungsanker festhalten. Rosa, belustigt und stolz, ahnungslos ob der Träume und der Fantasien des Kindes, hielt ihm die Brüste mit den Händen hin, rieb sie an seinem Gesicht und lachte

«Ti piace? Tocca tocca, tanto non ti capiterà molto presto un'occasione simile.»

Un altro seno, più acerbo, piccolo, ma molto più tenero.
E lui, ancora una volta aveva steso le mani, aggrappandosi per una sorta di disperazione.

Le sue mani strinsero convulsamente la disgustosa salvietta con la quale si era asciugato la faccia.

Mariella Scibilia, anni diciotto, terza liceo B, pochi giorni prima degli esami di maturità.

Una forte nausea lo afferrò allo stomaco. Si rimise a letto, come ammalato, chiuse gli occhi e la stanza cominciò a girare intorno a lui.

L'aula della terza B, una classe tutta femminile, deserta, la grande finestra aperta, il caldo asfissiante. Mariella Scibilia gli chiede il permesso di togliersi il grembiule di satin nero. Lui, ancora dietro la cattedra, occupato a mettere ordine nelle sue carte, – non si era accorto della sua presenza – dice distrattamente:

«Fa pure.»

Alza gli occhi e la vede. Quelle piccole mani innocenti che lente, quasi vergognose, slacciano il primo bottone intanto che lo fissa con insistenza, una domanda negli occhi... è una richiesta? Una sua interpretazione? Il gesto elegante, seducente con cui lascia cadere il grembiule. Il collo gentile, i capelli biondi, tagliati corti, appena sopra la nuca delicata. E quel vestitino leggero che scopre le braccia fino alla spalla. (Non riesce ancora a ricordarne il colore). La stoffa sottile lascia intravedere forme già di donna o di ninfa. Una forza irresistibile lo attrae: come ha sorpassato lo spazio fra la cattedra e il banco... un salto, o soltanto un passo o due? Strapparle quel vestitino di dosso, denudare in meno di un secondo

dabei erregt:

»Gefallen sie dir? Berühr sie, berühr sie, denn so schnell wird sich keine derartige Gelegenheit mehr bieten.«

Ein anderer Busen, unreif, klein aber sehr viel zarter.
Und er hatte ein weiteres Mal die Hände ausgestreckt, sich aus einer Art Verzweiflung daran festklammernd.

Seine Hände zerdrückten krampfhaft das Handtuch, mit dem er sich das Gesicht getrocknet hatte.

Mariella Scibilia, achtzehn Jahre alt, Lyzeum, dritte Klasse B, wenige Tage vor der Reifeprüfung.

Eine starke Übelkeit ergriff seinen Magen. Er legte sich wieder ins Bett, wie krank, schloss die Augen und das Zimmer begann sich um ihn zu drehen.

Die Klasse der Drei B, eine Mädchenklasse, verlassen, das große Fenster offen, die erstickende Hitze. Mariella Scibilia bittet ihn um Erlaubnis die schwarze Satinschürze ausziehen zu dürfen. Er, noch hinter dem Pult damit beschäftigt seine Papiere in Ordnung zu bringen – er hatte ihre Anwesenheit nicht bemerkt – sagt zerstreut:

»Mach nur.«

Er hebt den Blick und sieht sie. Diese kleinen unschuldigen Hände, die langsam, beinahe schamlos den ersten Knopf aufmachen, während sie ihn eindringlich anstarrt, eine Frage in den Augen ... ist es eine Aufforderung? Eine Interpretation seinerseits? Die elegante, verführende Geste, mit der sie die Schürze fallen lässt. Der liebliche Hals, die blonden, kurz geschnittenen Haare knapp über dem zarten Nacken. Und dieses leichte Kleidchen, das die Arme bis zu den Schultern frei lässt. (Er kann sich nicht mehr an die Farbe erinnern.) Der dünne Stoff lässt die bereits fraulichen oder nymphengleichen Formen erahnen. Eine unwiderstehliche Macht zieht ihn an: wie hatte er den Raum zwischen dem Pult und der Schulbank überwunden ... ein Sprung oder nur ein, zwei Schritte? Ihr das

quel corpo ancora adolescente. Mai era stato così svelto e deciso. E ciò che seguì, fulmineo, improrogabile: è questa la follia? Le sue esperienze erano state sempre di altro genere, non aveva mai costretto una donna. Aveva pagato ed era stato servito. E ora, una vergine... quel sangue. E la voluttà tutta nuova, intensa. Da perderci la testa. Aveva gridato. Lui no, lui si era solo lamentato. Un lamento di piacere.

Il corpo, madido di sudore, vibrava tutto, scosso da un movimento convulso, irresistibile. Come in trance avvertì quell'immane esplosione, quel vulcano che erompeva da dentro con inaudita violenza travolgendolo, coprendolo di lava incandescente. Dopo qualche minuto di stordimento realizzò il letto, la stanza, il luogo. Immobile, assaporò quei momenti di pace assoluta, di quiete: „così deve essere la morte“, pensò e sentì pesare su di sé il gelido sudario dei trapassati.

Il prurito insistente in varie parti del corpo lo richiamò alla realtà. Un odore caratteristico: il letto era stato preso d'assalto dalle cimici. „In questo paesaccio non conoscono ancora il DDT“ pensò, alzandosi. Si svestì, per guardare, alla scarsa luce dell'unica lampadina che pendeva dal soffitto, se qualche insetto aveva dimenticato di abbandonare la preda. Conosceva le cimici. Anche il suo letto, fino a non molto tempo fa, era stato un sanguinoso campo di battaglia. Notte per notte aveva dovuto combattere una guerra senza quartiere, fino all'arrivo del micidiale flit.

Uscì dalla stanza e scese le scale nel buio più pesto, tastando ogni gradino col piede. Si ritrovò in un locale che il giorno prima non aveva neanche notato. Una luce rossastra diffon-

Kleidchen herunterreißen, in weniger als einer Sekunde die-
sen noch unreifen Körper entblößen. Nie war er so schnell und
entschlossen gewesen. Und das was folgte, blitzschnell, unauf-
schiebbar: ist das der Wahnsinn? Seine Erfahrungen waren
immer anderer Natur gewesen, er hatte noch nie eine Frau
bedrängt. Er hatte bezahlt und war bedient worden. Und
jetzt, eine Jungfrau ... dieses Blut. Und die völlig neue, intensi-
ve Wollust. Den Kopf zu verlieren. Sie hatte geschrien. Er
nicht, er hatte nur geklagt. Eine lustvolle Klage.

Der Körper, schweißnass, zitterte, von einer krampfhaften
Bewegung erschüttert, unwiderstehlich. Wie in Trance bemerkte er diese ungeheure Explosion, diesen Vulkan, der
mit unglaublicher Gewalt ihn überwältigend von innen los-
brach und ihn mit glühender Lava bedeckte. Nach einigen
Minuten der Verwirrung nahm er das Bett, das Zimmer, den
Ort war. Unbeweglich kostete er diese Augenblicke des absoluten Friedens, der Ruhe aus. „So muss der Tod sein",
dachte er und fühlte auf sich die Eiseskälte der Leichentü-
cher der Verstorbenen lasten.

Das beharrliche Jucken an verschiedenen Körperteilen holte
ihn in die Wirklichkeit zurück. Ein charakteristischer Geruch: das Bett war von den Wanzen erobert worden. „In diesem Dörfchen kennen sie das DDT noch nicht", dachte er
während er aufstand. Er kleidete sich aus, um in dem
schwachen Licht der einzigen Glühbirne, die von der Decke
herabhing nachzusehen, ob irgend ein Insekt vergessen hatte sein Opfer zu verlassen. Er kannte die Wanzen. Auch sein
Bett war vor gar nicht langer Zeit noch ein blutiges
Schlachtfeld gewesen. Nacht für Nacht hatte er bis zum Auftauchen des tödlichen DDT eine kompromisslose Schlacht
schlagen müssen.
  Er verließ das Zimmer und stieg im Stockfinsteren die
Treppe hinunter, mit dem Fuß nach jeder Stufe tastend. Er
fand sich in einem Raum wieder, den er am Tag zuvor nicht

deva un vago chiarore: „così, all'incirca, deve essere l'antica-
mera dell'inferno", pensò. Inciampò contro qualcosa. Una sedia si rovesciò rumorosamente. Sentì la presenza di qualcuno nella stanza, una strana figura umana, in qualche modo
quadrata. Il rumore secco dell'interruttore della luce rivelò
la figura massiccia di una donna in una orrenda vestaglia a
grandi fiori coloratissimi. La testa coronata da una quantità
enorme di diavolini ne accentuavano la forma. Sembrava ir-
ritata.

Gli aprì la porta e la richiuse subito, brontolando in un in-
comprensibile dialetto qualcosa contro gli uomini che cerca-
no passatempi notturni.

Fuori c'era un bel fresco, un vero ristoro dopo l'aria calda e
pesante, nonostante la finestra aperta della sua stanza.
Andò in una direzione qualsiasi. Nell'oscurità della strada,
malamente rischiarata da qualche lampione messo a grande
distanza l'uno dall'altro, vide da lontano due finestre, raso
terra, che proiettavano una strana luce sul marciapiede,
quasi due fari nella notte. Incuriosito si avvicinò e il profumo di pane fresco gli rivoltò lo stomaco quasi da star male.
Quell'odore gli ricordò di non aver mangiato niente tutto il
giorno. Si abbassò un poco e guardò dentro. Due uomini in
camice bianco, con berretti bianchi e facce infarinate lavoravano alacremente infornando e sfornando del pane. Attraverso le finestre spalancate il professore chiamò, la voce ar-
rochita dal sonno o dal non aver parlato da tante ore. Chiese
se poteva avere del pane, aggiungendo di avere fame, senza
vergognarsi. I due fornai alzarono la testa sorpresi. Dopo un
po´ si ritrovò in mano due pagnottelle calde, croccanti, deli-
ziose. Non avevano voluto del denaro.

Si sedette su una panca del piccolo giardino pubblico, a po-

einmal bemerkt hatte. Ein rötliches Licht verbreitete einen vagen Schimmer: „So ungefähr muss das Vorzimmer der Hölle sein", dachte er. Er stolperte über irgend etwas. Ein Stuhl fiel lärmend um. Er spürte die Anwesenheit irgendjemandes im Zimmer, eine seltsame menschliche Figur, auf irgendeine Art quadratisch. Das trockene Geräusch des Lichtschalters offenbarte die massige Figur einer Frau in einem grauenvollen Schlafrock mit großen, sehr bunten Blumen. Der Kopf war von einer enormen Anzahl von Lockenwicklern gekrönt, die die Form unterstrichen. Sie schien irritiert.

Sie sperrte ihm die Tür auf und schloss sie gleich wieder, brummte in einem unverständlichen Dialekt irgendetwas über die Männer, die nächtlichen Zeitvertreib suchen.

Draußen war es schön frisch, eine wahre Erholung nach der heißen und schwülen Luft trotz des offenen Fensters in seinem Zimmer. Er ging in irgendeine Richtung. In der Dunkelheit der Straße, spärlich erleuchtet von einigen weit auseinander stehenden Straßenlaternen, sah er von weitem zwei ebenerdige Fenster, die ein eigenartiges Licht auf den Gehsteig warfen, beinahe zwei Scheinwerfer in der Nacht. Neugierig geworden näherte er sich und der Geruch von frischem Brot drehte ihm beinahe bis zum Übelwerden den Magen um. Dieser Geruch erinnerte ihn daran, dass er den ganzen Tag nichts gegessen hatte. Er bückte sich ein wenig und schaute hinein. Zwei Männer in weißen Kitteln mit weißen Mützen und mehlbestäubten Gesichtern, eifrig damit beschäftigt Brot in den Ofen zu schieben und aus dem Ofen zu nehmen. Durch das offene Fenster rief der Professor mit vom Schlaf noch heiserer Stimme oder weil er seit Stunden nicht geredet hatte. Er fragte, ob er Brot haben könnte und fügte, ohne sich zu schämen, hinzu, Hunger zu haben. Die beiden Bäcker hoben überrascht die Köpfe. Nach einer Weile hielt er zwei warme, knusprige, köstliche kleine Brötchen in den Händen. Sie hatten kein Geld gewollt.

Er setzte sich auf eine Bank im kleinen öffentlichen Park,

chi passi dal panificio, e mangiò con grande appetito un panino dietro l'altro: mai aveva gustato cibo più prelibato. Un piacere fisico del tutto sconosciuto.

Non ricordava di aver trascorso una notte all'aperto, neanche durante la guerra. La magia della notte, il silenzio, il primo pigolio degli uccelli appena svegli, il fruscio leggero del vento fra le foglie, la terra che dormiva, tutto come duemila anni fa, pensò, come sempre, e la parola 'sempre' acquistò di colpo un'altra dimensione: un sempre passato, una sorta di eternità che si estendeva all'indietro, in un infinito senza futuro.

Restò a lungo seduto su quella panchina, con una sensazione di benessere mai provata prima; ascoltare il silenzio, assaporare gli umori notturni, il pane ancora caldo, la notte e la solitudine. „Forse è questo, la vita," pensò, sorpreso, „soltanto questo, niente altro che questo."

Intanto il cielo aveva cominciato a schiarirsi. Lontano, da qualche parte, qualcosa rumoreggiava. Tuoni, nuvole nere si avvicinavano a gran velocità; raffiche improvvise di vento scossero le cime degli alberi, un vero temporale estivo, si poteva annusare nell'aria quasi elettrica, tanta era la tensione.

Non ritrovò subito la strada e non fece in tempo ad arrivare alla locanda che una pioggerella silenziosa, prima leggera e poi sempre più torrenziale, si abbatté su di lui, bagnandolo dalla testa ai piedi, senza misericordia. Durò solo pochi minuti. Poi di colpo smise. Quasi qualcuno, in alto, avesse deciso di chiudere il rubinetto.

La porta della locanda fu aperta da un uomo grasso, mezzo vestito, le braghe nelle mani, forse il marito dell'apparizione notturna. Non sembrò entusiasta di vederlo, anzi lo squadrò sospettoso: a quell'ora e bagnato come un pulcino.

wenige Schritte von der Bäckerei entfernt und aß mit großem Appetit ein Brötchen nach dem anderen. Nie hatte er eine köstlichere Speise gekostet. Ein ihm völlig unbekannter leiblicher Genuss.

Er erinnerte sich nicht, je eine Nacht im Freien verbracht zu haben, nicht einmal während des Krieges. Die Magie der Nacht, die Stille, das erste Zwitschern der gerade erwachten Vögel, das leichte Rascheln des Windes im Laub, die Erde die schlief, alles wie vor zweitausend Jahren, dachte er, wie immer und das Wort 'immer' erhielt plötzlich eine andere Dimension: ein vergangenes Immer, eine Art Ewigkeit, die sich rückwärts ausdehnte, in eine Unendlichkeit ohne Zukunft.

Er blieb lange auf dieser Bank sitzen mit einem Gefühl des Wohlbefindens, das er niemals vorher empfunden hatte; der Stille zuhören, die nächtlichen Stimmungen schmecken, das noch warme Brot, die Nacht und die Einsamkeit. „Vielleicht ist das das Leben", dachte er überrascht, „nur das, nichts anderes als das."

Inzwischen hatte sich der Himmel aufzuhellen begonnen. Weit weg, irgendwo, lärmte irgendetwas. Donnergrollen, schwarze Wolken kamen mit großer Geschwindigkeit näher; plötzliche Windstöße schüttelten die Baumwipfel, ein richtiges Sommergewitter, man konnte es in der beinahe elektrisierten Luft riechen, so stark war die Spannung.

Er fand nicht gleich die Straße und schaffte es nicht rechtzeitig zur Gastwirtschaft zurück, als sich ein stiller Regen, zuerst leicht und dann immer wolkenbruchartiger über ihn ergoss und ihn erbarmungslos von Kopf bis Fuß durchnässte. Er dauerte nur wenige Minuten. Dann hörte er plötzlich auf. Beinahe als hätte dort oben jemand beschlossen den Wasserhahn zuzudrehen.

Die Tür der Gastwirtschaft wurde von einem dicken, halb angekleideten Mann mit den Hosen in den Händen aufgemacht, vielleicht der Ehemann der nächtlichen Erscheinung. Er schien nicht begeistert ihn zu sehen, im Gegenteil mus-

E dire che si era presentato come un professore di liceo.

Vai a credere ai siciliani.

terte er ihn argwöhnisch: zu dieser Stunde, nass wie ein Kü-
ken.

Und dabei hatte er sich als Professor vorgestellt.

Da traue einer einem Sizilianer.

La casa del secondo piano

La casa è chiusa ormai da anni, le serrande abbassate, i balconi senza un fiore, i vasi di terracotta abbandonati, forse dimenticati. Nessuno ci bada più. Fa parte della scenografia della strada. E poi, chi alza la testa per guardare fino al secondo piano?

Qualcuno ricorda che subito dopo la fine della guerra quella casa era abitata: una giovane donna, un bambino e un uomo di mezza età, piccolo, grigio, una specie di servitore. Si sapeva solo che la giovane, meno di trent'anni, si chiamava Maria ed era la madre del bambino. Il padrone di casa, conosciuto da tutti, è sparito, ormai da anni. Le opinioni sono molto discordanti: chi dice cinque, chi dieci anni, chi addirittura afferma dalla partenza di sua moglie, la baronessa. In tutta la strada c'è una sola persona che potrebbe testimoniare il contrario: la vecchina che abita di fronte alla casa in questione, quella che trascorre tutte le ore della sua giornata alla finestra, osservando ogni movimento, l'avvicendarsi degli inquilini, il lento degradare del quartiere. In altri tempi, prima della guerra, quella era una strada di signori, suole dire la vecchina, i vicini di allora erano tutti professori di liceo, ingegneri, cuochi di case principesche, baronesse. Tutta gente danarosa: cosa è rimasto ora? Qualche bottegaio, e la miseria. Quella è rimasta.

Lei sì che potrebbe raccontare delle storie, se soltanto ne avesse il tempo. Lei osserva gli altri solo per puro interesse e non per curiosità, come si affanna a dichiarare con la sua vocina sempre più strozzata dalla paralisi, specificando che

Die Wohnung im zweiten Stock

Die Wohnung ist mittlerweile seit Jahren abgeschlossen, die Rollläden heruntergelassen, die Balkone ohne Blumen, die Terracotta-Vasen vernachlässigt, vielleicht vergessen. Niemand beachtet sie mehr. Es war Teil des Straßenbildes. Und überhaupt, wer hebt schon seinen Blick, um bis zum zweiten Stock hinaufzuschauen?

Manche erinnern sich daran, dass die Wohnung gleich nach dem Krieg be   wohnt war: eine junge Frau, ein Kind und ein Mann mittleren Alters, klein, grau, eine Art Dienstbote. Man wusste nur, dass die junge Frau, jünger als dreißig, Maria hieß und die Mutter des Kindes war. Der Wohnungsbesitzer, allen bekannt, ist vor Jahren verschwunden. Die Meinungen sind sehr widersprüchlich: manche sagen seit fünf, manche seit zehn Jahren, manche behaupten gar seit der Abreise seiner Gattin, der Baronin. In der ganzen Straße gibt es einen einzigen Menschen, der das Gegenteil bezeugen könnte: die Alte, die dem besagtem Haus gegenüber wohnt, die, die sämtliche Stunden des Tages am Fenster verbringt, jede Bewegung beobachtet, das Kommen und Gehen der Bewohner, den langsamen Verfall des Viertels. Zu anderen Zeiten, vor dem Krieg, war das eine vornehme Straße, pflegte die Alte zu sagen, die Nachbarn von damals waren alles Gymnasialprofessoren, Ingenieure, Köche der fürstlichen Häuser, Baronessen. Alles wohlhabende Leute: was ist heute davon geblieben? Einige Ladenbesitzer und das Elend. Das ist geblieben.

Sie beobachtet die anderen allein aus Interesse und nicht aus Neugierde, wie sie sich zu beteuern beeilt, mit ihrer immer stärker von einer Lähmung erstickten Stimme, um dann auszuführen, dass das Interesse mit dem Zusammen-

l'interesse ha a che fare con la convivenza, anche con una sorta di compassione, di partecipazione alla vita dei suoi simili; mentre la curiosità, beh, la curiosità nasce solo dal bisogno di mettere il naso negli affari degli altri e basta.

Infine, se qualcuno avesse voluto sapere come stavano le cose, allora avrebbe avuto delle cose da raccontare: tanto per cominciare, il padrone di quella casa aveva trascorso non poche notti nel proprio letto matrimoniale, dopo la partenza della baronessa. E non da solo. In compagnia femminile, questo è chiaro. Certo non aveva prove, ma bastava la sua parola! Nessuno aveva mai visto quelle donne semplicemente perché quelle figlie di buone madri avevano l'abitudine di eclissarsi di mattina assai presto, come ladre... Ma lei è molto mattiniera: già alle prime luci dell'alba è sveglia per via della sua malattia e dal suo posto di osservazione non può sfuggirle nulla. Di sera, o meglio di notte, non sarebbe possibile vedere niente: lei tenta di dormire, in quel suo letto di Procuste, mentre i signori ricchi, come ognuno sa, sono per abitudine nottambuli. Lui poi, il padrone di casa, non doveva rendere conto a nessuno. Quello sì era un vero signore, uno, in ogni caso, con una quantità di soldi, data l'automobile di gran lusso (la sola in tutta la strada) con la quale usava arrivare. Non certo una macchina economica come se ne vedono ormai molte in giro. Perfino qualcuno della loro strada, un bottegaio arricchitosi con la guerra – e qui potrebbe raccontare delle storie, se solo lo volesse – ne sfoggia una. Una piccola, una cosa da niente, ma con quattro ruote, non certo come quella del padrone, di prima della guerra. Nessuno avrebbe saputo neanche chiamarla col suo nome giusto, ma era bianca, lunga da qui a lì: d'estate poi, con la cappotta sollevata... una slitta, un vascello, una cosa mai vista. L'interno di pelle bianca, rifiniture in legno di mogano, maniglie d'oro, un lusso da lasciare senza fiato.

leben zu tun hat, mit einer Art Mitleid auch, mit Anteilnahme am Leben von ihresgleichen, während die Neugierde, na ja, die Neugierde entspringt nur dem Bedürfnis die Nase in die Angelegenheiten Anderer zu stecken und Schluss.

Schließlich, wenn jemand hätte wissen wollen, wie die Dinge lagen, dann hätte sie Sachen zu erzählen gehabt: so zum Beispiel, dass der Besitzer jenes Hauses nach der Abreise der Baronin nicht wenige Nächte in seinem Ehebett verbrachte. Und nicht alleine. In weiblicher Gesellschaft, versteht sich. Gewiss, sie hatte keine Beweise, aber ihr Wort genügt! Niemand hatte diese Frauen je gesehen, aus dem einfachen Grund, weil diese 'Töchter braver Mütter[13]' die Gewohnheit hatten sich wie Diebinnen früh am Morgen aus dem Staub zu machen ... Aber sie ist Frühaufsteherin: bereits mit der ersten Morgendämmerung wacht sie wegen ihrer Krankheit auf und von ihrem Beobachtungsposten aus kann ihr nichts entgehen. Am Abend, das heißt nachts, wäre es unmöglich etwas zu sehen; sie versucht zu schlafen, in ihrem Prokustes-Bett, während die reichen Herren, wie jeder weiß, Nachtschwärmer aus Gewohnheit sind. Und er erst, der Hausherr, war niemandem Rechenschaft schuldig. Der schon war ein richtiger Herr, jedenfalls einer mit einer Menge Geld, dem Luxuswagen nach zu schließen (dem einzigen in der ganzen Straße), mit dem er zu kommen pflegte. Ganz bestimmt kein billiger Wagen, wie man sie heute häufig sieht. Einen solchen gab es sogar in ihrer Straße, ein Ladenbesitzer, der mit dem Krieg reich geworden ist – und da könnte sie Geschichten erzählen, wenn sie nur wollen würde – gab mit so einem an. Einem kleinen, nicht der Rede wert, aber mit vier Rädern, gewiss nicht einer wie der des Hausherrn, einem von vor dem Krieg. Niemand hätte ihn richtig zu bezeichnen gewusst, aber er war weiß und lang, von hier bis da. Und im Sommer erst, mit dem aufgeklapp-

---

[13]Sizilianische Bezeichnung für Prostituierte

In altri tempi, quando abitava ancora abbastanza stabilmente in quella casa e la mattina usciva per i suoi affari, le donne dei palazzi vicini avevano preso l'abitudine di affacciarsi dal balcone per non perdersi lo spettacolo della sua partenza. A volte avevano visto perfino la baronessa a uno dei sette balconi della casa. Lui prima di chiudere lo sportello della macchina le faceva un cenno con la mano, senza guardare in sù, solo un cenno di saluto. Non perché si curasse poco di lei, ma perché quel secondo piano era alto quanto una malora e a guardare in sù ci si prende il torcicollo. La baronessa in négligé, veli e merletti, lo guardava soltanto. Abbassava la testa, senza un movimento delle mani, molto dignitosamente. Appena la macchina svoltava l'angolo, senza indugiare un momento di più – lei non si affacciava mai ai balconi della casa, forse perché non si addice a una baronessa; possibile che lo considerasse perfino sconveniente, chi lo può sapere? – rientrava nelle sue stanze e vi restava chiusa tutto il giorno.

A vederla da vicino non sembrava neanche una baronessa. Chissà cosa ci si aspettava, forse la pelle azzurrina per via del sangue blu, o qualche altro segno che la distinguesse: un blasone ricamato in modo visibile sulla biancheria e meglio ancora sui vestiti. Nessuno avrebbe saputo dire perché, ma quella donna non sembrava qualcosa di speciale, eccettuato naturalmente i vestiti, i cappelli e tutto il resto; ma con i soldi che aveva il marito, una donna qualsiasi, una per così dire plebea, avrebbe potuto farci la stessa figura. Era perfino modesta, cioè non aveva la boria del marito, e il suo modo di salutare la vecchia della finestra era timido, o meglio spaurito. Si vedeva che era spaesata e tale rimase per tutto il tempo della sua permanenza.

ten Verdeck ... ein Schlitten, ein Schiff, eine nie gesehene Geschichte. Innen weißes Leder, Armaturen in Mahagoni, goldene Knäufe, ein atemberaubender Luxus.

Zu anderen Zeiten als er noch ständig in diesem Haus wohnte und am Morgen seinen Geschäften nachging, hatten es sich die Frauen der Nachbarhäuser zur Gewohnheit gemacht auf den Balkon hinauszugehen, um sich das Spektakel seiner Abfahrt nicht entgehen zu lassen. Manchmal hatten sie sogar die Baronin auf einem der sieben Balkone des Hauses gesehen. Bevor er die Wagentür schloss, gab er ihr ein Zeichen mit der Hand ohne nach oben zu sehen, nur die Andeutung eines Grußes. Nicht weil er sich wenig um sie scherte, sondern weil dieser zweite Stock so hoch war, dass man sich beim Hinaufschauen einen Hexenschuss holte. Die Baronin im Negligé, Schleier und Spitzen, sah ihm nur nach. Sie nickte mit dem Kopf ohne die Hände zu bewegen, sehr würdevoll. Sowie der Wagen um die Ecke bog, ohne einen Augenblick länger zu zögern – sie ging nie auf die Balkone, vielleicht, weil es sich für eine Baronin nicht gehörte, möglich, dass sie es gar für unschicklich hielt, wer konnte das wissen? – ging sie zurück in ihre Zimmer und verließ sie den ganzen Tag nicht.

Aus der Nähe betrachtet sah sie gar nicht wie eine Baronin aus. Wer weiß, was man sich erwartete, vielleicht eine bläuliche Haut wegen des blauen Blutes oder irgend ein anderes Merkmal, das sie abhob: ein sichtbar auf die Wäsche oder besser noch auf die Kleider gesticktes Wappen. Niemand hätte zu sagen gewusst warum, aber diese Frau schien nichts Besonderes zu sein, die Kleider, die Frisur der ganze Rest natürlich ausgenommen, aber bei dem Geld, das ihr Mann besaß, hätte irgend eine Frau, eine Bürgerliche sozusagen, die gleiche Figur abgeben können. Sie war sogar bescheiden, das heißt, sie hatte nicht das Gehabe ihres Mannes und ihre Art die Alte am Fenster zu grüßen war schüchtern, beziehungsweise verängstigt. Man sah, dass ihr unbehaglich

Sarà stato il suo modo di camminare, di guardarsi intorno con fare da forestiera, sempre uguale nel corso degli anni, pochi del resto, che la faceva subito distinguere dagli altri abitanti di quella strada: se non si fosse saputo che era siciliana, anzi dell'interno della Sicilia, chiunque l'avrebbe presa per una straniera, una venuta dal Continente. Sembrava non essersi assuefatta alla città, a quella strada, alla sua casa – sicuramente prima abitava in un castello o almeno in una villa con un parco tutt'intorno – al fatto di essere sposata a un plebeo, uno non del suo stesso ceto. Perché il padrone di casa era ricco, lo sapevano tutti, ma nobile no. Questo era sicuro, e forse la sua famiglia era stata contraria a quella unione: doveva essere un matrimonio contrastato, un vero matrimonio d'amore. Non si vedeva infatti mai un parente di lei, sempre e solo i fratelli e le cognate del padrone. La baronessa sembrava essere sola: l'unica persona vicina era la serva, della quale nessuno conosceva il nome: la serva della baronessa e basta, senza nome. Era venuta su insieme alla padrona, subito dopo le nozze, e ognuno supponeva provenissero dallo stesso paese. Di più non era stato possibile sapere. Aveva infatti l'abitudine di fare la spesa quasi a gesti, tanto poche erano le parole che si riusciva a cavarle di bocca. E quelle poche parole erano distorte da un dialetto più che sbilenco: sarebbe stato necessario un interprete per capirla! Tutti quegli occhi curiosi puntati su di lei dovevano intimorirla più di quanto la gente non credesse: lei si guardava intorno con gli occhi sbarrati, come una bestiolina braccata. Alle domande curiose dei bottegai rispondeva sempre con un'espressione balorda, come cascasse dalle nuvole: la vera serva scimunita, così era stata giudicata da tutti, dopo vari tentativi di avere qualche informazione sulla padrona.

zu Mute war und das blieb die ganze Zeit ihrer Anwesenheit so.

Es mag ihr Gang gewesen sein, die Art sich umzusehen wie eine Fremde, immer gleichbleibend im Laufe der Jahre, im Übrigen wenige, die sie sofort von den anderen Bewohnern dieser Straße unterschied. Hätte man nicht gewusst, dass sie Sizilianerin war, aus dem Inneren Siziliens sogar, hätte sie jeder für eine von auswärts gehalten, eine vom Festland. Es schien, dass sie sich nicht an die Stadt gewöhnt hatte, an diese Straße, an ihr Haus – gewiss wohnte sie früher in einem Schloss oder zumindest in einer Villa mit einem Park drum herum – an die Tatsache mit einem Plebejer verheiratet zu sein, mit einem nicht von ihrem Stand. Denn der Hausherr war reich, das wussten alle, adelig aber war er nicht. Das war sicher und vielleicht war ihre Familie gegen diese Verbindung gewesen: es muss eine hart erkämpfte Heirat gewesen sein, eine richtige Liebesheirat. Man sah in der Tat niemals einen Verwandten von ihr, immer nur die Geschwister und die Schwägerinnen des Hausherrn. Die Baronin schien allein zu sein. Die einzige ihr nahestehende Person schien ihre Dienstmagd zu sein, deren Namen niemand kannte: die Magd der Baronin und Schluss, ohne Namen. Sie war mit der Hausherrin gekommen, gleich nach der Hochzeit, und alle nahmen an, dass sie aus demselben Dorf stammten. Mehr war nicht zu erfahren. Sie hatte in der Tat die Angewohnheit, die Besorgungen hauptsächlich durch Gesten zu machen, so spärlich waren die Worte, die man ihr aus dem Mund zu ziehen vermochte. Und diese wenigen Worte waren von einem mehr als schrägen Dialekt entstellt; es wäre ein Dolmetscher notwendig gewesen, um sie zu verstehen. Alle diese auf sie gerichteten Augen mussten sie mehr verängstigen, als die Leute glaubten: sie sah sich mit aufgerissenen Augen um wie ein gehetztes Tierchen. Auf die neugierigen Fragen der Ladenbesitzer antwortete sie immer mit einem dämlichen Gesichtsausdruck, als fiele sie aus allen Wolken: eine richtig blödes Dienstmäd-

Ma forse non era poi niente affatto stupida. Voleva soltanto proteggere la sua padrona dalla curiosità dei vicini. Magari dietro tanta stupidità si nascondeva la classica furbizia paesana. Ad ogni modo si seppe subito che la sua padrona era una baronessa, e neanche una baronessa decaduta: la serva non comprava mai arance né limoni dai fruttivendoli perché ne avevano la casa piena, diceva, provenienti direttamente dall'agrumeto della baronessa. E neanche olio comprava e olive... sempre per la stessa ragione. Non pronunciava due parole, senza infilarci, a proposito o a sproposito, il titolo della sua padrona: il pane per la baronessa, il sapone per la baronessa e così via, quasi avesse imparato quella frase a memoria; ormai ognuno ripeteva: „la baronessa vuole questo, la baronessa vuole quello", oppure: „cosa comanda oggi la baronessa? Incarta il pesce per la baronessa. Ecco il filetto per la baronessa." Ed era finita che tutti ci avevano fatto l'abitudine.

La baronessa usciva prima di mezzogiorno, almeno due-tre volte la settimana, e da sola. Certo, le signore dell'alta società se lo potevano permettere, come del resto anche le poverette, quelle che erano costrette a lavorare fuori casa per vivere. Le sue uscite venivano puntualmente registrate da tutti gli abitanti della strada, in particolare dalla vecchina alla finestra. Prendeva una carrozzella da nolo, davanti all'Ospedale ce ne era sempre una fila in attesa, e andava, sicuramente in centro. Di solito tornava insieme al marito, nel primo pomeriggio, lo strapuntino dell'automobile pieno di pacchi e pacchetti. Ma a volte rientrava da sola, sempre in carrozza e senza pacchetti.

Accanto al portone di casa c'era un garage. (In seguito l'oste, don Bastiano, lo prese in affitto per infilarci botti di vino più

chen, so wurde sie nach all den Versuchen, irgendwelche Informationen über ihre Herrin zu erhalten, von allen beurteilt.

Vielleicht aber war sie gar nicht so dumm. Sie wollte bloß ihre Herrin vor der Neugierde der Nachbarn schützen. Vielleicht verbarg sich hinter so viel Dummheit die klassische Bauernschläue. Auf jeden Fall erfuhr man gleich, dass ihre Herrin einen Baronin war und keinesfalls eine heruntergekommene Baronin. Die Dienstmagd kaufte nie Orangen oder Zitronen bei den Obsthändlern, weil sie das Haus voll davon hatten, sagte sie, und diese direkt von den Besitztümern der Baronin stammten. Und auch Öl und Oliven kaufte sie nicht ... immer aus demselben Grund. Sie sprach keine zwei Worte ohne, begründet oder unbegründet, den Titel ihrer Herrin einzuflechten: das Brot für die Baronin, die Seife für die Baronin und so weiter, beinahe als habe sie diese Worte auswendig gelernt; mittlerweile wiederholten alle: „Die Baronin will dies, die Baronin will das", oder: „Was befiehlt die Baronin heute? Wickle den Fisch für die Baronin ein. Hier ist das Filet für die Baronin." So endete es damit, das sich alle daran gewöhnt hatten.

Die Baronin ging vor Mittag aus dem Haus, zumindest zwei, drei Mal die Woche und zwar alleine. Gewiss, die Frauen der besseren Gesellschaft konnten es sich erlauben, wie im Übrigen auch die Armen, jene, die gezwungen waren außer Haus zu arbeiten, um zu überleben. Ihre Ausgänge aber wurden jedes Mal von den Bewohnern der Straße vermerkt, vor allem von der Alten am Fenster. Sie stieg in eine Mietkutsche – vor dem Krankenhaus gab es immer eine Reihe davon auf Abruf bereit – und fuhr sicherlich ins Zentrum. Gewöhnlich kehrte sie gemeinsam mit ihrem Mann heim, am frühen Nachmittag, die Gepäckablage des Automobils voller Pakete und Päckchen. Aber manchmal kam sie alleine zurück, immer mit der Kutsche, aber ohne Pakete.

Neben dem Haustor war die Garage. (In der Folge mietete sie der Wirt, Don Bastiano, um, wie man hörte, Fässer mit

o meno battezzato, secondo le voci che correvano). Qui il padrone infilava con molta abilità quel gioiello di macchina, abbassava la saracinesca e chiudeva con la chiave, procedimento del tutto superfluo: i ladruncoli del quartiere mai avrebbero osato scassinare o in qualche modo danneggiare una sua proprietà. Una forma di eccessivo rispetto, altrimenti inspiegabile, o una sorta di riverenza per chi riconoscevano superiore a loro? Infatti avrebbe potuto lasciare la macchina in mezzo alla strada. Aperta. Nessuno l'avrebbe toccata, anzi qualcuno si sarebbe messo di guardia se un tipo sospetto si fosse avvicinato un po' troppo o avesse manifestato una eccessiva curiosità. Non c'era altra spiegazione: la sua ricchezza, il suo matrimonio con la baronessa, la sua casa, che nessuno aveva visto ma che veniva considerata una delle sette meraviglie del mondo, non ultima quella magnifica macchina esclusiva, senza contare i vestiti, le cravatte, le camicie di seta pura, i capelli neri, lisci e ben impomatati sul cranio e... i baffetti neri, tutto era oggetto di devozione. Ogni uomo del quartiere avrebbe voluto essere come lui! Non c'era posto per l'invidia: solo ammirazione incondizionata.

Le donne poi ne erano incantate. Le donne erano sempre state la sua carta vincente, e si vedeva. Un vero dongiovanni, dalla punta delle scarpe ben lucidate fino alla perfetta scriminatura dei capelli. E un uomo d'onore, che sapeva farsi rispettare. Eppure quando ancora abitava in quella casa non si poteva dire fosse un tipo alla mano, aveva anzi un certa aria sprezzante, boriosa... ma salutava la vecchietta alla finestra con un cenno del capo, improvvisamente rispettoso, gesto che gli accattivava le sue simpatie e l'ammirazione dei vicini. Inoltre non lesinava con le mance, per ogni piccolo servizio: al postino tutte le volte che gli consegnava una lettera, o se qualcuno si precipitava ad alzargli la saracinesca del suo garage tenendola poi aperta fino a che non aveva finito di parcheggiare, e piccoli gesti del genere; infine aveva

mehr oder weniger gepanschtem Wein unterzubringen.)
Hier parkte der Hausherr mit viel Geschick sein Juwel von
einem Wagen, ließ den Rollladen herunter und schloss mit
dem Schlüssel ab, eine völlig überflüssige Prozedur: die Diebe des Viertels hätten nie gewagt einzubrechen oder eines
seiner Besitztümer zu beschädigen. Eine Art unerklärlicher
Respekt oder etwas wie Ehrerbietung vor einem, den sie als
einen über ihnen Stehenden anerkannten? In der Tat hätte
er den Wagen auch mitten auf der Straße stehen lassen können. Offen. Niemand hätte ihn angerührt, im Gegenteil, jemand hätte aufgepasst, wenn eine verdächtige Gestalt sich
ein bisschen zu sehr genähert oder übertriebene Neugierde
gezeigt hätte. Es gab keine andere Erklärung: sein Reichtum,
seine Ehe mit der Baronin, seine Wohnung, die nie jemand
betreten hatte, die aber als eines der sieben Weltwunder angesehen wurde, nicht zuletzt aber dieser wunderbare, unge-
wöhnliche Wagen, nicht zu vergessen die Anzüge, die Kra-
watten, die Hemden aus reiner Seide, die schwarzen Haare,
mit Pomade glatt und straff über den Schädel gekämmt und
… der schwarze Schnurrbart, alles Objekte der Hochach-
tung. Jeder Mann im Viertel hätte wie er sein wollen! Es gab
keinen Platz für Neid: nur bedingungslose Bewunderung.

Und die Frauen erst waren verzaubert. Die Frauen sind
immer seine Trümpfe gewesen und man sah es. Ein richtiger Don Giovanni, von den gut gewichsten Schuhspitzen bis
zu dem perfekt gescheitelten Haar. Ein Ehrenmann, der sich
Respekt zu verschaffen wusste. Und trotzdem, solange er
noch in diesem Haus wohnte, konnte man nicht sagen, dass
er ein umgänglicher Mensch gewesen wäre … er hatte, ganz
im Gegenteil, eine gewisse verächtliche Art, hochmütig …
aber er grüßte die Alte am Fenster mit einem Nicken des
Kopfes, plötzlich respektvoll, eine Geste, die ihm ihre Sympathie und die Bewunderung der Nachbarn einbrachte. Außerdem geizte er nicht mit den Trinkgeldern für jeden kleinen Dienst: für den Postboten, jedes Mal, wenn er einen
Brief zustellte oder wenn jemand herbeieilte, den Rollladen

un suo modo di farsi benvolere senza tuttavia mettersi alla pari con nessuno.

Poi ci fu quella terribile storia della bambina morta di difterite, dell'improvvisa pazzia della baronessa – fu sul punto di buttarsi da un balcone – forse aveva soltanto voluto minacciare il medico che non riusciva a salvare la figlia ancora assai piccola, di uno o due anni. Anche qui, nessuno che sapesse veramente cosa era accaduto. Era passato troppo tempo. Si ricordano solo quelle grida disperate: „la bambina, la bambina mi muore", e lei discinta, i lunghi capelli sciolti sulle spalle, sporta dalla ringhiera del balcone a invocare aiuto, mentre il marito la tirava dentro, aiutato dalla serva: una scena straziante. Nessuno avrebbe mai potuto dimenticare. Chissà perché, si disse in giro che avesse avuto intenzione di buttarsi giù dal balcone. Tutti ne erano convinti. Il giorno dopo si vide la piccola bara bianca portata giù dai fratelli del padrone, coperta di fiori, caricata in una macchina che, come ognuno poté appurare, non si diresse verso il cimitero. Avrebbe dovuto imboccare la via Plebiscito e girare subito a destra. E invece niente, girò a sinistra. Seguirono le macchine dei parenti e quella dei genitori. Si seppe che la baronessa aveva voluto portare il cadaverino della sua creatura al paese, per seppellirlo nella tomba di famiglia. Fu la sua ultima apparizione in quella strada: non tornò più, neanche per raccogliere la sua roba personale, separandosi definitivamente dal marito. Rientrò nella vecchia casa paterna per essere vicina alla sua piccola, si disse, e per portare ogni giorno dell'acqua fresca sulla tomba, nel caso venisse sete alla bambina, durante la notte. Dal che nacque la leggenda dell'improvvisa pazzia della baronessa. Difficile del resto appurare la verità. Dopo quella storia, il padrone di casa, rimasto solo, cominciò ad assentarsi sempre più a lungo, chi diceva

seiner Garage hochzuschieben und ihn dann so lange offen hielt, bis er fertig geparkt hatte, kleine Gesten dieser Art eben; schließlich hatte er die Fähigkeit, die Zuneigung aller zu gewinnen, ohne sich mit ihnen auf die gleiche Stufe zu stellen.

Dann geschah diese schreckliche Geschichte mit dem an Diphtherie gestorbenen Mädchen, dem plötzlichen Wahnsinn der Baronin – sie war nahe daran sich vom Balkon zu stürzen – vielleicht hatte sie nur dem Arzt drohen wollen, der nicht in der Lage gewesen war ihre noch sehr kleine Tochter, ein oder zwei Jahre alt, zu retten. Auch hier niemand, der gewusst hätte, was wirklich geschehen war. Es war zu viel Zeit vergangen. Man erinnerte sich nur an die verzweifelten Rufe: „Das Kind, das Kind stirbt mir!", und sie, nachlässig gekleidet, mit langem offenen Haar auf den Schultern, am Balkongeländer um Hilfe rufend, während ihr Mann sie mit Hilfe des Dienstmädchens hineinzerrte; eine herzzerreißende Szene. Niemand hätte sie vergessen können. Wer weiß warum, aber man erzählte herum, dass sie vor hatte, sich vom Balkon zu stürzen. Davon waren alle überzeugt. Am Tag darauf sah man den kleinen weißen Sarg, von den Brüdern des Hausherren hinuntergetragen, mit Blumen bedeckt in den Wagen gelegt, der, wie jeder bezeugen konnte, nicht zum Friedhof fuhr. Er hätte ja die Via Plebiscito nehmen und gleich rechts abbiegen müssen. Aber nein, er bog links ab. Es folgten die Wagen der Verwandten und die der Eltern. Man erfuhr, dass die Baronin die Leiche der Kleinen in ihr Dorf hatte bringen lassen, um sie im Familiengrab zu bestatten. Es war ihr letztes Erscheinen in dieser Straße; sie kam nicht zurück, nicht einmal, um ihre persönlichen Dinge abzuholen, und trennte sich endgültig von ihrem Ehemann. Sie kehrte ins alte Elternhaus zurück, um ihrer Kleinen nahe zu sein, sagte man, und um jeden Tag frisches Wasser ans Grab zu bringen, sollte die Kleine Durst bekommen, nachts. Das war der Ursprung vom plötzlichen Wahnsinn der Baronin. Übrigens war es schwierig die

per motivi di lavoro, chi per il fastidio di quella casa.

Dopo qualche anno arrivò appunto Maria, incinta agli ultimi mesi. Il fratello del padrone, un vero cane da guardia, un uomo grigio, di intelligenza assai limitata, – per un certo tempo fu scambiato per un servitore –, abitò con lei per tutto il tempo della sua permanenza. Era più o meno una segregata, occupata solo dalle cure del bambino e della casa. Il bambino, si seppe, era figlio del padrone e quella Maria, una donna bruna, un po' ruvida, chiaramente di origine contadina. Odorava di miseria, un odore subito riconosciuto dalla vecchietta della finestra di fronte. Restò in quella casa forse due anni, non di più. Un bel giorno, così come era venuta, sparì e di lei non si parlò più, quasi non fosse mai esistita.

Qualche anno dopo, all'inizio degli anni Cinquanta, si seppe che il padrone di casa, mai più tornato in quella casa, dopo una lunga malattia era morto. Lasciò un altro figlio illegittimo, questa volta a Napoli, una specie di figlio prediletto, privilegiato dal fatto di essere stato procreato da una madre benestante, una signora della borghesia, con la quale il padrone aveva avuto una lunga relazione. In ogni caso in futuro avrebbe sicuramente contrastato l'eredità al primo, dato che pare avesse riconosciuto all'ultimo momento il bambino napoletano e non quello nato nella propria casa.

Chissà come arrivavano queste notizie... ma la vecchina riusciva a sapere tutto. Doveva avere qualche informatore. E la baronessa viveva ancora, al suo paese, ormai vecchia anche lei, sicuramente ignara di tutto.

Wahrheit herauszufinden. Nach dieser Geschichte schien der alleine gebliebene Hausherr immer länger wegzubleiben; jemand sagte aus Arbeitsgründen, jemand anderer, weil ihm das Haus zuwider war.

Einige Jahre später kam dann eben die in den letzten Monaten schwangere Maria. Der Bruder des Hausherrn, eine richtige Art Wachhund, grau, von sehr begrenzter Intelligenz – eine Zeit lang verwechselte man ihn mit einem Dienstboten –, wohnte die ganze Zeit ihrer Anwesenheit bei ihr. Sie war mehr oder weniger völlig isoliert, nur mit der Pflege des Kindes und des Hauses beschäftigt. Das Kind, erfuhr man, war der Sohn des Hausherrn und dieser Maria, eine brünette Frau, ein bisschen roh, eindeutig bäuerlicher Herkunft. Sie roch nach Elend, ein von der Alten am Fenster gegenüber sofort erkannter Geruch. Sie blieb vielleicht zwei Jahre in diesem Haus, nicht länger. Eines schönen Tages verschwand sie so, wie sie gekommen war und man hörte nichts mehr von ihr, gerade so, als hätte sie nie existiert.

Einige Jahre später, zu Beginn der fünfziger Jahre, erfuhr man, dass der Hausherr, der nie mehr in dieses Haus zurückgekehrt war, nach langer Krankheit gestorben war. Er hinterließ einen weiteren unehelichen Sohn, dieses Mal in Neapel, eine Art Lieblingssohn, privilegiert wegen der Tatsache, mit einer begüterten Mutter gezeugt worden zu sein, einer bürgerlichen Frau, mit der der Hausherr eine lange Beziehung gehabt hatte. In jedem Fall würde der sicher dem Ersten die Erbschaft streitig machen, da der Vater, wie es scheint, im letzten Moment das neapolitanische Kind anerkannt hatte, nicht aber das im eigenen Haus geborene.

Wer weiß, woher diese Informationen kamen ... doch die Alte wusste alles zu erfahren. Sie musste irgendeinen Informanten haben. Und die Baronin lebte noch, in irgendeinem Dorf, mittlerweile auch sie betagt, bestimmt völlig ahnungslos.

La casa rimase chiusa per alcuni anni, forse per chiarire giuridicamente la situazione dei due bambini e la spartizione dell'ingente eredità.

Una mattina, appena dopo l'alba, un carretto pieno di masserizie si fermò davanti al portone di quella casa e subito, nel giro di neanche un'ora, fu scaricato tutto: si trattava di ben poca roba, qualche brandina, qualche materasso, sedie, un tavolo da cucina... una miseria che non finiva più. D'altra parte nessuno si era accorto se il nuovo padrone di casa o chi per lui, avesse svuotato le stanze prima di affittare o avesse lasciato tutto come stava. Certo una casa così grande sarebbe stato difficile riempirla con quelle quattro carabattole. Tutti furono subito curiosi di conoscere i nuovi inquilini, e non ci volle molto: quella mattina stessa si videro prima le donne, una madre e due figliuole, e poi gli uomini, il padre e il figlio ormai adulto. Si affacciavano a turno dai molti balconi, un po' per abituarsi a quelle altitudini, un po' per l'entusiasmo di tutto quello spazio. Non sembravano persone abituate al lusso, si vedeva: anche loro odoravano di miseria, la vecchietta aveva un occhio per queste cose. Chissà come erano capitati in quella casa. Ma si sarebbe saputo tutto, era solo questione di tempo.

Non passò un giorno e già si seppe il nome: Scuderi. Il dottor Scuderi, il figlio, lavorava all'Ospedale ed era chirurgo. La figlia più giovane, Cettina, andava a scuola e frequentava il liceo scientifico, ultimo anno. L'altra figlia era in casa, più vicina ai trenta che ai venti. Non faceva niente tutto il giorno. Se ne stava sempre seduta a uno dei balconi, intenta a guardare giù, in strada, quasi cercasse qualcuno, un qualcuno che evidentemente non aveva nessuna intenzione di farsi vedere.

Die Wohnung blieb einige Jahre verschlossen, vielleicht weil die rechtliche Situation der beiden Kinder und die Aufteilung des beträchtlichen Erbes geklärt werden mussten.

Eines Morgens, kurz nach der Morgendämmerung, hielt ein Karren voller Hausrat vor dem Tor jenes Hauses und sofort, innerhalb einer knappen Stunde wurde alles abgeladen: es handelte sich um wenige Dinge, einige Liegen, einige Matratzen, Stühle, einen Küchentisch ... ein Elend ohne Ende. Andererseits hatte niemand gesehen, ob der neue Bewohner oder irgendwer an seiner Stelle, die Zimmer ausgeräumt hatte, bevor er sie vermietet hatte oder ob er alles gelassen hatte, wie es war. Gewiss, eine so große Wohnung wäre mit den paar Kleinigkeiten nur schwer einzurichten gewesen. Alle waren sofort neugierig die neuen Nachbarn kennen zu lernen und da brauchte es nicht viel. Am selben Morgen noch sah man zuerst die Frauen, eine Mutter und zwei Töchter, und dann die Männer, den Vater und den bereits erwachsenen Sohn. Sie zeigten sich abwechselnd auf den vielen Balkonen, ein bischen um sich an diese Höhe zu gewöhnen und auch vor Begeisterung über all den Platz. Sie schienen nicht an Luxus gewohnte Menschen zu sein und man merkte es: auch sie rochen nach Elend, die Alte hatte ein Auge für solche Dinge. Wer weiß, wie sie zu dieser Wohnung gekommen waren. Aber man würde alles erfahren, das war nur eine Frage der Zeit.

Es verging nicht einmal ein ganzer Tag und schon kannte man den Namen: Scuderi. Der Sohn, der Doktor Scuderi, arbeitete im Krankenhaus und war Chirurg. Die jüngere Tochter, Cettina, ging zur Schule und besuchte das wissenschaftliche Lyzeum im letzten Jahr. Die andere Tochter war zu Hause, eher dreißig als zwanzig. Sie tat den ganzen Tag nichts. Sie saß auf einem der Balkone, damit beschäftigt auf die Straße hinunterzuschauen, beinahe als suche sie jemanden, einen Jemand, der offensichtlich keinerlei Absicht hatte sich blicken zu lassen.

Quel qualcuno pareva aver perduto la strada o forse non era ancora convinto delle proprie intenzioni.

Trascorse del tempo. Le prime piogge, le prime giornate fredde costrinsero la ragazza a rientrare in casa, solo ogni tanto si affacciava e guardava lontano, cercando un punto, una figura umana, quel tipo che quando ancora abitava nella casa precedente aveva fatto dei giri sempre più avvolgenti, come una spirale, per tornare sempre allo stesso punto di partenza: la sua finestra. Allora abitava un piano rialzato; se avesse voluto, avrebbe potuto scambiare due parole con lei: lo aspettava infatti dal primo pomeriggio fino a sera, sempre dietro le tendine della finestra. E invece niente. Doveva essere troppo timido o non aveva notato le sue manovre. Una storia che durava da qualche mese, ormai. Perfino la madre se ne era accorta, come pure tutte le vicine di casa, e i passanti occasionali.

«Che almeno questo sant'uomo si presentasse con un pretesto qualsiasi», borbottava la madre, disposta a tutto pur di maritare quella figlia. Ora, col cambio della casa, le possibilità di un approccio dei due innamorati diventavano complicate, appunto per la difficoltà del secondo piano. D'altra parte, la nuova casa non permetteva al giovane di tergiversare: qui non era più possibile fare il cascamorto senza prendere impegni. Una decisione ci voleva!

Nel mese di maggio, il mese propizio agli amori, come si sa, le attese della ragazza non vennero deluse: un pomeriggio di domenica, quando tutta la gentarella sbucava dai vicoli, con i vestiti migliori, le coppie di fidanzatini davanti e tutto il parentado dietro, come in una processione per la festa della santa patrona, si vide una scena che lasciò non poche vicine a bocca aperta. Su uno dei balconi il padre sistemò tre sedie e subito dopo vi si sedettero la madre, la ragazza e un uomo. Un uomo non facilmente identificabile. Forse un rap-

Dieser Jemand schien sich verlaufen zu haben oder vielleicht war er sich seiner Sache noch nicht sicher.

Die Zeit verging. Der erste Regen, die ersten kalten Tage zwangen das Mädchen im Haus zu bleiben, nur ab und zu trat sie ans Fenster und blickte in die Ferne, einen Punkt suchend, eine menschliche Figur, diesen Typen, der, als sie noch im vorherigen Zuhause gewohnt hatten, immer engere Kreise gezogen hatte, wie eine Spirale, um stets zum Ausgangspunkt zurückzukehren: ihr Fenster. Damals wohnten sie im Hochparterre; wenn er gewollt hätte, hätte er einige Worte mit ihr wechseln können: sie wartete in der Tat vom frühen Morgen bis zum späten Abend, immer hinter den Vorhängen des Fensters. Statt dessen nichts. Er musste zu schüchtern sein oder hatte ihre Manöver nicht bemerkt. Eine Geschichte, die mittlerweile einige Monate anhielt. Sogar die Mutter hatte es bemerkt sowie alle Nachbarinnen und die gelegentlichen Passanten.

»Wenn sich der gute Mann wenigstens unter irgendeinem Vorwand zeigen würde«, murmelte die Mutter zu allem bereit, nur damit diese Tochter unter die Haube käme. Jetzt, durch den Wohnungswechsel, wurde die Wahrscheinlichkeit eines Aufeinandertreffens der beiden Verliebten kompliziert, gerade wegen der Schwierigkeit des zweiten Stocks. Andererseits erlaubte es die neue Wohnung dem jungen Mann nicht länger zu zögern: hier war es nicht möglich Süßholz zu raspeln ohne Verpflichtungen einzugehen. Es brauchte eine Entscheidung!

Im Monat Mai, wie man weiß, der der Liebe zuträgliche Monat, wurden die Erwartungen des Mädchens nicht enttäuscht. An einem Sonntagnachmittag als alle Leutchen mit den besten Kleidern in den Gassen auftauchten, die Paare der Verlobten vorneweg und die gesamte Verwandtschaft hinterdrein wie eine Prozession zum Fest der heiligen Patronin, sah man eine Szene, die nicht wenige Nachbarinnen mit offenem Mund zurückließ. Auf einem der Balkone stellte der Vater drei Stühle hin und gleich darauf setzten sich die

presentante di commercio, un commesso, un impiegato, un non si capiva bene che cosa, data anche l'altezza a cui si trovavano. Solo una vicina dirimpettaia, anche lei abitante del secondo piano, affermò in seguito di averlo potuto osservare, per modo di dire, muso contro muso per tutta la durata della sua apparizione: un impiegatuccio, così la sua impressione, un poveraccio, niente di particolare e soprattutto: pochi soldi. Ora quella presenza maschile appariva con una certa frequenza, mai durante la settimana ma abbastanza puntualmente ogni domenica, più o meno alla stessa ora: le tre sedie venivano portate sul balcone già in precedenza; si sedevano fino all'imbrunire; bevevano una limonata servita dalla ragazza (raramente la madre si assentava per prendere qualche cosa); scambiavano qualche parola e guardavano i passanti che durante la domenica erano più numerosi del solito. Tutto come in altri tempi, sotto gli occhi della gente. Poi sgattaiolava via, come un'ombra. Forse era talmente insignificante che nessuno lo notava quando passava per la strada. Spariva semplicemente, come un'ombra.

Verso la fine dell'estate non si vide più.

La ragazza sedeva di nuovo al balcone, sola, sconsolata, ogni giorno della settimana, spiando la strada, cercando quella figura per lei inconfondibile, che non si decideva a tornare. Un pomeriggio si sentì la sua voce mentre strillava:

«Io lo voglio e lui mi vuole.»

Lei e il padre seduti soli, sul balcone, in tutta confidenza, e quella frase, sempre la stessa:

«Io lo voglio e lui mi vuole», come un disco rotto, una volta, due volte, quattro volte, sempre nella stessa tonalità, piuttosto acuta. Ognuno che passava per la strada non poteva fare a meno di alzare la testa, storcendo il collo, per vedere da che parte veniva quella voce. Ma non soltanto i passan-

Mutter, das Mädchen und ein Mann darauf. Ein nicht leicht zu identifizierender Mann. Vielleicht ein Handelsvertreter, ein Verkäufer, ein Beamter, ein man verstand nicht recht was, auch wegen der Höhe in der sie saßen. Nur die Nachbarin gegenüber, auch sie Bewohnerin eines zweiten Stocks, behauptete nachträglich ihn sozusagen die ganze Zeit seines Erscheinens von Angesicht zu Angesicht beobachtet zu haben: ein kleiner Beamter, so ihr Eindruck, ein armer Kerl, nichts Besonderes und vor allem: wenig Geld. Von da an erschien diese männliche Präsenz mit einer gewissen Häufigkeit, nie unter der Woche, aber ziemlich regelmäßig jeden Sonntag, mehr oder weniger um dieselbe Stunde; die drei Stühle wurden bereits vorher auf den Balkon gestellt; sie saßen dann bis zur Dämmerung da; sie tranken eine vom Mädchen kredenzte Limonade (selten verschwand die Mutter, um etwas zu holen); sie wechselten einige Worte und beobachteten die Vorbeigehenden, die sonntags zahlreicher waren als gewöhnlich. Alles wie zu früheren Zeiten, unter den Blicken der Leute. Dann schlich er sich davon, wie ein Schatten. Vielleicht war er derart unbedeutend, dass ihn niemand wahrnahm, wenn er durch die Straßen ging. Er verschwand einfach, wie ein Schatten.

Gegen Ende des Sommers sah man ihn nicht mehr.

Das Mädchen saß wieder alleine auf dem Balkon, untröstlich, an allen Wochentagen, beobachtete die Straße auf der Suche nach jener für sie unverwechselbaren Figur, die sich nicht entschloss zurückzukommen. Eines Nachmittags hörte man ihre Stimme, die schrie:

»Ich will ihn und er will mich!«

Sie und der Vater allein auf dem Balkon sitzend, in aller Vertrautheit, und dieser Satz, immer derselbe:

»Ich will ihn und er will mich«, wie eine beschädigte Schallplatte, einmal, zweimal, viermal, immer in demselben Tonfall, ziemlich schrill. Jeder, der auf der Straße vorüberging, konnte nicht umhin den Blick zu heben, um nachzusehen von woher diese Stimme kam. Aber nicht nur die Pas-

ti, anche le vicine un po' sorde d'orecchi erano costrette a sentirla: sembrava una dichiarazione di guerra, una giustificazione, un chiarimento necessario da dare al mondo intero, senza equivoci. Il padre, con voce pacata rispondeva ogni volta:

«Lui i soldi vuole.» Il tono era bonario, persuasivo, la voce moderata, ma abbastanza udibile. Poi cadevano in conciliaboli che nessuno riusciva a sentire, fino a quando esplodeva di nuovo la voce, nei toni sempre più acuti:

«Io lo voglio e lui mi vuole.» E il padre paziente:

«Lui i soldi vuole.» Questo per un pomeriggio intero, fino a sera.

Il 'signor' Scuderi, come adesso veniva salutato dal postino e dai vicini di casa, era stato per tutti gli anni della sua vita solo 'Scuderi', bidello alla scuola media. Lui e la moglie avevano accudito per un numero di anni pressoché infinito le scale, le classi e tutto il resto della scuola: un lavoro faticoso, mal retribuito e in qualche modo umiliante soprattutto per il figlio maggiore, Giuseppe, Pippo per la famiglia. Tutto era andato bene fino a che il ragazzo aveva frequentato le elementari, ma passato alle medie, nella stessa scuola dove il padre lavorava, aveva dovuto sopportare gli scherzi, le offese, e a volte perfino il disprezzo di alcuni compagni che si vendicavano in tal modo della sua costante posizione di primo della classe.

Pippo infatti era un ragazzino piuttosto antipatico, non piaceva a nessuno, non aveva compagni con i quali giocare nelle ore libere, del resto poche; nessuno voleva stare seduto accanto a lui, nel suo stesso banco, non si sapeva bene perché. Sarà dipeso dal suo aspetto piuttosto infelice: piccolo al disotto della media, piuttosto grassottello, ma in modo non sano, quasi gonfio, la testa rotonda come una palla, pochi capelli lisci. Ma era il suo modo di fare umile e nello stes-

santen, auch die etwas tauben Nachbarinnen waren gezwungen sie zu hören: es schien eine Kriegserklärung zu
sein, eine Rechtfertigung, eine notwendige, der ganzen Welt
mitzuteilende Erklärung ohne Missverständnisse. Mit ruhiger Stimme antwortete der Vater jedes Mal:

»Das Geld will er.« Der Ton war gutmütig, überzeugend,
die Stimme gemäßigt doch ziemlich gut zu hören. Dann ver-
fielen sie in Beratungen, die niemand zu hören vermochte,
bis erneut die Stimme explodierte, in immer schrilleren Tö-
nen:

»Ich will ihn und er will mich.« Und der Vater geduldig:

»Das Geld will er.« Und das den ganzen Nachmittag lang,
bis zum Abend.

Der 'Herr' Scuderi, wie er jetzt vom Postboten und den
Nachbarn gegrüßt wurde, war all die Jahre seines Lebens
nur der 'Scuderi', Schuldiener an der Mittelschule gewesen.
Er und seine Frau hatten schier endlose Jahre lang die Stie-
gen, die Klassenräume und den ganzen Rest der Schule be-
treut: eine anstrengende Arbeit, schlecht bezahlt und irgendwie erniedrigend für den ältesten Sohn, Giuseppe, Pippo für die Familie. Alles war gut gegangen solange der Bub
die Grundsschule besuchte, als er aber in die Mittelschule
wechselte, in die Schule, in der der Vater arbeitete, hatte er
die Streiche, die Beleidigungen und manchmal gar die Verachtung einiger Schulkameraden ertragen müssen, die sich
so an ihm dafür rächten, dass er ständig die Rolle des Klas-
senbesten einnahm.

Pippo war in der Tat ein ziemlich unsympathischer Junge, niemand mochte ihn, er hatte keine Freunde, mit denen
er in den freien Stunden, wenige übrigens, spielen konnte;
niemand wollte neben ihm in derselben Bank sitzen, man
wusste nicht genau warum. Es mochte mit seinem ziemlich
verunglücktem Aussehen zu tun gehabt haben: kleiner als
der Durchschnitt, ziemlich dicklich, aber nicht auf die ge-
sunde Art, beinahe aufgedunsen, ein runder Kopf wie ein

so tempo falso (così veniva giudicato dai compagni di scuola), che gli alienava le simpatie di tutti. Solo i professori lo lodavano e lo apprezzavano senza riserve per la sua preparazione, la disciplina, l'ordine eccetera. Se qualcuno non sapeva qualche cosa, il professore volgeva uno sguardo interrogativo da una parte precisa, primo banco a sinistra, e subito Scuderi alzava la mano e rispondeva: lui sapeva sempre tutto, semplicemente tutto. Abbassava le ciglia corte, rade sugli occhi scuri, penetranti, con un fare modesto che irritava i compagni e si sedeva senza neanche abbozzare un sorriso di soddisfazione, quasi si vergognasse. Questo il Pippo delle medie e lo stesso al liceo. Qui saltò alcuni anni finendo praticamente la scuola a soli sedici anni. Fu il più giovane studente alla facoltà di medicina... e anche lì, esame dopo esame, tutti uno dietro l'altro, a ritmo serrato e sempre trenta e lode, fino alla laurea.

Neanche all'università riuscì a farsi un giro di amici, un po' per la differenza di età, un po' per il suo carattere scorbutico, diffidente: lui stava sempre solo, a guardare gli altri, sempre da una parte, carico di rabbia repressa, di odio per quei giovanotti spigliati, allegri, vestiti bene. Lui continuava a essere il figlio del bidello e doveva il suo accesso all'università a quella sua mostruosa capacità di sapere sempre tutto, alla ferrea disciplina che aveva sempre guidato la sua vita. Chissà da dove gli era venuta tutta quell'ambizione! Madre e padre, analfabeti, senza pretese culturali né scalate sociali, si erano sempre accontentati di quel poco che avevano, non avevano mai invidiato nessuno né desiderato appartenere a un ceto superiore al loro. Certo avere un po' di soldi in più non avrebbe guastato, tutto lì. Il figlio invece era di tutt'altra pasta. Un cervellone verso il quale non riuscivano a nascondere un enorme rispetto, una venerazione senza li-

Ball, wenige, glatte Haare. Aber es war seine demütige und gleichzeitig falsche Art (so wurde sie von den Schulkameraden beurteilt), die ihm die Sympathien aller verscherzte. Nur die Lehrer lobten und schätzten ihn vorbehaltlos wegen seiner Vorbereitung, der Disziplin, der Ordnung und so weiter. Wenn jemand etwas nicht wusste, richtete der Lehrer den fragenden Blick in eine bestimmte Richtung, erste Bank links, und sofort hob Scuderi die Hand und antwortete: Er wusste immer alles, einfach alles. Er schlug die kurzen, spärlichen Wimpern über den schwarzen durchdringenden Augen in einer demütigen Art nieder, die die Kameraden irritierte und setze sich, ohne auch nur ein Lächeln der Genugtuung anzudeuten, beinahe so als schäme er sich. Das war der Pippo in der Mittelschule und gleichfalls im Lyzeum. Dort übersprang er einige Jahre und beendete die Schule praktisch mit gerade einmal sechzehn Jahren. Er war der jüngste Student an der medizinischen Fakultät ... und auch da, Prüfung über Prüfung, eine gleich nach der anderen und immer mit Höchstnote und Belobigung bis zum Doktor.

Auch an der Universität vermochte er sich keinen Freundeskreis zu schaffen, ein wenig wegen des Altersunterschieds, ein wenig wegen seines mürrischen, misstrauischen Wesens. Er war immer allein, sah den anderen zu, immer abseits, voller unterdrücktem Zorn und Hass auf diese ungezwungenen, fröhlichen, gut gekleideten Burschen. Er blieb weiterhin der Sohn des Hausmeisters und verdankte seinen Zugang zur Universität seiner monströsen Fähigkeit immer alles zu wissen, seiner Disziplin, die immer sein Leben bestimmt hatte. Wer weiß, von wem er diesen ganzen Ehrgeiz hatte! Mutter und Vater Analphabeten, ohne kulturelle Ansprüche oder solche nach sozialem Aufstieg, hatten sich immer mit dem Wenigen begnügt, das sie hatten, hatten nie jemanden beneidet oder einen höheren Stand als den, dem sie angehörten anstreben wollen. Gewiss, ein wenig mehr Geld zu haben hätte nicht geschadet, aber das war's auch schon. Der Sohn war aus ganz anderem Holz ge-

miti mista a una sorta di timore, quasi fosse un estraneo capitato lì, non si sapeva bene come.

La prima volta, alle elementari, la maestra aveva scritto una lettera ai genitori invitandoli a presentarsi alla tale ora, il tale giorno: figurarsi la loro reazione. Si lasciarono leggere la lettera dal figlio, preoccupati che il bambino avesse combinato qualche guaio o che non fosse mai andato a scuola, o non avesse fatto i compiti, benché lo vedessero sempre piegato sui libri: la maestra li aveva guardati sorpresa. Che tipo di genitori si era aspettata? Pippo era uno dei bambini più dotati che avesse mai avuto in tutta la sua carriera di insegnante, dichiarò, consigliando inoltre di fargli saltare almeno una classe e, per l'amordidio, di mandarlo assolutamente a scuola. A nove anni la stessa cosa alle medie: anche lì, professori entusiasti, sbalorditi. I genitori temevano di aver messo al mondo un mostro, un genio, uno che in ogni caso non aveva niente a che fare con la loro famiglia. Invece di mandarlo a bottega, come avevano previsto, forse sarto, o tappezziere, questi sarebbero stati i loro desideri, mestieri puliti, continuarono a mandarlo a scuola.

La seconda figlia, Caterina, invece dopo le elementari dovette aiutare i genitori nelle pulizie della scuola, mentre di mattina lavorava da una sarta, almeno lei, per imparare a cucire e guadagnarsi qualche soldo.

La facoltà di anatomia aveva rivelato in lui un artista dello scalpello, così almeno affermò il suo professore: non aveva mai visto un giovane alle prime armi che con tanta facilità, addirittura con entusiasmo sapesse tagliare, sezionare un cadavere senza esitazioni né un cedimento di nervi. E che

schnitzt. Ein Genie, vor dem sie einen riesigen Respekt, eine grenzenlose Verehrung vermischt mit einer Art Ehrfurcht nicht zu verbergen vermochten, beinahe als sei er ein dort gelandeter Fremder, man wusste nicht genau wie.

Das erste Mal, noch in der Grundschule, hatte die Lehrerin einen Brief an die Eltern geschrieben, in dem sie sie einlud zur angegebenen Stunde an einem bestimmten Tag vorstellig zu werden: man kann sich die Reaktion vorstellen. Sie ließen sich den Brief vom Sohn vorlesen, besorgt, dass das Kind eine Dummheit gemacht haben könnte oder dass er vielleicht die Schule geschwänzt hatte oder dass er die Hausaufgaben nicht gemacht haben könnte, obwohl sie ihn immer über die Bücher gebeugt sahen. Die Lehrerin hatte sie überrascht angeschaut. Was für eine Art Eltern hatte sie denn erwartet? Pippo war eines der begabtesten Kinder, das sie in ihrer gesamten Laufbahn als Lehrerin gehabt habe, erklärte sie und riet zudem dazu, ihn mindestens eine Klasse überspringen, und um Gottes Willen doch studieren zu lassen. Mit neun Jahren dieselbe Geschichte in der Mittelschule. Auch dort begeisterte, verblüffte Lehrer. Die Eltern fürchteten ein Monster zur Welt gebracht zu haben, ein Genie, einen, der jedenfalls nichts mit ihrer Familie zu tun hatte. Anstatt ihn in die Lehre zu schicken, wie sie es vorgehabt hatten, vielleicht Schneider oder Tapezierer, das wären ihre Wunschvorstellungen gewesen, alles saubere Berufe, schickten sie ihn weiterhin zur Schule.

Die zweite Tochter, Caterina, musste nach der Grundschule hingegen ihren Eltern bei den Putzarbeiten in der Schule helfen, während sie am Vormittag bei einer Schneiderin arbeitete, zumindest sie, um Nähen zu lernen und ein wenig Geld zu verdienen.

Die Fakultät für Anatomie hatte in ihm einen Künstler des Skalpells zu Tage gefördert, das behauptete zumindest sein Professor: Noch nie hatte er einen Neuling gesehen, der mit solcher Leichtigkeit, mit solcher Begeisterung gar einen Kadaver ohne Zögern und Nervenflattern aufzuschneiden

mano leggera, sicura, un vero giocatore di prestigio! Sembrava nato per la professione del chirurgo, non c'erano dubbi. E il fatto di essere rimasto piuttosto piccolo di statura, con mani minuscole, sensibili, quasi femminee, non intralciava minimamente i suoi movimenti: anzi era forse questo handicap a permettergli di usarle con particolare leggerezza. In seguito nella sala operatoria fu approntato una specie di palco appositamente per lui, una panchetta solida, abbastanza larga, costruita su misura. Con molta dignità il dottor Scuderi vi saliva sopra come un direttore d'orchestra sul podio e si trasformava: da vero artista riusciva a realizzare veri prodigi di alta chirurgia. Lavorava sempre seguito da uno stuolo di assistenti che ogni volta avevano l'impressione di aver partecipato a qualcosa di eccezionale, a un miracolo, non riuscendo a capire da dove gli venisse tutta quella sicurezza, quella strabiliante abilità. Adesso aveva perso molto della sua ambiguità giovanile; era decisamente autoritario, a volte assai duro con i collaboratori: impartiva ordini perentori e guai a contraddirlo... sembrava Napoleone sul campo di battaglia. Alla fine scendeva dalla sua panchetta, si asciugava il sudore dalla fronte e tornava normale, modesto o forse soltanto falsamente umile: a una vicina di casa che lo aveva chiamato in un momento di estrema urgenza, aveva rifiutato il suo aiuto con una risposta che si ripeteva ancora per anni:

«Io non sono un medico, sono soltanto un chirurgo.»

Poco tempo dopo il trasloco si capì, nella strada, che il dottor Scuderi doveva avere una posizione di grande prestigio all'Ospedale, dato che non passava giorno senza che un parente dei suoi numerosi pazienti non venisse a portare regali molto appariscenti: una volta arrivò un tale con una capretta ancora viva... che però dovette riprendere come era, viva e vegeta, dato che le donne si erano rifiutate di farla uc-

und zu zerteilen vermochte. Und was für eine leichte Hand, so sicher, ein wahrer Magier! Er schien für den Beruf des Chirurgen geschaffen, da gab es keinen Zweifel. Und die Tatsache, dass er etwas klein von Statur geblieben war, mit winzigen Händen, feinfühlig, beinahe feminin, behinderten seine Handgriffe nicht im mindesten, ganz im Gegenteil war es vielleicht gerade dieses Handicap, das ihm ermöglichte sie mit besonderer Leichtigkeit zu gebrauchen. Später wurde im Operationssaal ein Podium eigens für ihn bereitgestellt, eine Art Bank, ziemlich breit, auf Maß angefertigt. Mit großer Würde bestieg sie Doktor Scuderi, wie ein Dirigent das Podium und verwandelte sich: als richtiger Künstler vermochte er wahre Wunder der Chirurgie zu vollbringen. Er arbeitete immer umgeben von einer Schar von Assistenten, die jedes Mal den Eindruck hatten an etwas Außergewöhnlichem teilgenommen zu haben, da sie nicht zu begreifen vermochten, von woher er all diese Sicherheit nahm, diese verblüffende Geschicklichkeit. Er hatte jetzt viel von seiner jugendlichen Scheinheiligkeit verloren; er war entschieden autoritär, manchmal ziemlich hart zu seinen Mitarbeitern. Er erteilte eindeutige Befehle und wehe dem, der widersprach ... er schien Napoleon auf dem Schlachtfeld zu sein. Am Ende stieg er von seinem Podium, wischte sich den Schweiß von der Stirn und war wieder normal, bescheiden oder vielleicht auch nur verstellt demütig. Einer Nachbarin, die ihn in einem Moment äußerster Not gerufen hatte, hatte er seine Hilfe mit der Antwort verweigert, die noch Jahre später ständig wiederholt wurde:

»Ich bin kein Arzt, ich bin nur ein Chirurg.«

Kurz nach dem Umzug begriff man in der Straße, dass der Doktor Scuderi im Krankenhaus eine Position großen Ansehens einnehmen musste, da kein Tag verging, ohne dass nicht ein Verwandter einer seiner zahlreichen Patienten sehr auffällige Geschenke vorbeibrachte; einmal kam einer mit einem noch lebenden Zicklein an ... das er aber wieder mitnehmen musste, wie es war, lebendig und munter, da

cidere nella loro cucina. Ma altri regali, tutti in natura, si succedevano a ritmo sempre più serrato: polli, cesti di frutta, cassette di arance e sacchi pieni non si capiva bene di che cosa. Naturalmente nessuno sapeva delle bustarelle che passavano sotto le sue mani. D'altra parte con lo stipendio che percepiva all'Ospedale e quella specie di regalia che riceveva come assistente universitario non avrebbe mai potuto affittare quella casa e mantenere la famiglia decorosamente.

Era stata una carriera fulminante. Appena trentenne aveva un nome che altri chirurghi neanche col doppio dei suoi anni erano riusciti a guadagnarsi.

Ormai aveva finito brillantemente i due anni di specializzazione e il posto all'Ospedale gli era stato offerto dal suo professore su un vassoio d'argento.

Sembrava che la sua ascesa non dovesse avere fine. Adesso si vedeva spesso uscire con giovani studenti che venivano a cercarlo fino a casa, che lo accompagnavano lungo la strada come una corte di umili servitori, ossequiosi, attenti a ogni parola che usciva dalla sua bocca. Pippo Scuderi, piccolo, rotondetto, con quella palla luccicante ormai del tutto pelata, era effettivamente un uomo assai rispettato. Quella casa di fronte all'Ospedale era stata necessaria per aumentare il suo prestigio, oltre alla comodità di essere sempre vicino per ogni evenienza.

Il vecchio Scuderi era stato costretto a mettersi in pensione, per volontà del figlio: non poteva sopportare di vedere il padre e la madre sgobbare, affaticarsi per la scuola, in una posizione subordinata e per così pochi soldi, aveva detto ai genitori. In realtà non sopportava l'idea che qualcuno venisse a conoscenza delle sue umili origini.

die Frauen sich geweigert hatten, es in ihrer Küche schlachten zu lassen. Aber andere Geschenke, alles Naturalien, folgten aufeinander in einem stetig zunehmenden Rhythmus: Hühner, Früchtekörbe, Kisten voller Orangen und Säcke voller, man begriff nicht ganz, was. Natürlich wusste niemand von den Schmiergeldern, die in seine Hände flossen. Andererseits hätte er bei dem Gehalt, das er im Spital bekam und der Art Trinkgeld, das er als Universitätsassistent erhielt, niemals diese Wohnung mieten und die Familie anständig versorgen können.

Es war eine fulminante Karriere gewesen. Gerade dreißigjährig hatte er sich einen Namen gemacht, den andere, doppelt so alte Chirurgen nicht zu erreichen vermocht hatten.

Mittlerweile hatte er die beiden Spezialisierungsjahre glänzend abgeschlossen und die Stelle im Spital war ihm von seinem Professor auf einem Silbertablett angeboten worden.

Es schien, als sollten seinem Aufstieg keine Grenzen gesetzt sein. Jetzt sah man ihn häufig mit jungen Studenten ausgehen, die ihn sogar von zu Hause abholten, ihn die Straße hinunter begleiteten wie ein Hofstaat demütiger, untertäniger Diener, auf jedes Wort achtend, das aus seinem Mund kam. Pippo Scuderi, klein, rundlich, mit dieser glänzenden, mittlerweile völlig haarlosen Kugel, war offensichtlich ein ziemlich geachteter Mann. Dieses Haus gegenüber dem Krankenhaus hatte es gebraucht, um sein Ansehen zu steigern, abgesehen von der Bequemlichkeit, für den Fall der Fälle in der Nähe zu sein.

Der alte Scuderi war auf Wunsch des Sohnes genötigt worden in Rente zu gehen: er konnte es nicht ertragen, den Vater und die Mutter in der Schule schuften und sich anstrengen zu sehen, in einer untergeordneten Position und für so wenig Geld, hatte er zu den Eltern gesagt. In Wirklichkeit ertrug er die Vorstellung nicht, dass jemand seine bescheide-

Fino alla fine degli studi aveva vissuto anche lui di quel poco denaro che avevano guadagnato i genitori, aveva abitato le due stanzette al pianterreno della scuola, dormito nello stesso sottoscala con le sorelle e sopportato il chiasso dei ragazzini. Ormai era lui il vero capo-famiglia e usava di questa sua posizione come un piccolo tiranno: a cominciare dal padre, in pensione forzata, costretto a uscire ogni mattina assai presto per andare in Pescheria a fare la spesa, sempre a piedi, per impiegare più tempo restando così lontano dalle sue donne che da quando abitavano in quella casa praticamente litigavano per ogni nonnulla. Anche Caterina dovette smettere di lavorare da sarta per i soliti motivi di riguardo verso la posizione del fratello. E infine, la sorella minore, Cettina, dovette continuare ad andare a scuola, pur non essendo un lume di intelligenza: lei avrebbe preferito imparare un mestiere qualsiasi. Frequentava però il liceo scientifico per non continuare a sentirsi ricordare la genialità del fratello da tutti i professori che lo avevano conosciuto e anche da quelli che ne avevano soltanto sentito parlare.

Caterina non aveva capito perché da un momento all'altro non le era stato più permesso di lavorare: in sartoria si era trovata bene, poteva chiacchierare tutto il giorno, aveva delle relazioni sociali e perfino qualche corteggiatore che il fratello non aveva mai lasciato entrare in casa.

«Tutti poveracci» gridava ogni volta e lui non aveva intenzione di imparentarsi con gente simile. Adesso, a ventotto anni suonati, chiusa in casa, al secondo piano, senza poter coltivare le amicizie di prima, tutte malviste dal fratello (perché di ceto inferiore), le sembrava di essere in prigione: questo il motivo dei suoi litigi con la madre, succube secondo lei del figlio. I giovanotti che venivano a cercare il fratello

ne Herkunft in Erfahrung bringen könnte.

Bis zum Ende des Studiums hatte auch er von dem wenigen Geld gelebt, das seine Eltern verdient hatten, hatte in den beiden Zimmerchen im Erdgeschoß der Schule gewohnt, im selben Abstellraum unter der Treppe wie die Schwestern geschlafen und den Lärm der Schulkinder ertragen. Mittlerweile war er das wahre Familienoberhaupt und nutzte diese Position wie ein kleiner Tyrann, angefangen beim Vater, zwangspensioniert, genötigt jeden Tag frühmorgens für den Einkauf zur Pescheria[14] zu gehen, immer zu Fuß, um den Frauen möglichst lange fern zu sein, die, seit sie in diesem Haus wohnten, praktisch wegen jeder Kleinigkeit stritten. Auch Caterina musste, wegen der üblichen Gründe der Rücksichtnahme auf die Stellung des Bruders, darauf verzichten als Schneiderin zu arbeiten. Und Cettina schließlich, die jüngste Schwester, musste weiterhin zur Schule gehen, obwohl sie keine Leuchte war; sie hätte es vorgezogen irgendeinen Beruf zu erlernen. Sie besuchte aber das wissenschaftliche Lyzeum, um nicht dauernd von sämtlichen Lehrern, die ihn gekannt hatten und auch von denen, die nur von ihm reden gehört hatten, auf die Genialität des Bruders angesprochen zu werden.

Caterina hatte nicht verstanden, warum es ihr von einem Moment auf den anderen nicht mehr erlaubt war zu arbeiten; in der Schneiderei hatte sie sich wohl gefühlt, konnte den ganzen Tag plaudern, hatte gesellschaftlichen Umgang und sogar einige Verehrer, die der Bruder nie hatte das Haus betreten lassen.

»Alles Hungerleider«, schrie er jedes Mal und er habe nicht die Absicht in verwandtschaftliche Beziehung zu derartigen Leuten zu treten. Jetzt, mit achtundzwanzig, zu Hause eingesperrt, im zweiten Stock, ohne die Freundschaften von früher pflegen zu dürfen, alle vom Bruder beargwöhnt (weil von niederem Stand), kam ihr vor, sie befinde sich in

---

[14]Gemüse- und Fischmarkt von Catania

erano tutti col naso all'insù, lo aveva capito subito, nessuno che la guardasse o la prendesse nella minima considerazione: le sembrava di essere diventata un armadio, un mobile qualsiasi, non una donna. Infine, in brevissimo tempo si considerò vittima del fratello, insieme a tutta la famiglia. Tutta quell'alterigia gli era venuta dai tempi dell'Università... si era montato la testa, diceva, voleva dettar legge in casa; si vergognava di loro; soltanto la sua opinione contava, e loro erano soltanto degli ignoranti. Se parlava con la madre, quella povera donna si rimpiccioliva ancora di più, timida, modesta, incapace di prendere posizione né pro né contro. Del resto anche per lei quella vita ritirata, da 'signora', come aveva ordinato il figlio, era noiosa e solitaria, ma capiva la nuova situazione, ora che il ragazzo bazzicava con gente in ogni caso superiore a loro.

A pranzo pretendeva di mangiare la frutta con la forchetta e il coltello...! Dove si erano mai viste queste cose? E come si poteva fare? Lui, serio serio, si era comprato un libro, *Il galateo della contessa Clara*, uscito da poco, e col libro aperto sulla tavola da pranzo, studiava, come aveva studiato prima tutte le materie scolastiche e poi quelle universitarie. Ai commenti della sorella minore, Cettina, che non aveva peli sulla lingua e non sembrava sentire tutto quel rispetto per il fratello maggiore come il resto della famiglia, aveva risposto:

«Nella vita si può imparare tutto.» Ma i guai non erano finiti: appena ebbe imparato lui volle che tutti si mettessero con coltello e forchetta a mangiare quella povera mela o pera che offriva la stagione. Meglio in autunno quando con l'uva i problemi si risolvevano da soli. Come se non bastasse, perfino il pollo – ora appariva più spesso di una volta a tavola,

einem Kerker. Das waren die Gründe für ihre Streitereien mit der Mutter, laut ihr dem Sohn hörig. Die jungen Männer, die den Bruder abholen kamen, waren alle hochnäsig, das hatte sie gleich begriffen, keiner, der sie angesehen oder ihr die geringste Beachtung geschenkt hätte. Ihr kam vor ein Schrank geworden zu sein, irgend ein Möbelstück, keine Frau. Schließlich betrachtete sie sich innerhalb kürzester Zeit gemeinsam mit der gesamten Familie als Opfer des Bruders. Dieser ganze Hochmut hatte während der Universitätsjahre begonnen ... er ist eingebildet geworden, sagte sie, er wolle zu Hause bestimmen; er schäme sich ihrer; nur seine Meinung zähle und sie waren nur Ignoranten. Wenn er mit der Mutter sprach, wurde die arme Frau noch kleiner, schüchterner, bescheidener, unfähig Stellung zu beziehen, weder dafür noch dagegen. Im Übrigen war auch für sie dieses zurückgezogene Leben als 'Signora', wie es der Sohn angeordnet hatte, langweilig und einsam, doch verstand sie die neue Situation, jetzt, da der Sohn mit höher stehenden Leuten Umgang pflegte.

Zu Mittag verlangte er, das Obst sei mit Messer und Gabel zu essen ...! Wo hatte man je so etwas gesehen? Und wie sollte das gehen? Er, stockernst, hatte sich ein Buch gekauft, *Die Anstandsregeln der Gräfin Clara*, erst kürzlich erschienen, und mit aufgeschlagenem Buch auf dem Esstisch studierte er es wie er früher all die Schulfächer studiert hatte und später die an der Universität. Auf die Kommentare der jüngeren Schwester Cettina, die sich kein Blatt vor den Mund nahm und nicht diesen Respekt wie der Rest der Familie vor dem älteren Bruder zu haben schien, hatte er geantwortet:

»Im Leben kann man alles lernen.« Doch die Schwierigkeiten waren damit nicht beendet: So wie er es gelernt hatte, wollte er, dass alle mit Messer und Gabel diese armen Äpfel oder diese armen Birnen, wie sie die Jahreszeit gerade bot, essen sollten. Besser war's im Herbst, als sich mit den Trauben die Probleme von alleine lösten. Und als genüge

prima forse una volta l'anno, ora con i regali dei pazienti era diventato un lusso quasi settimanale – doveva essere mangiato con coltello e forchetta. Un martirio. Il padre si era permesso di chiedere per quale motivo avessero delle mani se non era possibile usarle, ma alla vista del viso lungo del figlio si pentì di aver parlato così sconsideratamente. E questo non era tutto: adesso pretendeva che la tavola venisse ogni giorno apparecchiata con tovaglia e tovaglioli, con bicchieri e posate per ognuno. La madre aveva dovuto comprare servizi da tavola e tutto il resto, dato che fino ad allora avevano vissuto con poco, assai poco.

Quella casa aveva messo le ali al giovane dottore: l'aveva infatti ricevuta praticamente intatta, come era stata lasciata dal vecchio padrone di casa: mobili eleganti, divani e poltrone, tutta roba scelta dalla baronessa (della quale non immaginava neanche l'esistenza) un arredamento che gli aveva fatto strabuzzare gli occhi la prima volta che aveva fatto un giro delle stanze. Adesso era tutto suo, più o meno. Per lo meno l'aveva in affitto. In seguito si sarebbe visto. Il fratello del defunto padrone gli aveva fatto capire che, se avesse voluto, avrebbe potuto rilevare tutto l'arredo per un prezzo assai ragionevole. La famiglia si abituava con qualche difficoltà a quel lusso, soprattutto non curava adeguatamente quella roba. E lui se ne accorgeva.

Ormai si preparava per la libera docenza, lavorava, studiava, per lui la giornata non aveva ore abbastanza.

Finalmente gli sembrava di aver chiarito, almeno a se stesso, il segreto del proprio successo: la memoria. Lui sapeva tutto semplicemente perché gli bastava leggere un paio di volte un testo, a voce alta, per ricordare tutto, parola per pa-

das nicht, sogar das Huhn – jetzt kam es öfter als ehemals auf den Tisch, früher vielleicht einmal im Jahr, jetzt bei all den Geschenken der Patienten war es beinahe ein wöchentlicher Genuss geworden – musste mit Messer und Gabel gegessen werden. Ein Martyrium. Der Vater hatte sich zu fragen erlaubt, aus welchem Grund sie Hände hätten, wenn es nicht erlaubt war sie zu benutzen, doch angesichts des langen Gesichts des Sohnes bereute er es, so unüberlegt gesprochen zu haben. Und das war noch nicht alles: Nun verlangte er, dass der Tisch mit Tischdecke und Servietten, Gläser und Besteck für jeden gedeckt werde. Die Mutter hatte Tischgeschirr und den ganzen Rest kaufen müssen, da sie bisher mit Wenigem, mit sehr Wenigem ausgekommen waren.

Diese Wohnung hatte dem jungen Doktor Flügel verliehen; er hatte sie praktisch intakt überlassen bekommen, genau so wie sie der alte Hausherr zurückgelassen hatte: elegante Möbel, Sofas und Sessel, alles von der Baronin (deren Existenz er nicht einmal erahnte) ausgewählte Sachen, eine Einrichtung, die ihm die Augen überlaufen hatten lassen, als er zum ersten Mal eine Runde durch die Zimmer gemacht hatte. Jetzt war alles seins, mehr oder weniger. Zumindest hatte er alles gemietet. In der Folge würde man sehen. Der Bruder des verstorbenen Besitzers hatte ihm zu verstehen gegeben, dass, so er gewollt hätte, die gesamte Einrichtung zu einem vernünftigen Preis hätte übernehmen können. Die Familie gewöhnte sich mit einigen Schwierigkeiten an diesen Luxus, vor allem pflegten sie ihn aber nicht richtig. Und er merkte es.

Mittlerweile bereitete er sich auf die freie Professur vor, arbeitete, studierte, für ihn hatte der Tag nicht genug Stunden.

Endlich schien ihm das Geheimnis des eigenen Erfolgs gelüftet zu haben, zumindest für sich selber: sein Gedächtnis. Er wusste ganz einfach alles, weil es genügte, dass er einen Text ein paar Mal laut las, um sich an alles zu erinnern,

rola. La sua finta modestia, di cui lo incolpavano i suoi compagni di scuola, aveva origine dalla coscienza della propria ignoranza. Era convinto infatti di non sapere niente: lui imparava a memoria tutto, ripeteva solo quanto aveva letto. Secondo lui la sua sapienza non era frutto di intelligenza e tanto meno di genialità: solo di memoria. Da questo nasceva il suo complesso di inferiorità. Aveva infatti una memoria fenomenale, addirittura mostruosa: tutto restava fissato per sempre in quel cervellone, stampato come sulla carta.

Spesso si era rotto la testa per capire il perché di questa sua eccezionale capacità, ma non era venuto a capo di niente. Col tempo finì con l'abituarsi, pur continuando a distinguere fra intelligenza e conoscenza: è forse intelligente un'enciclopedia? Si chiedeva. È solo un ammasso di cognizioni, una raccolta di conoscenze altrui, di idee di altri, di scoperte di altri: Pippo Scuderi raccoglieva tutta la sapienza del mondo nel proprio cervello, come un collezionista o come un contenitore e al momento opportuno tirava fuori le informazioni richieste. Questa l'opinione che aveva di se stesso.

In realtà era sfuggita alla sua critica la capacità di assimilare, di sintetizzare, di formulare che padroneggiava sovranamente. Ebbe rispetto di sé solo quando scoprì quella sua strabiliante abilità manuale nel tagliuzzare i corpi umani... una vera magia che sorprese lui stesso.

Non passò molto tempo e i vicini notarono con curiosità come il signor Scuderi fissasse con quattro chiodi bene assestati una targa accanto al portone di casa: a grosse lettere che poteva leggere anche un cieco era scritto 'Prof. Dott. Giuseppe Scuderi Studio Chirurgico'. Questo significava che avrebbe ricevuto pazienti anche in casa, pur continuando ad

Wort für Wort. Seine vorgetäuschte Bescheidenheit, derer ihn seine Schulkameraden bezichtigten, hatte ihren Ursprung in dem Bewusstsein seiner eigenen Unwissenheit. Er war in der Tat überzeugt, nichts zu wissen: er lernte alles auswendig, wiederholte nur, was er gelesen hatte. Laut ihm war sein Wissen nicht die Frucht der Intelligenz und noch weniger der Genialität sondern nur des Gedächtnisses. Hier lag der Ursprung seines Minderwertigkeitskomplexes. Er hatte in der Tat ein phänomenales, ein gar monströses Gedächtnis: Alles blieb für immer in diesem Riesenhirn fixiert, wie auf Papier gedruckt.

Häufig hatte er sich den Kopf zerbrochen, um die Ursache für diese außergewöhnliche Fähigkeit zu verstehen, doch kam er auf keinen grünen Zweig. Mit der Zeit gewöhnte er sich daran, obwohl er fortfuhr zwischen Intelligenz und Wissen zu unterscheiden. Ist eine Enzyklopädie etwa intelligent, fragte er sich. Sie ist nur eine Anhäufung von Erkenntnissen, eine Sammlung des Wissens anderer, Ideen anderer, Entdeckungen anderer: Pippo Scuderi sammelte das ganze Wissen der Welt im eigenen Gehirn wie ein Sammler oder wie ein Behälter und im richtigen Augenblick zog er die benötigten Informationen heraus. Das war die Meinung, die er von sich selbst hatte.

In Wirklichkeit aber war seiner Kritik seine Fähigkeit entgangen zu assimilieren, zu synthetisieren, zu formulieren, Fähigkeiten, die er souverän beherrschte. Er hatte vor sich selber erst Respekt, als er seine verblüffende manuelle Geschicklichkeit beim Zerlegen menschlicher Körper entdeckte ... eine wahre Magie, die ihn selbst überraschte.

Es verstrich nicht viel Zeit und die Nachbarn sahen mit Erstaunen, wie Herr Scuderi mit vier gut gesetzten Nägeln ein Schild neben dem Haustor anbrachte; in großen Lettern, die auch ein Blinder hätte lesen können stand geschrieben: 'Prof. Dott. Giuseppe Scuderi, Chirurgische Ordination'. Das bedeutete, dass er Patienten auch zu Hause empfing, ob-

operare in Ospedale.

Questa novità portò non pochi problemi alla famiglia: Caterina avrebbe dovuto aprire la porta, solo lei, far sedere i pazienti nell'ingresso, grande abbastanza per questo scopo, farli passare nello studio del fratello, mettere un camice bianco da infermiera e comportarsi con una certa correttezza. I genitori e la sorella minore non avrebbero dovuto farsi vedere senza contare che alla madre aveva proibito di cucinare durante le ore di visita per evitare che odori di sughi e altra roba da mangiare desse un carattere troppo familiare al suo studio.

Caterina non fu affatto entusiasta, anzi le sembrò di essere diventata una serva, una portinaia e chissà che altro. Ne nacquero discussioni a non finire. La sua acrimonia contro il fratello, che fra l'altro si era rifiutato di pagare una certa somma di denaro richiesta dall'ultimo pretendente come dote, facendo sfumare la possibilità di sposarsi, aumentava di giorno in giorno, per ogni più piccola cosa. Figurarsi se era disposta a fargli da infermiera.

I litigi che spesso proseguivano fino a uno dei tanti balconi interessarono tutto il vicinato: in quella casa c'era guerra e le parti erano inconciliabili. Caterina schiumava rabbia e bisognava tirarla dentro a tutta forza.

«Io non sono la sua serva», gridava con la solita voce acuta che poteva sentire chiunque, senza possibilità di equivoci.

Un mattino d'autunno, grigio e piovoso, un camion si fermò davanti al portone del numero 10. Alcuni uomini forzuti cominciarono a caricare mobili e masserizie. Gli Scuderi sloggiavano, quasi alla chetichella.

wohl er fortfuhr im Krankenhaus zu operieren.

Diese Neuheit brachte der Familie nicht wenig Ungemach: Caterina, und nur sie, hätte die Tür öffnen und in der Diele, die groß genug dafür war, den Patienten einen Sitzplatz anbieten sollen, sie in das Untersuchungszimmer des Bruders führen, einen weißen Krankenschwesternkittel anziehen und sich mit einer gewissen Korrektheit benehmen sollen. Die Eltern und die jüngere Schwester hätten sich nicht blicken lassen dürfen, und, nicht zu vergessen, er hatte der Mutter verboten während der Visiten zu kochen, um zu vermeiden, dass die Gerüche der Soßen und anderer Speisen seiner Ordination einen zu familiären Charakter verliehen.

Caterina war überhaupt nicht begeistert, ihr schien, sie sei eine Dienerin geworden, eine Pförtnerin und wer weiß was noch. Es ergaben sich unendliche Diskussionen. Ihre Bissigkeit dem Bruder gegenüber, der sich unter anderem geweigert hatte dem letzten Brautwerber eine bestimmte Summe als Mitgift zu bezahlen und so die mögliche Hochzeit in Rauch hatte aufgehen lassen, nahm von Tag zu Tag wegen jeder Kleinigkeit zu. Da kann man sich vorstellen, wie sehr sie bereit war, für ihn die Krankenschwester zu spielen.

Die Streitereien, die häufig auf einem der Balkone fortgesetzt wurden, interessierten die gesamte Nachbarschaft. In diesem Haus herrschte Krieg und die Parteien waren unversöhnlich. Caterina schäumte vor Wut und man musste sie mit aller Kraft nach drinnen zerren:

»Ich bin nicht seine Dienstmagd«, schrie sie mit der üblichen schrillen Stimme, die jeder ohne die geringste Möglichkeit der Verwechslung erkennen konnte.

An einem Herbstmorgen, grau und regnerisch, hielt ein Lastwagen vor dem Tor der Hausnummer 10. Einige kräftige Männer begannen Möbel und Hausrat aufzuladen. Die Scuderis zogen aus, beinahe heimlich.

Non tutti però. Il Prof. Dott. Scuderi restava.

Dopo il trasloco arrivarono muratori e pittori e dopo qualche settimana di andirivieni, in cui furono pitturate perfino le inferriate dei balconi, le imposte delle porte finestre e tutto quanto era visibile e invisibile, arrivarono due donne muscolose – si seppe subito che venivano dall'Ospedale – che fecero grandi pulizie. Finalmente fu scaricata una camera matrimoniale e qualche altro mobile: subito si capì che il Prof. Dott. Scuderi era sul punto di sposarsi. È facile immaginare la curiosità delle vicine, della vecchietta, in una parola di tutta la strada: una giovane donna finalmente si affacciò a uno dei balconi per salutare l'ometto che correva a una chiamata urgente dell'Ospedale, anche lei in vestaglia come in altri tempi la baronessa, ma niente veli né merletti. La moda era cambiata e poi non si trattava di una baronessa: qui c'era solo una sobria vestaglia di seta stampata, secondo la moda degli anni Cinquanta. La giovane signora Scuderi era alta forse una ventina di centimetri più del marito – tutti supposero subito che il dottore si fosse dato un gran daffare per trovare una donna alta e robusta per avere dei figli alti e robusti come lei – con una testa piena di riccioli biondi, non proprio bella ma piacente. Come era riuscito a trovare una donna simile? Una certa distinzione, una certa eleganza che non sfuggì agli occhi esercitati della vecchietta: lì non si sentiva odore di miseria ma di ricca borghesia.

Intanto il Prof. Dott. Scuderi si era associato a un altro medico ed era diventato direttore di una clinica privata. La sua vicinanza con l'Ospedale Vittorio Emanuele non era più necessaria. Dopo neanche un anno – la giovane moglie già incinta – avvenne un ennesimo trasloco.

Aber nicht alle. Der Prof. Dott. Scuderi blieb.

Nach dem Umzug kamen Maurer und Anstreicher und nach einer Woche des Kommens und Gehens, währenddessen sogar die schmiedeeisernen Gitter der Balkone, die Fensterläden der Balkontüren und alles was sichtbar und unsichtbar war, gestrichen wurde, kamen zwei muskulöse Frauen – man erfuhr sofort, dass sie vom Krankenhaus kamen – die den Großputz besorgten. Endlich wurde ein Ehebett abgeladen und noch einige andere Möbel: Man begriff sofort, dass der Prof. Dott. Scuderi im Begriffe war zu heiraten. Man kann sich die Neugierde der Nachbarinnen, der Alten von gegenüber, mit einem Wort der gesamten Straße leicht vorstellen: Schließlich zeigte sich eine junge Frau auf einem der Balkone, um den kleinen Mann zu grüßen, der wegen eines Notfalls zum Krankenhaus eilte, auch sie im Schlafrock wie ehemals die Baronin, aber ohne Schleier und ohne Spitzen. Die Mode hatte sich geändert und außerdem handelte es sich nicht um eine Baronin: das war nur ein nüchterner Schlafrock aus bedruckter Seide, ganz nach der Mode der fünfziger Jahre. Die junge Frau Scuderi war vielleicht an die zwanzig Zentimeter größer als ihr Mann – alle nahmen an, dass sich der Doktor sehr bemüht hatte eine große und kräftige Frau zu bekommen, um große und robuste Kinder zu kriegen – mit einem Kopf voller blonder Locken, nicht gerade schön aber gefällig. Wie war es ihm gelungen eine solche Frau zu finden? Eine bestimmte Vornehmheit, eine gewisse Eleganz, die dem geübten Auge der Alten nicht entging: da merkte man keinen Geruch von Elend sondern von reichem Bürgertum.

Inzwischen hatte sich der Prof. Dott. Scuderi mit einem anderen Arzt zusammengetan und war Leiter einer Privatklinik geworden. Die Nähe zum Krankenhaus Vittorio Emanuele war nicht mehr nötig. Nach nicht einmal einem Jahr – die junge Ehefrau war bereits schwanger – erfolgte ein weiterer Umzug.

La casa è di nuovo chiusa, questa volta vuota anche di mobi-li. Gli ultimi inquilini hanno lasciato solo i vasi di terracotta, ovviamente senza fiori. Forse li hanno soltanto dimenticati.

Die Wohnung ist wieder zugesperrt, ist dieses Mal auch ohne Möbel geblieben. Die letzten Bewohner haben nur die Terracotta-Vasen zurückgelassen, natürlich ohne Blumen. Vielleicht haben sie sie auch nur vergessen.

Indice

Inhaltsverzeichnis

Altri libri di Ada Zapperi Zucker in lingua italiana

Due donne del Sud
Catarina Mammola e Ada Zapperi Zucker
Dialogo in 24 lettere
2020, 212 pagine, 12,80 €

Una vita di donna in Sicilia
Romanzo
2019, 148 pagine, 12,80 €

Un'infanzia quasi felice
Racconti
2018, 144 pagine, 10,80 €

I padri assenti
Due racconti
2017, 196 pagine, 11,80 €

La casa del nonno
Romanzo
2016, 264 pagine, 13,80 €

La Cucchiara
Racconti siciliani
2015, 174 pagine, 12,80 €

Un giorno a Bolzano
Quattro racconti e frammenti di una biografia
2013, 224 pagine, 11,80 €

La scuola delle catacombe
Racconti sudtirolesi
2013, 224 pagine, 9,80 €

Teatro di ombre
Romanzo
2012, 176 pagine, 14,00 €

Le inquietudini della sora Elsa
Racconti
2011, 176 pagine, 13,00 €

Il silenzio
Romanzo
2009, 160 pagine, 12,00 €

Andere deutschsprachige Bücher von Ada Zapperi Zucker

Singende Menschen
Antworten von Sängern auf 17 Fragen
2018, 264 Seiten. 24,80 €

Das Haus in der Widenmayerstraße
Roman
2017, 296 Seiten. 13,80 €

Das Unbehagen der Sora Elsa
Erzählungen
2016, 214 Seiten, 13,80 €

Ein Tag in Bozen
Vier Erzählungen und Fragmente einer Biographie
2014, 224 Seiten, 13,80 €

Theater der Schatten
Roman
2013, 256 Seiten, 11,80 €

Die Katakombenschule
Erzählungen aus Südtirol
2013, 248 Seiten, 11,80 €

Das Schweigen
Roman
2010, 168 Seiten, 16,80 €

FSC
www.fsc.org

MIX

Papier aus ver-
antwortungsvollen
Quellen
Paper from
responsible sources

FSC® C105338

Gedruckt im April 2020
Stampato nel mese di Aprile 2020
BoD, D-22848 Nordstedt